Goldmann
Science Fiction

Von Poul Anderson
sind bereits im Wilhelm Goldmann Verlag erschienen:

Hüter der Zeiten. 017
Die Menschheit sucht Asyl. 023
Der Untergang der Erde. 042
Terra gegen Avalon. 0191
Zwischen den Milchstraßen. 0213
Planet ohne Wiederkehr. 0247

POUL ANDERSON

Die Zeit wird kommen

THERE WILL BE TIME

Science Fiction-Roman

WILHELM GOLDMANN VERLAG
MÜNCHEN

Made in Germany · I · 1110
 Ins Deutsche übertragen von Tony Westermayr.
 Umschlag: Jürgen F. Rogner. Satz: IBV Lichtsatz KG, Berlin. Druck: Presse-Druck Augsburg. SF 0249
bru/pap
ISBN 3-442-23249-X

I

Der Anfang formt das Ende, aber ich kann von Jack Havigs Ursprüngen fast nichts berichten, trotz der Tatsache, daß ich ihn ans Licht der Welt gebracht habe. An einem kalten Februarmorgen 1933 – wer dachte da an einen genetischen Code oder daran, daß Einsteins Werk etwas sein könnte, das je von seinem mathematischen Olymp herabsteigen und unter den Menschen weilen würde, oder an die Kraft in Ländern, die wir angeblich endgültig besiegt hatten? Ich erinnere mich aber an seine langsame und mühevolle Geburt. Es war Eleanor Havigs erstes Kind, und sie war so jung und zart. Ich zögerte, einen Kaiserschnitt zu machen; vielleicht ist es meine Schuld, daß sie von demselben Mann kein zweites Kind mehr bekam. Schließlich baumelte das rote, runzlige Tierchen sicher in meinem Griff. Ich gab ihm einen Klaps aufs Gesäß, damit er empört einatmete, er begann zu schreien, und alles verlief normal weiter.

Die Entbindung ging im zweiten und obersten Stockwerk unseres Landkrankenhauses vor sich, das am damaligen Stadtrand stand. Während ich meinen Kittel auszog, warf ich einen Blick durch das Fenster. Rechts von mir drängte sich Senlac an einem zugefrorenen Fluß, in der Mitte roter Backstein, Holzhäuser an Alleen, Getreidesilo und Wassertank im Dämmerlicht neben dem Bahnhof emporragend. Geradeaus und links vor mir weite, weiße Hügel unter bedecktem, grauem Himmel, hier und dort unbelaubte Waldparzellen, Zäune und zwei, drei Gehöfte. In der Ferne die dunklen Schatten des Morgan-Waldes. Mein Atem beschlug die Scheibe, deren Kälte meinen verschwitzten Körper zum Frösteln brachte.

»Na«, sagte ich halblaut, »willkommen auf der Erde, John Franklin Havig.« Sein Vater hatte darauf bestanden, für beide Geschlechter Namen bereitzuhalten. »Hoffentlich amüsierst du dich.«

Schlechte Zeit, in die du hineingeboren wirst, dachte ich. Eine weltweite Depression, schwer lastend wie der Winterhimmel. Das vergangene Jahr bemerkenswert wegen der Eroberung der Mandschurei durch die Japaner, dem Marsch auf Washington, der Entführung von Lindberghs Baby. Dieses Jahr hatte im selben Stil begonnen: Adolf Hitler Reichskanzler in Deutschland ... Nun, ein neuer Präsident würde ins Weiße Haus einziehen, das Ende der Prohibition schien gewiß zu sein, und der Frühling ist so herrlich wie unser Herbst.

Ich ging zum Wartezimmer. Thomas Havig stand auf. Er war kein Mensch, der seine Gefühle zu zeigen pflegte, aber die Frage bebte auf seinen Lippen. Ich griff nach seiner Hand und strahlte ihn an.

»Gratuliere, Tom«, sagte ich. »Du bist Vater eines springlebendigen Jungen. Ich weiß es – ich bin eben mit ihm durch den ganzen Flur ins Kinderzimmer gehüpft.«

Mein Versuch, einen Scherz zu machen, rächte sich ein paar Monate später.

Senlac ist das Handelszentrum für ein Agrargebiet; es gibt etwas Leichtindustrie, und das ist dann auch schon fast alles. Da mir im Grunde keine andere Wahl blieb, war ich Rotarier, fand aber Ausreden, meine Tätigkeit auf ein Mindestmaß zu beschränken und mich von den Logen fernzuhalten. Man verstehe mich nicht falsch. Das sind meine Menschen. Ich schätze sie und bewundere sie in vieler Beziehung. Sie sind das Salz der Erde. Nur ist mir eben ein einziges Gewürz zuwenig.

Unter diesen Umständen hatten Kate und ich nur wenige, aber enge Freunde. Da war ihr Vater, der Bankbesitzer, der mir das Geld vorgestreckt hatte; ich pflegte ihn damit aufzuziehen, daß er das nur getan hätte, weil er sich so gerne mit einem Anhänger der Demokratischen Partei stritt. Da war die Dame, die unsere Stadtbücherei leitete. Da waren drei oder vier Professoren und ihre Frauen am Holberg College, obwohl die vierzig Meilen zwischen ihnen und uns damals als beachtliches Hindernis galten. Und da waren die Havigs.

Sie waren verpflanzte Neu-Engländer, immer ein bißchen heimwehkrank; aber in den dreißiger Jahren nahm man die berufliche Stellung an, die einem geboten wurde. Er lehrte Physik und Chemie an unserer Oberschule. Dazu mußte er noch den Leichtathletiktrainer machen. Schlank, mit scharfen Zügen, mit der Schüchternheit der Jugend wie mit einer angeborenen Reserviertheit ausgestattet, füllte Tom seinen Nebenberuf nur dank der Duldsamkeit der Schüler aus. Sie mochten ihn sehr, und außerdem hatten wir eine gute Football-Mannschaft. Eleanor war schwarzhaarig, lebendig, eine begeisterte Tennisspielerin und in der Armenfürsorge ihrer Kirche tätig.

»Es ist faszinierend und, ich glaube, auch nützlich«, erklärte sie mir zu Beginn unserer Bekanntschaft. Und mit einem Achselzucken fügte sie hinzu: »Wenigstens haben Tom und ich dadurch das Gefühl, nicht nur Heuchler zu sein. Sie haben vielleicht erraten, daß wir nur dazugehören, weil die Schulaufsicht einen Lehrer, der nicht dabeiwäre, nie behalten würde.«

Ich war überrascht von ihrer beinahe hysterischen Stimme, als sie in meiner Praxis anrief und mich flehentlich bat zu kommen.

Ein Arzt richtete sich damals ganz anders ein als heute, erst recht in einer Provinzstadt. Ich hatte zwei Parterreräume in dem großen alten Haus, wo wir wohnten, eingerichtet, den einen als Sprechzimmer, den anderen als Untersuchungs- und Behandlungsraum, einschließlich kleiner chirurgischer Eingriffe. Ich war meine eigene Empfangsdame und Sekretärin. Kate half mir beim Papierkrieg – jetzt, im Rückblick, erscheint er unfaßbar gering, aber vielleicht hat sie das nie verraten –, und wenn, was selten vorkam, Patienten warten mußten, kümmerte sie sich im Wohnzimmer um sie. Ich hatte meine Morgenrunde gemacht, und für die nächsten Stunden war niemand angemeldet; ich konnte sofort in den Marmon springen und die Union Street zur Elm Street hinunterfahren.

Ich entsinne mich, daß der Tag backofenheiß war, keine Wolke am Himmel, kein frischer Luftzug, und die Bäume an meinem Weg standen wie grünes Gußeisen. In ihrem Schatten japsten Hunde und Kinder. Kein Vogelgezwitscher übertönte das Brummen meines Motors. Ich bekam es mit der Angst zu tun. Eleanor hatte den Namen ihres Johnny hinausgeschrien, und das war Kinderlähmungswetter.

Aber als ich das Rolläden-Halbdunkel ihres Hauses betrat, in dem die Ventilatoren surrten, umarmte sie mich und schauderte.

»Verliere ich den Verstand, Bob?« stieß sie immer wieder hervor. »Sag mir, daß ich den Verstand nicht verliere!«

»Na, na, na«, murmelte ich. »Hast du Tom schon angerufen?« Er besserte sein mageres Gehalt durch einen Ferienjob auf, Qualitätskontrolle im Milchwerk.

»Nein, ich – ich dachte –«

»Setz dich hin, Ellie.« Ich löste ihre Arme von mir. »Für mich siehst du ganz normal aus. Vielleicht macht dir die Hitze so zu schaffen. Beruhige dich – entspann dich – beiß die Zähne nicht zusammen, roll den Kopf im Kreis herum. Fühlst du dich besser? Also, dann erzähl mir, was passiert sein soll.«

»Johnny. Zwei von ihm. Dann wieder einer.« Ihre Stimme drohte zu ersticken. »Der *andere!*«

»Wie? Langsam, Ellie. Eines nach dem anderen, und ganz von vorn.«

Ihre Augen flehten mich an, während sie stockend berichtete.

»Ich, ich, ich habe ihn gebadet, als ich einen Säugling schreien hörte. Ich dachte, das käme aus einem Kinderwagen, draußen, im Freien. Aber es hörte sich so an, als käme es aus dem ... dem Schlafzimmer. Ich wickelte Johnny schließlich in ein Handtuch – ich konnte ihn ja nicht im Wasser lassen – und trug ihn hinüber, um nachzusehen. Und da war ein zweiter winziger Junge in seinem Stubenwagen, nackt und naß, strampelnd und schreiend. Ich war so entgeistert, daß ich ... den meinen fallen ließ. Ich war über den Stubenwagen gebeugt, so daß er auf der Matratze hätte landen müssen, aber, oh, Bob, das hat er nicht getan. Er verschwand einfach. Mitten in der Luft. Ich hatte instinktiv nach – nach ihm gegriffen. Alles, was ich zu fassen bekam, war das Badetuch. Johnny war verschwunden! Ich glaube, ich muß ein paar Sekunden ohnmächtig geworden sein. Und als ich suchte, fand – ich – nichts –«

»Und das fremde Baby?« fragte ich scharf.

»Er ist ... nicht fort ... glaube ich.«

»Komm mit«, sagte ich. »Sehen wir nach.«

Und im Zimmer rief ich voller Erleichterung: »Na, da ist doch niemand außer dem lieben, kleinen John.«

Sie packte meinen Arm.

»Er sieht genauso aus.« Das Kind hatte sich beruhigt und gluckste jetzt. »Er klingt genauso. Aber er kann es einfach nicht sein!«

»Und ob er es sein kann! Ellie, du hast eine Halluzination gehabt. Kein Wunder bei diesem Wetter, wo du noch schwach bist.« Tatsächlich war mir ein solcher Fall noch nie begegnet, und ganz gewiß nicht bei einer so vernünftigen Frau, wie sie es war. Aber so unwahrscheinlich klang das, was ich gesagt hatte, auch wieder nicht. Außerdem besteht die halbe Ausrüstung eines praktischen Arztes aus der Zuversicht in seiner Stimme.

Sie war erst beruhigt, als wir die Geburtsurkunde holten und die Abdrücke von Händen und Fußsohlen darauf mit denen des Kindes verglichen. Ich verschrieb ihr ein Beruhigungsmittel, munterte sie bei einer Tasse Kaffee auf und kümmerte mich wieder um meine Arbeit.

Als geraume Zeit nichts Vergleichbares passierte, vergaß ich den Zwischenfall praktisch. Das war das Jahr, als die einzige Tochter, die Kate und ich je haben sollten, Lungenentzündung bekam und starb, bald nach ihrem zweiten Geburtstag.

Johnny Havig war klug, phantasievoll und ein Einzelgänger. Je mehr er Körper und Sprache beherrschte, desto weniger zog es ihn zu seinen Altersgenossen. Am glücklichsten schien er an seinem Kleinschreibtisch zu sein, wenn er Bilder zeichnete, oder im Hof beim Modellieren von Tonfiguren, oder mit einem Spielzeugboot am Flußufer, wenn ihn ein Erwachsener begleitete. Eleanor machte sich Sorgen um ihn, Tom nicht.

»Ich war genauso«, pflegte er zu sagen. »Das führt zu einer seltsamen Kindheit und einer schrecklichen Pubertät, aber ich frage mich, ob es sich nicht auszahlt, wenn man erwachsen wird.«

»Wir müssen mehr auf ihn aufpassen«, erklärte sie. »Du ahnst gar nicht, wie oft er spurlos verschwindet. Ja, gewiß, das ist ein Spiel für ihn, Verstecken im Gebüsch oder im Keller oder sonstwo. Ein großer Spaß, zu lauschen, wenn Mami überall herumrennt und brüllt. Aber eines Tages steigt er uns über den Zaun, und –« Sie ballte die Fäuste. »Er könnte überfahren werden.«

Die Krise trat ein, als er vier Jahre alt war. Inzwischen hatte er begriffen, daß sein Verschwinden Klapse nach sich zog, und er hörte auf damit – soviel seine Eltern wußten. Was in seinem Zimmer geschah, sahen sie nicht. Aber eines Sommermorgens war er nicht in seinem Bett und nirgends zu finden, und alle Polizisten und fast die ganze Nachbarschaft befanden sich auf der Suche nach ihm.

Um Mitternacht läutete es an der Tür. Eleanor schlief, nachdem ich ihr befohlen hatte, eine Tablette zu nehmen. Tom saß alleine. Er ließ seine Zigarette fallen – die Brandspur im Teppich sollte ihn noch lange an die qualvollen Stunden erinnern – und stieß auf dem Weg zur Tür einen Stuhl um.

Auf der Vortreppe stand ein Mann. Er trug einen Mantel und einen tief in die Stirn gezogenen Hut, so daß man sein Gesicht nicht sehen konnte. Nicht, daß es darauf angekommen wäre. Toms ganzes Wesen flutete über den Jungen, den der Mann an der Hand hielt.

»Guten Abend, Sir«, sagte eine freundliche Stimme. »Ich glaube, Sie suchen diesen jungen Herrn.«

Und als Tom niederkniete, um seinen Sohn zu packen, zu weinen und Dankesworte zu stammeln, entfernte sich der Mann.

»Seltsam«, sagte Tom später zu mir. »Ich kann mich nicht länger als eine Minute ganz auf Johnny konzentriert haben. Du weißt, daß es in der Elm Street helle Straßenlampen und keine Deckung gibt. Selbst im Laufschritt könnte niemand so schnell außer Sichtweite gekommen sein. Außerdem hätte dann ein Dutzend Hunde gebellt. Aber die Straße war leer.«

Das Kind wollte nichts sagen, außer, daß er ›unterwegs‹ gewesen sei, und es tue ihm leid, er werde nicht mehr davonlaufen.

Er tat es auch nicht. Vielmehr trat er so weit aus seiner Vereinzelung heraus, daß er einen Freund fand, den Sohn der Dunbars. Pete überragte seinen schmalen, stillen Begleiter beträchtlich. Er war kein Dummkopf; heute ist er Geschäftsführer eines großen Kaufhauses. Aber John, wie er jetzt genannt werden wollte, beherrschte die Beziehung völlig. Sie spielten seine Spiele, gingen auf die unbebauten Grundstücke, und später im Morgan-Forst zu jenen Stellen, die er bevorzugte, stellten die Geschichte seiner Phantasiewelten dar.

Seine Mutter seufzte in meinem Sprechzimmer: »Johns Tagträume sind wohl so schön, daß selbst für Pete die wirkliche Welt daneben verblaßt. Das ist das Problem.«

Das war im zweiten Jahr danach. Ich hatte ihn wegen der üblichen Krankheiten behandelt, aber sonst keinen Grund, Probleme zu vermuten, und war überrascht, als Eleanor einen Termin erbat, um über ihn zu sprechen. Am Telefon hatte sie lachend gesagt: »Na, du kennst ja Toms Yankee-Gewissen. Er würde mir nie erlauben, daß ich dich konsultiere, wenn wir uns privat sehen.« Es hatte ein wenig verloren geklungen.

Ich lehnte mich in meinem knarrenden Drehsessel zurück, legte die Fingerspitzen aneinander und sagte: »Meinst du damit, er erzählt dir Dinge, die nicht wahr sein können, die er aber für wahr hält? Das gibt es sehr oft. Sie wachsen alle darüber hinaus.«

»Ich weiß nicht, Bob.« Sie blickte stirnrunzelnd auf den Boden. »Ist er dafür nicht ein bißchen zu alt?«

»Mag sein. Vor allem angesichts seiner bemerkenswert schnellen körperlichen und geistigen Entwicklung in den letzten Monaten. Mein Beruf hat mir aber klargemacht, daß ›durchschnittlich‹ und ›normal‹ nicht dasselbe bedeuten... Okay. John hat imaginäre Spielgefährten?«

Sie versuchte zu lächeln.

»Tja, einen imaginären Onkel.«

Ich zog die Brauen hoch.

»Wirklich? Was hat er dir denn gesagt?«

»Fast gar nichts. Was erzählen Kinder ihren Eltern schon? Aber ich habe oft gehört, wie er Pete von seinem Onkel Jack erzählte, der zu ihm käme und ihn auf alle möglichen wunderbaren Ausflüge mitnähme.«

»Onkel Jack, wie? Was für Ausflüge? In das Reich, von dem du einmal erzählt hast, daß er es erfunden hätte, in dem Leo, der Löwe, herrscht?«

»N-nein. Das ist auch so etwas Seltsames. Er beschreibt mir und Tom das Tierland; er weiß ganz genau, daß das ein reines Phantasiegebilde ist. Aber diese Reisen mit seinem ›Onkel‹... die sind etwas anderes. Nach den Fetzen, die ich aufgeschnappt habe – na ja, realistisch. Ein Besuch in einem Indianerlager, etwa. Es waren keine Indianer aus Büchern oder Filmen. Er beschrieb, was sie zu arbeiten hatten, den Geruch von trocknenden Tierhäuten und von Dungfeuer. Ein andermal behauptete er, mit einem Flugzeug geflogen zu sein. Ich kann mir vorstellen, wie er sich ein Flugzeug einbildet, das größer ist als ein Haus, aber warum beharrte er darauf, daß es keine Propeller besaß? Ich dachte, Jungen mögen das Geheul eines Flugzeugs im Sturzflug. Nein, das seine flog fast geräuschlos und ohne zu wackeln. An Bord wurde ein Film gezeigt. In Technicolor. Er wußte sogar einen Namen für die Maschine. Jet? Ja, ich glaube, er sagte ›Jet‹.«

»Du hast Angst, daß ihn seine Phantasie überwältigen könnte?« fragte ich unnötigerweise. Als sie nickte und schluckte, beugte ich mich vor, tätschelte ihre Hände und sagte: »Ellie, die Phantasie ist das Kostbarste an der Kindheit. Die Fähigkeit, sich im Detail etwas vorzustellen, wie diese Indianer, kann gar nicht hoch genug eingeschätzt werden. Dein Junge ist mehr als geistig normal; er könnte ein Genie sein. Was du auch tust, versuch nie, das in ihm abzutöten.«

Ich glaube immer noch, daß ich recht hatte – völlig auf dem Holzweg, aber im Recht.

An diesem warmen Tag lachte ich leise und schloß: »Was sein, äh, Jet-Flugzeug angeht, wette ich jeden Betrag, daß Pete Dunbar ein paar Buck-Rogers-Hefte hat.«

Bei allen kleinen Jungen wird vorausgesetzt, daß sie die Schule verabscheuen, und John hielt sich an die Konventionen. Zweifellos langweilte ihn vieles, wie wohl jedes Kind, das denken kann und zum Gleichschritt gezwungen wird. Er hatte jedoch hervorragende Noten und war ernsthaft gepackt von dem, was Wissenschaft und Geschichte zu bieten hatten. ›Ein Stern zog nah an unserer Sonne vorbei und zog einen Streifen flammender Gase heraus, aus dem die Planeten entstanden … Die Perioden der Weltzivilisation sind Ägypten, Hellas, Rom, das Mittelalter und die Moderne, die 1492 begann.‹

Sein Freundeskreis erweiterte sich, auch wenn enge Beziehungen ausblieben. Beide Elternpaare bedauerten, daß mein Billy vier Jahre älter war als Johnny, und Jimmy zwei, und Stuart drei Jahre jünger. In diesem Lebensstadium waren das ungeheure Abstände. John mied organisierte Spiele und lebte mehr oder weniger am Rande. Beispielsweise mußte Eleanor seine Geburtstagsfeiern ganz alleine organisieren. Nichtsdestoweniger war er ziemlich beliebt mit seiner ruhigen Art und seinem bemerkenswert großen Gesprächsstoff, wenn ein anderer die Initiative übernahm und ihm einen Anreiz gab.

In seinem achten Lebensjahr verursachte er eine neue Sensation. Zwei ältere Jungen aus einem rauheren Stadtviertel meinten, es müsse Spaß machen, andere auf dem Heimweg von der Schule abzupassen und tüchtig durchzuwalken. Busse gab es nur für Kinder vom Land, und Senlac war noch nicht eng bebaut; die meisten Gehstraßen hatten einsame Stellen. Die Opfer brachten es natürlich nie über sich zu petzen.

Das taten aber die Sportsleute, als sie John Havig überfallen hatten. Sie wimmerten, er habe ein ganzes Regiment zu Hilfe gerufen. Und ohne jeden Zweifel waren sie ordentlich verprügelt worden.

Die Geschichte trug ihnen zusätzliche Bestrafung ein.

»Solche Kerle sind immer Feiglinge«, sagten die Väter zu ihren Söhnen. »Seht euch an, was passiert ist, als der nette Havig-Junge sich gewehrt hat.« Eine Weile wurde er mit Ehrfurcht betrachtet, obwohl er rot wurde und stotterte und keine Einzelheiten preisgab; und von da an nannten wir ihn Jack.

Abgesehen davon geriet der Vorfall bald in Vergessenheit. Das war das Jahr, als Frankreich kapitulierte.

»Gibt es etwas Neues von dem Phantom-Onkel?« fragte ich Eleanor. Ein paar Familien hatten sich zu einer Party getroffen, und ich wollte mich vom Politisieren erholen.

»Was?« Sie blinzelte mich auf der abgeschlossenen Veranda der Stocktons an. Erleuchtete Fenster und das Stimmengewirr hinter uns löschten weder einen Vollmond über der College-Kapelle noch das Zirpen der Grillen in der warmen, gründuftenden Dunkelheit. »Oh.« Sie zeigte ihre Grübchen. »Du meinst den meines Sohnes. Nein, schon längere Zeit nicht mehr. Du hast recht gehabt, das war nur eine Phase.«

»Oder er hat Diskretion gelernt.« Bei ruhiger Überlegung hätte ich das wohl nicht laut gesagt.

Betroffen meinte sie: »Du meinst, er könnte ganz verschlossen geworden sein? Er ist reserviert, er erzählt uns nichts Bedeutsames, und auch keinem anderen, soviel ich weiß –«

»Da ist er ganz wie sein Vater«, sagte ich hastig. »Tja, Ellie, du hast einen feinen Mann, und deine Schwiegertochter wird auch einen bekommen. Also, gehen wir hinein und lassen wir unsere Gläser nachfüllen.«

Meine Unterlagen verraten mir das genaue Datum, an dem für eine Weile Jack Havigs Beherrschung zerbrach.

Dienstag, der 14. April 1942. Am Tag vorher hatte Tom seinem Sohn die stolze Mitteilung gemacht. Er hatte vorher, außer mit seiner Frau, nicht darüber gesprochen, weil er nicht genau wußte, wie es ausgehen würde. Aber jetzt war der Bescheid gekommen. Die Schule hatte seine Kündigung angenommen, und die Armee seine Bewerbung, ab Ende des Schuljahres.

Zweifellos wäre er zurückgestellt worden. Er war über Dreißig und Lehrer, noch dazu der Naturwissenschaften. In Wahrheit hätte er seinem Land besser gedient, wenn er daheim geblieben wäre. Aber der Kreuzzug war gepredigt worden, die Wildgänse flogen, der Witwenmacher pfiff jenseits der sicheren, langweiligen Schwellen von Senlac. Auch ich, schon mittleren Alters, erforschte die Möglichkeiten der Uniform, aber man redete mir das aus.

Eleanors Anruf holte mich vor Sonnenaufgang aus dem Bett.

»Bob, du mußt kommen, sofort, bitte, bitte. Johnny. Er ist außer sich. Mehr als hysterisch. Ich fürchte – Gehirnentzündung oder – Bob, komm!«

Ich beeilte mich, um den schmalen Körper in den Armen zu halten, Sinn in seinem Toben zu finden, ihm schließlich eine Spritze zu geben. Vorher hatte Jack gekreischt, sich erbrochen, an seinen Vater geklammert wie eine zweite Haut, sich zerkratzt, bis ihm das Blut herunterlief, war mit seinem Kopf immer wieder gegen die Wand gerannt.

»Vati, Vati, geh nicht, sie bringen dich um, ich weiß es, ich weiß es, ich hab's gesehen, ich war dort und hab' es gesehen, ich habe dort durch das Fenster geschaut, und Mutter weinte, Vati, Vati, Vati!«

Ich hielt ihn fast eine Woche unter Betäubung. So lange dauerte es, bis er sich beruhigte. Er war bis weit in den Mai hinein ein teilnahmsloser Invalide.

Das war eindeutig keine normale Reaktion. Andere Jungen, deren Väter in den Krieg gezogen waren, waren stolz darauf, oder gaben es jedenfalls vor. Nun, zu denen gehörte Jack gewiß nicht, dachte ich.

Er erholte sich und begann wieder fleißig zu lernen. Bei jeder möglichen Gelegenheit war er in Toms Gesellschaft, und auch bei manchen, wo es sich bislang niemand vorgestellt hätte. Dazu gehörte Heimaturlaub. Dazwischen schrieb er beinahe täglich Briefe an seinen Vater –

– der am 6. August 1943 in Italien fiel.

2

Ein Arzt kann nicht ertragen, seine unvermeidlichen grausigen Fehler gemacht zu haben, wenn er sich nicht an genug Rettungen zu ihrem Ausgleich erinnern kann. Ich zähle Jack Havig zu denen, die auf meiner Habenseite standen. Trotzdem half ich weniger als Arzt denn als Mensch.

Mein Spezialwissen zeigte mir aber, daß der Junge hinter dem beherrschten Gesicht tief verstört war. Außer in den östlichen Bundesstaaten war das Benzin 1942 nicht rationiert. Ich besorgte mir einen Vertreter für meine Praxis, und als die Schule vorbei war, unternahmen Bill und ich eine Reise... und nahmen Jack mit.

Im Arrowhead-Gebiet von Minnesota mieteten wir ein Kanu und fuhren in die Wildnis von Seen, Sümpfen und herrlichen Wäldern, die bis nach Kanada hineinreicht. Einen ganzen Monat lang waren wir unterwegs, ich, mein dreizehn Jahre alter Sohn und mein Beinahe-Adoptivsohn, den ich für neun Jahre alt hielt.

Das ist Regen- und Moskito-Land; bei Gegenwind zu paddeln ist harte Arbeit, ebenso das Schleppen des Bootes über Stromschnellen; ein Lager aufzuschlagen erforderte viel größere Anstrengung, als wenn wir die vielseitige Ausrüstung und die trockengefrorenen Rationen gehabt hätten. Jack brauchte diese Strapazen, die nächtliche Erschöpfung. Nach weniger Tagen, als zu erwarten gewesen wäre, begann die Natur ihn zu heilen.

Stille Sonnenaufgänge, helles Gold im Wipfellaub und auf dem Wasser schimmernd; Vogellaute, rauschender Wind, Immergrün-Geruch; ein Eichhörnchen, dazu verlockt, aus der Hand zu fressen; die weiten Sprünge der Rehe; Blaubeeren in einer warmen, hellen Lichtung, bis ein Braunbär auftauchte und wir ihm respektvoll Platz machten; Elche, riesig und furchtlos, die uns vorbeiziehen sahen; Sonnenuntergänge, gesehen durch die durchscheinenden Schwingen von Fledermäusen; Dämmerung, Feuer und Geschichten, und Bills junges Staunen, das Jack deutlicher, als ich es ihm hätte sagen können, zeigte, wie groß die Welt jenseits unseres Leids ist; ein Schlafsack, und unzählige Sterne.

Es war die Grundlage für eine Heilung.

Als wir wieder zu Hause waren, beging ich einen Fehler.

»Ich hoffe, du hast diese Idee mit deinem Vater überwunden, Jack. Die Zukunft ist nicht voraussehbar.« Er wurde leichenblaß, fuhr herum und rannte davon. Ich brauchte Wochen, um sein Vertrauen wiederzugewinnen.

Jedenfalls sein Zutrauen. Er vertraute mir nichts an, außer den Gedanken, Hoffnungen und Problemen eines normalen Jungen. Ich sprach nicht mehr über seine fixe Idee, und er auch nicht. Soweit Zeit und Umstände es jedoch erlaubten, versuchte ich, ein wenig von dem zu sein, was er so verzweifelt vermißte – seinen Vater.

Solange der Krieg andauerte, konnten wir keine weiten Fahrten mehr machen. Es gab aber Landstraßen zum Wandern, den Morgan-Forst für Ausflüge und Picknicks, den Fluß für das Angeln und Schwimmen, den Winnego-See und mein kleines Segelboot in nicht allzu großer Entfernung. Er konnte zu mir in meine Werkstatt in der Garage kommen und ein Vogelhaus für sich oder ein Besengestell für seine Mutter basteln. Wir konnten uns unterhalten.

Ich glaube wirklich, daß er ein gewisses Maß an innerer Ruhe Toms Tod gegenüber gefunden hatte. Alle Leute gingen davon aus, daß seine Vorahnung ein Zufall gewesen sei.

Eleanor hatte schon eine Stelle in der Bücherei angenommen und arbeitete nebenher viele Stunden im Krankenhaus. Die Witwenschaft traf sie hart. Sie war sehr tapfer, lebte aber lange Zeit ganz zurückgezogen. Kate und ich versuchten, sie unter die Leute zu bringen, aber die meisten Einladungen lehnte sie ab.

Als sie sich endlich wieder aus ihrer Isolation befreit hatte, suchte sie meist die Gesellschaft anderer Leute als ihrer früheren Bekannten.

Ich konnte mir eine Bemerkung nicht verkneifen.

»Weißt du, Ellie«, sagte ich, »ich bin verdammt froh, daß du wieder unter die Leute gehst. Trotzdem – nimm es mir nicht übel –, deine neuen Freunde sind eher eine Überraschung.«

Sie lief rot an und mied meinen Blick.

»Es ist wahr«, sagte sie leise.

»Völlig in Ordnung, die Leute, gewiß, aber nicht, was man, äh, Intellektuelle nennen würde, nicht?«

»N-nein... Also gut.« Sie richtete sich im Sessel auf. »Bob, wir wollen offen sein. Ich will hier nicht weggehen, und sei es nur wegen dem, was du Jack bedeutest. Ich will auch nicht lebendig begraben sein, wie in diesen ersten zwei Jahren. Tom hat mich beeinflußt; ich bin im Grunde kein geistiger Mensch wie er. Und... ihr, mit denen wir zusammen gewesen sind..., ihr seid alle verheiratet.«

Ich sah ein, daß es sinnlos war, ihr zu sagen, wie fremd ihrem Sohn diese praktisch gesinnten, lauthals lachenden Männer waren, die sie ausführten, wie tief er sie zu verabscheuen begann.

Er war zwölf Jahre alt, als die nuklearen Blitze zwei Städte verwüsteten, und mit ihnen den letzten Rest Unschuld der Menschheit. Obwohl das erstaunliche Wachstum, das ich früher bei ihm bemerkt hatte, seit 1942 auf das Normalmaß zurückgegangen war, blieb er frühreif. Das verstärkte seine außerordentliche Isolation. Pete Dunbar war kaum mehr sein Freund als irgendein anderer Kamerad. Höflich, aber unerschütterlich, lehnte Jack jede Gemeinschaft ab. Er machte seine Schularbeiten, und zwar gut, aber seine freie Zeit gehörte ihm und keinem anderen, ihm, um enorm viel zu lesen, vor allem Geschichtsbücher, um meilenweit allein zu wandern, um zu zeichnen oder mit den Werkzeugen, die zu sammeln ich ihm geholfen hatte, Gegenstände herzustellen.

Ich meine damit nicht, daß er morbid war. Einsame Jungen sind nichts Ungewöhnliches, und sie werden in der Regel einigermaßen gesellige Erwachsene. Jack mochte beispielsweise das Amos-and-Andy-Programm im Rundfunk, auch wenn er Fred Allen vorzog, und er besaß selbst einen trockenen Humor. Ich erinnere mich an verschiedene seiner Karikaturen, die er mir zeigte, vor allem an eine, die durch ein Exemplar von ›The Outsider and Others‹ angeregt war, das ich ihm geliehen hatte. In einem dunklen, dumpfigen Wald zwei Gestalten. Die eine, geduckt und mit dem Finger zeigend, war unverwechselbar H. P. Lovecraft. Seine Begleiterin war ein Mannweib, das ihn anfauchte: »Natürlich sind sie bleich und pilzartig, Howard. Es *sind* Pilze.«

Er war nicht mehr von mir abhängig, aber wir sahen uns oft, und der Altersunterschied zwischen Bill und ihm fiel jetzt nicht mehr so ins Gewicht, so daß die beiden manchmal miteinander wanderten oder schwammen oder Boot fuhren – ja 1948 sogar mit Jim und Stuart wieder nach Minnesota fuhren.

Bald nach seiner Rückkehr von dort sagte mein zweiter Sohn zu mir: »Pa, was ist ein gutes Buch über, äh, Philosophie?«

»Was?« Ich legte meine Zeitung weg. »Philosophie, mit dreizehn?«

»Warum nicht?« meinte Kate. »In Athen werden sie noch früher angefangen haben.«

»Tja, hm, Philosophie ist ein sehr weites Feld, Jim«, antwortete ich ausweichend. »Um welche Frage geht es genau?«

»Ach«, murmelte er, »um freien Willen und die Zeit und so. Jack Havig und Bill haben auf unserer Fahrt viel darüber gesprochen.«

Ich erfuhr, daß Bill als Collegestudent sich zunächst als Autorität ausgegeben hatte, bald aber in den Problemen verstrickt gewesen war – ist die Geschichte des Universums vor seiner Entstehung geschrieben worden? Wenn ja, warum wissen wir, daß wir freie Entscheidungen treffen? Wenn nicht, wie können wir den Ablauf der Zukunft – oder der Vergangenheit – beeinflussen? Worüber ein Oberschüler eigentlich nicht so gründlich nachgedacht haben konnte, wie Jack Havig es getan hatte.

Als ich meinen Schützling fragte, was er sich zu Weihnachten wünsche, erwiderte er: »Etwas über Relativität, das ich verstehen kann.«

1949 verheiratete sich Eleanor wieder. Ihre Wahl war katastrophal.

Sven Birkelund meinte es gut. Seine Eltern hatten ihn aus Norwegen mitgebracht, als er drei Jahre alt gewesen war; er war jetzt vierzig, ein erfolgreicher Landwirt mit großem Besitz und schönem Haus zehn Meilen vor der Stadt, ehemaliger Frontkämpfer, und seit kurzem verwitwet, mit zwei Buben, Sven junior, sechzehn, und Harold, neun. Riesengroß, rothaarig, ungestüm, strahlte er sehr viel Männlichkeit aus – wie Kate mir eingestand, obwohl sie ihn nicht leiden konnte – und war auch nicht unbelesen; er bezog Magazine – ›Reader's Digest‹, ›National Geographic‹, ›Country Gentleman‹ –, las gelegentlich ein Buch, reiste gern und war ein tüchtiger Geschäftsmann.

Und ... Eleanor, immer voller Lebenskraft, hatte sechs Jahre im Zölibat gelebt.

Man kann keinen Menschen warnen, der sich Hals über Kopf verliebt hat. Weder Kate noch ich versuchten es. Wir nahmen an der Hochzeit und am nachfolgenden Empfang teil und überbrachten die besten Wünsche. Ich beobachtete vor allem Jack. Der Junge war hager geworden; er bewegte sich und redete wie ein Roboter.

In seinem neuen Heim hatte er kaum Gelegenheit, uns zu sehen. Später ging er nicht auf die Einzelheiten der folgenden Monate ein. Auch ich werde es nicht tun. Aber man bedenke: Während Eleanor aus der Episkopalischen Kirche ausgetreten und Jack der geborene Agnostiker war, war Birkelund ein bibelgläubiger Lutheraner. Während Eleanor die feine Küche liebte und Jack das Essen, wollten Birkelund und seine Söhne Fleisch und Kartoffeln. Tom hatte am Abend zuerst gelesen und sich dann mit ihr unterhalten. Wenn Birkelund nicht über seinen Büchern saß, hockte er vor dem Radio und später vor dem Fernsehschirm. Tom hatte politisch eine Liberale aus ihr gemacht. Birkelund war ein leidenschaftlicher und aktiver Angehöriger der American Legion – er versäumte keine Tagung, und wenn jemand die naheliegende Schlußfolgerung zieht, hat er recht –, er wurde zu einem lautstarken Anhänger von Senator Joseph McCarthy.

Und so weiter und so fort. Ich meine damit nicht, daß sie über Nacht aus allen Wolken fiel. Ich bin überzeugt davon, daß Birkelund es ihr schön machen wollte und seine Bemühungen mit der Zeit nur einstellte, weil sie erfolglos blieben. Die Tatsache, daß sie bald schwanger wurde, muß ein Band zwischen ihnen geschmiedet haben, das sie eine Weile zusammenhielt. Sie erklärte mir jedoch, daß seine nächtlichen Aufmerksamkeiten später unerfreulich wurden, aber er hörte nicht auf. Ich bestellte ihn zu einer scharfen Predigt zu mir, und er schloß mürrisch einen Kompromiß.

Für Jack war das von Anfang an die Hölle. Seine Stiefbrüder, Duplikate ihres Vaters, ärgerten sich über den Eindringling. Sven junior, dessen Interessen die Jagd und die Mädchen waren, nannte ihn einen Weichling, weil er ungern tötete, und einen warmen Bruder, weil er nie ein Rendezvous hatte. Harold fand zahllose Möglichkeiten, ihn zu quälen, die ein kleiner Junge gegen einen größeren anwenden kann, der sich nicht mit Fäusten verteidigen darf.

Zurückgezogener als je zuvor, hielt er durch. Ich fragte mich, wie.

Im Herbst 1950 wurde Ingeborg geboren. Birkelund nannte sie nach einer Tante, weil seine Mutter Olga hieß. Er äußerte sich enttäuscht darüber, daß sie ein Mädchen war, gab aber trotzdem eine große Party, bei der er unter allgemeinem Gelächter wiederholt seine Absicht erklärte, sofort nach Genehmigung des Arztes den Versuch zu unternehmen, einen Sohn zu zeugen.

Wir waren auch eingeladen, gingen aber unter einem Vorwand nicht hin. So sah ich nicht, sondern hörte nur, daß Jack die Feier verlassen hatte, und wie empört Birkelund gewesen war. Lange danach berichtete mir Jack: »Er stellte mich in der Scheune, als die letzten Gäste gegangen waren, die nicht auf dem Boden schnarchten, und sagte, er würde mich verprügeln. Ich erwiderte, wenn er das versuchte, würde ich ihn umbringen. Es war mein Ernst. Er sah es und ging murrend. Von da an sprachen wir nicht mehr miteinander als unbedingt nötig. Ich machte meine Arbeit, meinen Anteil, wenn Erntezeit war, oder was auch immer, und nach dem Abendessen ging ich in mein Zimmer.«

Und anderswohin.

Das Gleichgewicht hielt bis Anfang Dezember. Was es zum Kippen brachte, spielt keine Rolle – irgend etwas hatte kommen müssen –, aber es war die Frage Eleanors an Jack, ob er sich überlegt habe, welches College er besuchen wolle, worauf Birkelund brüllte: »Er kann sich verdammt auf die Socken machen und seinem Land dienen, wie ich es getan habe, dann soll er mit GI-Unterstützung studieren, wenn sie ihn nicht hinausgeworfen haben«, und ein Streit, nach dem sie in Tränen nach oben flüchtete.

Am nächsten Tag war Jack nicht mehr da.

Er kam Ende Januar zurück, wollte kein Wort darüber sagen, wo er gewesen war oder was er getan hatte, und erklärte, daß er endgültig gehen würde, wenn sein Stiefvater sich an die Jugendbehörde wenden sollte, wie er es angedroht hatte. Ich bin sicher, daß er die Szene beherrschte und sich das Recht einhandelte, in Frieden gelassen zu werden. Sowohl seine Erscheinung wie sein Verhalten waren auf schockierende Weise verändert.

Wieder lebte der Haushalt in einem wackligen Gleichgewicht. Aber sechs Wochen später, an einem Sonntag, als Jack nach der Rückkehr von der Kirche den gewohnten langen Spaziergang machte, vergaß er, sein Zimmer abzusperren. Der kleine Harold merkte das, ging hinein und kramte im Schreibtisch. Sein Fund, den er prompt seinem Vater zeigte, brachte das ganze Elend zum Platzen.

Schnee fiel, träge, dicht, alles erstickend. Das schwache Tageslicht, das durch die Fenster drang, war silbergrau. Draußen war die Luft beinahe warm – und von welcher Stille!

Eleanor saß auf dem Sofa in unserem Wohnzimmer und weinte.

»Bob, du mußt mit ihm reden, du mußt ihm helfen – wieder helfen. Was ist geschehen, als er weglief? Was hat er getan?«

Kate legte die Arme um sie und zog den müden Kopf auf ihre Schulter herab.

»Nichts Schlimmes, Liebes«, murmelte sie. »Da kannst du ganz sicher sein. Vergiß niemals, Jack ist Toms Sohn.«

Ich ging hin und her im stumpfen Zwielicht, das wir nicht mit Licht vertreiben konnten.

»Befassen wir uns mit den Tatsachen«, sagte ich markiger, als mir zumute war. »Jack besitzt eine vervielfältigte Broschüre, die Sven als kommunistische Propaganda bezeichnet. Sven will den Sheriff unterrichten, den Staatsanwalt, jeden, der Jack zwingen kann mitzuteilen, mit wem er sich abgegeben hat, als er fort war. Du bist hinausgeschlüpft, mit dem Lieferwagen weggefahren, hast den Jungen unterwegs getroffen und ihn hierhergebracht.«

»J-ja-ja. Bob, ich kann nicht bleiben. Ingeborg ist zu Hause... Sven wird mich eine – Rabenmutter nennen –«

»Ich könnte ein paar Worte über die Privatsphäre sagen«, erwiderte ich, »ganz zu schweigen von Rede-, Presse- und Meinungsfreiheit.« Nach einer Pause: »Äh – du hast mir gesagt, du hättest das Pamphlet geklaut?«

»Ich –« Eleanor löste sich aus Kates Umarmung. »Er kann nach der Polizei schreien, soviel er will, wenn das Beweismaterial verschwunden ist.«

»Darf ich es sehen?« fragte ich.

Sie zögerte.

»Das ist – ein Jungenstreich, Bob. Nichts von B-bedeutung. Jack wartet –«

– auf meine Bitte im Sprechzimmer, während wir uns berieten. Er hatte mir gegenüber eine Selbstsicherheit gezeigt, die den Wintertag noch kühler machte.

»Er und ich werden ein Gespräch führen«, sagte ich, »während Kate dir Kaffee und etwas zu essen gibt. Aber ich brauche Gesprächsstoff.«

Sie schluckte, nickte, kramte in ihrer Handtasche und gab mir ein paar zusammengeheftete Blätter. Ich ließ mich in meinem Lieblingssessel nieder, schlug die Beine übereinander, sog an meiner Pfeife und las das Dokument.

Ich las es zweimal. Und ein drittes Mal. Ich vergaß die Frauen völlig.

Hier folgt es. Rätsel wird man keine finden.

Aber man erinnere sich. Das Datum war der elfte März im Jahr neunzehnhunderteinundfünfzig.

Harry S. Truman war Präsident der Vereinigten Staaten, nachdem er Thomas B. Dewey in der Wahl besiegt hatte, dazu einen ehemaligen Vizepräsidenten, der später so mannhaft war zuzugeben, daß seine Partei ein Handschuh auf der Hand Moskaus gewesen sei. Das war die Hauptstadt einer Sowjetunion, von der unser geschätzter Roosevelt versichert hatte, daß sie eine urwüchsige Demokratie sei, unser tapferer Verbündeter in einem heiligen Krieg, der ewigen Frieden bringen würde. Osteuropa und China waren verschlungen. Zu den Menschen in den Schlagzeilen gehörten Alger Hiss, Owen Lattimore, Judith Coplon, Morton Sobell, Julius und Ethel Rosenberg. Aus irgendeinem Grund war für mich und meine Freunde Joseph McCarthy deshalb kein geringeres Übel. Aber unter der UNO-Flagge starben junge Amerikaner im Kampf – fünfeinhalb Jahre nach unseren Siegen! –, und ihre Gegner waren Nordkoreaner und Chinesen. Vor weniger als zwei Jahren waren die ersten russischen Atombomben explodiert. Die NATO, nicht viel älter, war eine Stolperschnur im Weg von vielen hundert Divisionen. Die meisten von uns, in einer emotionellen Lähmung, in der wir unser Alltagsleben weiterführen konnten, rechneten jeden Augenblick mit dem Ausbruch des III. Weltkriegs.

Ich konnte Sven Birkelunds voreilige Schlußfolgerungen halbwegs verstehen.

Aber während ich las und las, wuchs meine Verwirrung.

Derjenige, der das geschrieben hatte, kannte die Sprache der Kommunisten – ich hatte einige Bücher über das Thema gelesen –, war aber entschieden selbst kein Kommunist. Was war er dann?

Man erinnere sich, sagte ich. Man versuche, die Welt von 1951 zu verstehen.

Abgesehen von einigen Extremisten hatte Amerika nie daran gedacht, an sich selbst zu zweifeln, geschweige denn an seinem Recht zu existieren. Wir wußten, daß wir Probleme hatten, nahmen aber an, daß wir sie mit viel Zeit und gutem Willen würden lösen können, und früher oder später würden alle Menschen von beliebiger Rasse, Farbe oder Glauben Seite an Seite in den Vororten leben und gemeinsam Volkslieder singen. Der Fall *Brown gegen Board of Education* lag Jahre in der Zukunft; Studentenunruhen gab es in fremden Ländern, während sich das unsere über Studentenapathie Sorgen machte; Indochina war eine Gegend, wo die Franzosen vor unklaren Schwierigkeiten standen.

Das Fernsehen trat seinen Siegeszug an, und wir sprachen über die möglichen Auswirkungen. Interkontinentalraketen mit Atomsprengköpfen waren unterwegs, aber niemand stellte sich vor, daß man sie für etwas anderes als den gröbsten Austausch von Zerstörungen verwenden konnte. Die Nachrichten sprachen von Übervölkerung, aber sie würde bald vergessen sein. Penicillin und DDT waren die uneingeschränkten Freunde des Menschen. Umweltschutz hieß, bestimmte Gebiete im Naturzustand zu belassen. Smog gab es in Los Angeles und gelegentlich in London. Das Meer, die unsterbliche Mutter alles Lebenden, würde für immer unsere Abfälle aufnehmen und reinigen. Der Raumflug war eine Sache des kommenden Jahrhunderts, sobald ein exzentrischer Millionär ein Projekt finanzieren würde. Computer gab es wenige, sie waren sehr teuer und mit blinkenden Lampen übersät. Wenn man die Nachrichten aus der Wissenschaft verfolgte, wußte man ein wenig über Transistoren und rechnete vielleicht damit, einmal billige, taschengroße Radios in den Händen von Amerikanern zu sehen; für einen Bauern in Indien oder Afrika konnten sie nicht von Bedeutung sein. Alle Verhütungsmittel waren im Grunde mechanischer Art. Das Gen war eine bestimmte Stelle an einem Chromosom. Wenn er sich nicht ins Steinzeitalter zurückbombardierte, war der Mensch mit der Maschine verbunden.

Man versetze sich ins Jahr 1951, wenn man kann, wenn man es wagt, und lese den Spaß, auf dessen erster Seite der Vermerk stand: ›Copyright 1970 John Havig‹.

3

Schulwörterbuch für Eingeweihte

Aggression: Jede, von einem *Faschisten* vertretene Außenpolitik.

Aktivist: Eine Person, die für die Sache der *Befreiung* eine Taktik anwendet, die, wenn von einem *Faschisten* benützt, *McCarthyismus* und *Repression* heißt.

Armen, die: Jene Klasse von Personen, die nach der Definition irgendeines Menschen weniger als ihre rechtmäßigen Besitztümer und Vorrechte haben. Die *progressive* Definition schließt alle nicht-*faschistischen schwarzen, braunen, roten* und *gelben* Personen ein, ohne Rücksicht auf das Einkommen.

Atomwaffe: Eine Waffe, die irgendeine Form von Atomenergie verwendet, gebraucht von *faschistischen* Regierungen zum Zweck der *Aggression* und von *progressiven* Regierungen, um die Sache des *Friedens* zu fördern.

Befreiung: Ausländische Ausstoßung und inländischer Umsturz von westlichen Regierungen, Einflüssen und Institutionen. *Heilige Befreiung:* Befreiung, die zu einer *Volksrepublik* führen soll.

Besitzrechte: Die vermeintlichen Rechte von Personen, die Besitz verdient oder auf andere Weise legal erworben haben, oder von Steuerzahlern, die auf gleiche Weise Besitz erworben haben, der dann als öffentlicher Besitz bezeichnet wird, um in seinem Genuß gesichert zu sein, ohne Rücksicht auf *Menschenrechte.*

Bombardieren: Eine Methode der Kriegsführung, die hochexplosive Stoffe aus der Luft abwirft, verdammt wegen ihrer Auswirkung auf Frauen, Kinder, alte Leute, Kranke und andere Nichtkombattanten, es sei denn, diese wohnten in Berlin, Hamburg, Dresden, Tokio, Osaka, usw., aber nicht in Hiroshima oder Nagasaki. Vgl. *Rakete.*

Braun: Von mexikanischer Abstammung; nach der Hautfarbe, die zwischen Braun und Elfenbein schwankt. Nicht zu verwechseln mit *Schwarz*, *Rot*, *Weiß* oder *Gelb.*

Brutalität: Jede Handlung eines Polizisten. Vgl. *Schwein.*

Chauvinismus: Der Glaube jedes westlichen *Weißen*, daß für sein Land, seine Zivilisation, Rasse, sein Geschlecht oder Ich etwas hervorzubringen wäre. *Chauvinist:* Jeder Mensch dieser Art, demzufolge durch Erweiterung ein *Faschist* jeder Nationalität, jeder Rasse, jeden Geschlechts.

Demokratie: Eine Nation, in der die frei gewählte Regierung dem Volkswillen zugänglich bleibt, z. B. die Tschechoslowakei.

Ehre: Siehe *Ruhm.*

Eingeborener: Ein nicht-*weißer* Bewohner eines Gebietes, dessen Vorfahren die vorherigen Besitzer enteignet haben.

Entwicklung: a) In *faschistischen* Ländern das Ausreißen von Bäumen und Einebnen von Hügeln, Errichten von schlechten Häusern, etc. b) In *progressiven* Ländern die Bereitstellung von Wohnungen für die Massen, oder allgemein die Nutzung von Naturressourcen zur Befriedigung menschlicher Bedürfnisse.

Establishment: Die maßgeblichen Leute des Staates, wenn diese *konservativ* sind.

Fallout: Radioaktives Material einer *Atomwaffe*, weit verstreut, wenn diese in der Atmosphäre getestet wird, allseitig verdammt wegen der schädlichen Wirkung auf öffentliche Gesundheit und Erbmasse, außer der Test wird von einem *progressiven* Land durchgeführt.

Faschist: Eine Person, die Maßnahmen befürwortet, die möglicherweise dem Überleben des Westens dienlich sind.

Freiheit: Augenblickliche Befriedigung.

Friede: Die Endlösung des *faschistischen* Problems.

Friedliche Koexistenz: Eine Vorstufe des *Friedens*, in der *Aggression* abgebaut wird und *heilige Befreiung* fortschreitet.

Gelb: Mongoloider Abstammung; nach der Hautfarbe, die zwischen Braun und Elfenbein schwankt. Nicht zu verwechseln mit *Schwarz*, *Braun*, *Rot* oder *Weiß*.

Held: Eine Person, die für eine *progressive* Sache Opfer bringt und Risiken auf sich nimmt. Vgl. *Schwein.*
Imperialist: Eine Person, die dafür eintritt, daß irgendein westliches Land irgendein überseeisches Territorium behält.
Kolonialist: Jeder, der glaubt, daß jede Person europäischer oder nordamerikanischer Abstammung jedes Recht hat, in jedem Gebiet außerhalb von Europa oder Nordamerika zu bleiben, wo seine Vorfahren sich zufällig niedergelassen hatten, außer, es hätte sich um Russen gehandelt. Vgl. *Eingeborener.*
Konformist: Jemand, der *Establishment*-Werte akzeptiert, ohne störende Fragen zu stellen. Vgl. *Nonkonformist.*
Konservativ: Siehe *Aggression, Besitzrechte, Bombardieren, Brutalität, Chauvinismus, Establishment, Faschist, Imperialist, Kolonialist, Konzentrationslager, Konformist, McCarthyismus, militärisch-industrieller Komplex, Napalm, Plutokrat, Rakete, Rassist, Reaktionär, Repression, Xenophobie.*
Konzentrationslager: Ein abgeschlossenes Gebiet, in das *Volks*angehörige getrieben werden, die ihrer Regierung oder einer Besatzungsmacht verdächtig sind. Kein *progressives* Land und keine *Befreiungs*bewegung kann ein Konzentrationslager betreiben, da sie der Definition nach die volle Unterstützung des *Volkes* haben. NB: Liberale halten es für unhöflich, in diesem Zusammenhang von den Nisei zu sprechen.
Krimineller: Ein *Faschist,* vor allem, wenn gefaßt und bestraft. Vgl. *Märtyrer.*
Liebe: Eine Empfindung, die, wenn allseitig vorhanden, automatisch alle menschlichen Probleme lösen würde, welche aber der Definition nach von manchen – siehe *konservativ* – nicht gefühlt werden kann.
Märtyrer: Eine Person, die für die Sache der *Befreiung* leidet oder stirbt. Nicht zu verwechseln mit einem *Kriminellen* oder Gegner.
McCarthyismus: Charaktermord zu politischen Zwecken, indem behauptet wird, irgendeine Person sei Mitglied der kommunistischen Verschwörung, vor allem, wenn das durch einen Bewunderer von Senator Joseph McCarthy geschieht. Nicht zu verwechseln mit der Behauptung, irgendeine Person sei Mitglied der *faschistischen* Verschwörung, vor allem, wenn das durch einen Bewunderer von Senator Eugene McCarthy geschieht.

Militärisch-industrieller Komplex: Ein ineinandergreifendes Direktorat von militärischen und industriellen Führern, das die USA beherrschen soll. Nicht zu verwechseln mit militärischen und industriellen Führern der UdSSR oder der verschiedenen *Volks*republiken.
Napalm: Benzingelee, entzündet und auf Gegner abgefeuert, verdammt von allen wahren Liberalen, außer wenn es von Israelis gegen Araber verwendet wird.
Nonkonformist: Jemand, der *progressive* Werte akzeptiert, ohne störende Fragen zu stellen. Vgl. *Konformist.*
Ökologie: a) Veraltet: Die Erforschung der Wechselbeziehungen von Lebewesen miteinander und mit der Umwelt. b) Alles Nichtmenschliche, das vom *Establishment* geschädigt wird, wie Bäume oder Falken, aber nicht eingeschlossen Ratten, Spatzen, Algen, etc. Also besitzen *progressive* Länder keine Ökologie.
Organisch: Für Nahrungsmittel, die nur mit Naturdünger gezüchtet worden sind, etc. und mit keinen chemischen Sprühstoffen, etc. behandelt sind, somit frei von schädlichen Reststoffen und bodeneigenen Krankheiten oder ernsthaftem Insektenbefall, da das Land ringsum künstlich gedüngt und chemisch besprüht worden ist.
Plutokrat: Bürger einer *Republik,* der, wegen enormen Reichtums, den er sich mit den *Armen* zu teilen weigert, unzulässige politische Macht ausübt. Nicht zu verwechseln mit Kennedy.
Pot: Marihuana. Müssen wir wieder den ganzen Quatsch mit Alkohol-Tabak-Psychopharmaka-sind-legal durchmachen?
Progressiv: Der *Befreiung* dienlich.
Rakete: Ein unabhängiges Gerät, das hochexplosive Stoffe durch die Luft trägt, verdammt wegen seiner Wirkungen auf Frauen, Kinder, alte Leute, Kranke und andere Nichtkombattanten, es sei denn, diese lebten in Saigon, Da Nang, Hué, etc. Vgl. *Bombardieren.*
Rassist: Eine *weiße* Person, die, wenn irgendeine *schwarze* Person ein Glöckchen läutet, keinen Speichel absondert.
Reaktionär: Nicht *progressiv.*
Repression: Verweigerung des Rechts der freien Meinungsäußerung z. B. durch Ablehnung, einem *Aktivisten* kostenlos ein Podium zu verschaffen, oder des Rechts auf eine freie Presse, z. B. durch Ablehnung, zu drucken, im Fernsehen zu übertra-

gen oder in Bibliotheken aufzunehmen, was ein *Aktivist* alles von sich gibt, oder des Rechts, gehört zu werden, z. B. durch Pöbelmaßnahmen gegen einen *Aktivisten.* Nicht zu verwechseln mit dem Schutz des *Volkes* vor *reaktionärer* Ansteckung.

Republik: Ein Land, dessen Regierung nicht auf der Grundlage der Vererbung oder des Reichtums ausgewählt wird, sondern von den Wählern, aus denen die politische Macht erwächst.

Rot: a) Von amerikanisch-indianischer Abstammung; nach der Hautfarbe, die zwischen Braun und Elfenbein schwankt. Nicht zu verwechseln mit *Schwarz, Braun, Weiß* oder *Gelb,* noch mit ›Mexikanisch‹, obwohl die meisten Mexikaner von amerikanisch-indianischer Abstammung sind.

Ruhm: Ein überholtes Losungswort, außer, wenn auf *Held* oder *Märtyrer* angewendet.

Selbstbestimmung: Das Recht einer kulturell oder ethnisch definierten Gruppe, sich selbst zu regieren, wie in Biafra, Ost-Pakistan, Goa, Katanga, der Sinai-Halbinsel, Tibet, der Ukraine, etc.

Söldner: Ein Soldat, der, gegen Bezahlung, einer Regierung dient, die nicht seine eigene ist. Vgl. *Vereinte Nationen.*

Schwarz: Ganz oder teilweise von afrikanischer Abstammung unterhalb der Sahara; nach der Hautfarbe, die zwischen Braun und Elfenbein schwankt. Nicht zu verwechseln mit *Braun, Rot, Weiß* oder *Gelb.* Dieses Wort tritt an die Stelle des früheren ›Neger‹, das heute als beleidigend gilt, weil es ›Schwarz‹ bedeutet.

Schwein: a) Ein Tier, das für seinen Wert, seine Intelligenz, seinen Mut, seine Selbständigkeit, freundliche Natur, Loyalität und, wenn es seiner natürlichen Neigung folgen darf, für seine Sauberkeit bekannt ist. b) Ein Polizist. Vgl. *Aktivist.*

Vereinte Nationen: Eine internationale Organisation, die schwedische, indische, irische, kanadische und andere Truppen in anderen Teilen der Welt als diesen einsetzt, um die *Selbstbestimmung* zu fördern.

Volk: Jene, die die *Befreiung* unterstützen. Daher wird jeder, der kein *Faschist* ist, dazu gezählt, ob er will oder nicht.

Volksrepublik: Eine *Republik,* in der die Wählerschaft aus einem Gewehrlauf besteht.

Weiß: Von kaukasischer Abstammung; nach der Hautfarbe, die zwischen Braun und Elfenbein schwankt. Nicht zu ver-

wechseln mit *Schwarz*, *Braun*, *Rot* oder *Gelb*.
Wind des Wandels: Poetische Metapher für die Niederlage der *reaktionären* Kräfte. Nicht anwendbar auf ihre Fortschritte oder Wiederherstellung.
Women's Liberation: Eine Bewegung gegen den männlichen *Chauvinismus*.
Xenophobie: Mißtrauen gegen die Fähigkeit von Fremden, dein Leben für dich zu lenken.

4

Als ich mein Sprechzimmer betrat, war es mir einen Augenblick lang fremd, eine winzige Insel in der Zeit, die der Ozean rasch zerfraß, und ich wußte, daß ich gut daran tun würde, in den nächsten zehn Jahren in den Ruhestand zu gehen.

Der Schneefall war noch dichter geworden und verfinsterte die Fenster. Jack hatte eine Lampe angeknipst, damit er eine Zeitschrift lesen konnte. Rings um die Lichtpfütze lagen riesige Schatten. Der Heizkörper grollte. Er machte die Luft nicht nur warm, sondern auch trocken.

Er stand auf.

»Entschuldigen Sie, daß ich Ihnen diese Mühe mache, Doktor Anderson«, sagte er.

Ich bedeutete ihm, sich wieder zu setzen, nahm Platz und griff nach einer frischen Pfeife. Soviel zu rauchen war schlecht für den Mund, aber meine Finger brauchten Beschäftigung.

Jack wies mit einer Kopfbewegung auf das Pamphlet, das ich auf den Schreibtisch geworfen hatte.

»Wie gefällt es Ihnen?« fragte er tonlos.

Ich blickte durch die obere Hälfte meiner Bifokalbrille. Das war nicht der Junge, der gewußt hatte, daß er seinen Vater verlieren würde, noch der Jugendliche, der vergeblich versucht hatte, sein Elend zu verbergen, als seine Mutter einen Stiefvater für ihn nahm – erst letztes Jahr. Ein junger Mann saß mir gegenüber, dessen Augen alt waren.

Sie waren grau, diese Augen, in einem schmalen Gesicht mit gerader Nase an einem langen Kopf. Das dunkelblonde Haar, der schlanke, mittelgroße, ein wenig ungeschickte Körper verrieten Tom; der Mund, seine vollen Lippen und seine in diesem asketischen Gesicht fehl am Platz erscheinende Beweglichkeit stammten von Eleanor; das Ganze war eindeutig Jack Havig, den ich nie hatte ergründen können.

In der Kleidung stets nachlässig, trug er das karierte Wollhemd und die Jeans, die er zu dem Marsch über die Hügel angezogen hatte. Seine Haltung wirkte eher wachsam als unsicher, und sein Blick irrte von dem meinen nicht ab.

»Tja«, sagte ich, »es ist originell. Aber auch verwirrend, wie du zugeben mußt.« Ich stopfte meine Pfeife.

»Ja, mag sein. Ein Souvenir. Wahrscheinlich hätte ich nichts mit zurückbringen sollen.«

»Von deinem, äh, Ausflug von zu Hause? Wo bist du gewesen, Jack?«

»Unterwegs.«

Ich erinnerte mich an eine kleine, störrische Person, die dieselbe Antwort gegeben hatte, als sie von einem Unbekannten zu ihrem Vater zurückgebracht worden war. Das brachte mich dazu, mich an vieles zu erinnern.

Mein Streichholz knirschte unnatürlich laut, die Flamme wirkte außergewöhnlich grell. Ich brachte den Tabak zum Glühen, roch und sog daran, bevor ich meine Worte wählte.

»Hör zu, Jack. Du bist in Schwierigkeiten. Schlimmer noch, deine Mutter ist es auch.« Das traf ihn. »Ich bin ein Freund von euch beiden, ich möchte euch helfen, aber verdammt noch mal, du mußt etwas dazu beitragen.«

»Doc, wenn ich das nur könnte«, flüsterte er.

Ich tippte auf das Pamphlet.

»Okay«, sagte ich, »erzähl mir, daß du an einer Science Fiction-Geschichte oder dergleichen schreibst, die 1970 spielt, und daß das hier bloß Arbeitsmaterial ist. Schön. Ich würde meinen, daß du unnötig dunkel schreibst, aber lassen wir das; deine Sache.« Ich gestikulierte mit der Pfeife. »Was nicht deine Sache ist, ergibt sich aus der Tatsache, daß das Ding vervielfältigt ist. Für den rein privaten Bedarf vervielfältigt niemand etwas. Das machen Organisationen. Was für eine Organisation ist es?«

»Keine. Ein paar Freunde.« Sein Hals wurde steif. »Verdammt wenige, unter all den gadarenischen Säuen, die glücklich ihre Schlagwörter quietschen.«

Ich stand auf.

»Etwas zu trinken?«

Nun lächelte er.

»Danke. Genau das richtige Rezept.«

Während ich aus einer Kognakflasche eingoß – manchmal brauchte ich sie für einen Patienten und für mich zugleich, wenn ich etwas Schlimmes mitzuteilen hatte –, fragte ich mich, was bei mir zu diesem Impuls geführt hatte. Junge Leute saufen nicht, außer heimlich ein bißchen Bier. Oder doch? Erneut kam mir zum Bewußtsein, daß ich keinen Halbwüchsigen mehr vor mir hatte.

Er trank wie ein erfahrener, wenn auch nicht schwerer Trinker. Wie hatte er das gelernt? Er war kaum einen Monat fortgewesen.

Ich setzte mich wieder und sagte: »Ich frage nicht nach Geheimnissen, Jack, obwohl du weißt, daß ich in meinem Beruf viele höre und sie für mich behalte. Ich *verlange* deine Hilfe bei der Konstruktion einer Geschichte und dem Entwurf eines Programms für zukünftiges Verhalten, die deine Mutter aus der Klemme befreien.«

Er runzelte die Stirn.

»Sie haben recht. Das Problem ist nur, ich weiß einfach nicht, was ich Ihnen sagen soll.«

»Vielleicht die Wahrheit?«

»Doc, die wollen Sie nicht hören. Glauben Sie mir, wirklich nicht.«

»›Schönheit ist Wahrheit, Wahrheit Schönheit –‹ Warum hat Keats der Welt diesen Käse erzählt? Er hatte Medizin studiert; er wußte es besser. Jack, ich wette zehn Dollar mit dir, daß ich ein Dutzend wahrer Geschichten erzählen kann, die dich schlimmer schockieren würden, als du mich schockieren könntest.«

»Ich wette nicht«, sagte er rauh. »Das wäre nicht fair Ihnen gegenüber.«

Ich wartete.

Er leerte sein Glas und hielt es mir hin. Im gelben Lampenlicht verhärtete sich sein hageres Gesicht zu finsterer Entschlossenheit.

»Gießen Sie nach«, sagte er, »und ich sage es Ihnen.«

»Fein.« Die Flasche schwankte in meiner Hand, als der Kognak herauslief. »Ich schwöre, alles für mich zu behalten.«

Er lachte scheppernd.

»Eide sind unnötig, Doc. Sie werden schweigen.«

Ich wartete.

Er schlürfte, starrte an mir vorbei und murmelte: »Ich bin froh. Es war eine solche Last, mein ganzes Leben hindurch, nie mitteilen zu können, was... ich bin.«

Ich blies Rauch in die Luft und wartete.

Er stieß hervor: »Die meiste Zeit war ich in der Umgebung von San Francisco, vor allem in Berkeley. Über ein Jahr.«

Meine Finger umkrallten den Pfeifenkopf.

»Mhm.« Er nickte. »Ich kam nach einer Abwesenheit von einem Monat heim. Aber ich habe ungefähr achtzehn Monate außerhalb verbracht. Vom Herbst 1969 bis Ende 1970.« Nach einer kurzen Pause fügte er hinzu: »Das sind nicht ganz eineinhalb Jahre, aber man muß meine Besuche in der ferneren Zukunft dazuzählen.«

Im Heizkörper zischte der Dampf. Ich sah einen dünnen Schweißfilm auf der Stirn meines Beinahe-Adoptivsohnes. Er umklammerte sein Glas so fest wie ich meine Pfeife. Aber trotz der Anspannung in ihm klang seine Stimme ruhig.

»Du hast eine Zeitmaschine?« flüsterte ich.

Er schüttelte den Kopf.

»Nein. Ich bewege mich von selbst durch die Zeit. Fragen Sie mich nicht, wie. Ich weiß es nicht.« Er lächelte verkrampft. »Sicher, Doc«, sagte er. »Paranoia. Der Wahn, ich sei im Kosmos etwas Besonderes. Gut, ich führe es Ihnen vor.« Er gestikulierte. »Kommen Sie, bitte, her. Prüfen Sie nach. Vergewissern Sie sich, daß ich keine Spiegel, Falltüren oder Apparaturen in Ihr eigenes Sprechzimmer gebracht habe.«

Betäubt tastete ich um ihn in der Luft herum, obwohl klar war, daß er keine Gelegenheit gehabt hatte, irgendeine Apparatur mitzubringen oder aufzubauen.

»Zufrieden?« fragte er. »Also, ich werde mich in die Zukunft versetzen. Wie weit? Eine halbe Stunde? Nein, zu lang für Sie, um an Ihrer Pfeife zu nagen. Also fünzehn Minuten.« Er verglich seine Armbanduhr mit meiner Wanduhr. »Es ist sechzehn Uhr siebzehn, richtig? Ich tauche um halb fünf Uhr wieder auf, ein paar Sekunden hin oder her.« Wort für Wort: »Sorgen Sie nur dafür, daß niemand und nichts zu diesem Zeitpunkt in diesem Sessel ist. Ich kann nicht am selben Ort wie ein anderer fester Körper auftauchen.«

Ich trat zitternd zurück.

»Los, Jack«, sagte ich über dem Pochen in meinen Adern.

Zartes Mitgefühl erfaßte ihn. Er streckte seine Hand aus und drückte die meine.

»Guter, alter Doc. Auf bald.«

Und er war verschwunden. Ich hörte ein gedämpftes Zischen, als die Luft dort hineinschoß, wo er gewesen war, und nichts sonst. Der Sessel war leer. Ich tastete herum. Nichts.

Ich setzte mich wieder an den Schreibtisch und starrte eine Viertelstunde, an die ich mich nicht erinnere, vor mich hin.

Schlagartig war er wieder da, saß da wie vorher.

Ich gab mir Mühe, nicht ohnmächtig zu werden. Er eilte auf mich zu.

»Doc, na, nur ruhig, alles ist okay, da, trinken Sie einen Schluck –«

Später gab er mir eine einminütige Vorstellung, trat aus dieser nahen Zukunft neben sich selbst, bis der erste Körper verschwand.

Es wurde Nacht.

»Nein, ich weiß nicht, wie das funktioniert«, sagte er. »Aber ich weiß auch nicht, wie meine Muskeln funktionieren, nicht so, wie Sie das wissen – und Sie werden zugeben, daß Ihre wissenschaftliche Information nur ein Schimmer auf der Oberfläche eines Rätsels ist.«

»Wie fühlt man sich dabei?« fragte ich und bemerkte überrascht, welche Ruhe über mich gekommen war. Am Tag von Hiroshima war ich länger betäubt gewesen. Nun, vielleicht hatte mein Unterbewußtsein schon erraten gehabt, was Jack Havig war.

»Schwer zu beschreiben.« Er starrte stirnrunzelnd in die Dunkelheit. »Ich... bewege mich durch den Willen vorwärts und rückwärts durch die Zeit... so, wie ich, sagen wir, mit dem Willen mein Glas von Ihrem Schreibtisch nehme. Mit anderen Worten, ich befehle diesem Unbekannten, mich zu bewegen, so wie wir unseren Fingern befehlen, etwas zu tun, und es geschieht.« Er suchte nach Worten, bevor er fortfuhr: »Während ich durch die Zeit reise, befinde ich mich in einer Schattenwelt. Das Licht schwankt zwischen Null und Grau. Wenn ich mehr als eine Tag-Nacht-Periode überspringe, flackert es. Gegenstände wirken trüb, dunstig, flach. Dann beschließe ich zu halten, und ich halte, und ich bin wieder in normaler Zeit und Festigkeit... Unterwegs gelangt keine Luft zu mir. Ich muß den Atem anhalten und ab und zu zu einem vollen Atemzug auftauchen, wenn die Reise in meiner persönlichen Zeit zu lange dauert.«

»Warte«, sagte ich. »Wenn du unterwegs nicht atmen kannst, nichts berühren kannst, nicht gesehen wirst – wie kommt es, daß du dieses, wenn auch schwache, Sehvermögen hast? Wie kann Licht auf dich wirken?«

»Das weiß ich auch nicht, Doc. Ich habe aber Physikbücher gelesen, um zu versuchen, darüber wie über alles andere etwas in Erfahrung zu bringen. Und, na ja, es muß eine Art Kraft sein, die mich bewegt. Eine Kraft, die in mindestens vier Dimensionen wirkt, aber trotzdem eine Kraft. Wenn sie eine elektromagnetische Komponente hat, kann ich mir vorstellen, daß ein paar Photonen in ihrem Feld eingefangen und mitgenommen werden. Materie, auch ionisierte Materie, hat Ruhemasse und kann deshalb nicht auf diese Weise beeinflußt werden... Das ist die Vermutung eines Laien. Wenn ich es nur wagen könnte, einen richtigen Wissenschaftler zu fragen.«

»Deine Vermutung ist mir schon zu hoch, mein Freund. Äh, du hast gesagt, ein Sprung geht nicht augenblicklich vor sich, was dich selbst angeht. Wie lange dauert der Übergang? Wie viele Minuten pro Jahr, oder wie auch immer?«

»Keine bestimmte Beziehung. Das hängt von mir ab. Ich fühle die Anstrengung, die ich ausübe, und kann sie grob kalkulieren. Wenn ich mich, nun ja, bemühe, kann ich mich – schneller – bewegen als sonst. Das erschöpft mich und scheint für mich zu beweisen, daß das Zeitreisen körperliche Energie gebraucht, um die Schubkraft zu erzeugen und anzuwenden... Es hat nie länger als einige Minuten gedauert, nach meiner Uhr, und das war eine Reise durch mehrere Jahrhunderte.«

»Als du ein Baby gewesen bist –« Meine Stimme erstarb.

Er nickte wieder.

»Ja, von dem Vorfall habe ich gehört. Die Angst vor dem Fallen ist ein Urinstinkt, nicht wahr? Als meine Mutter mich fallen ließ, habe ich mich wohl aus schierem Reflex in die Vergangenheit geschleudert... und sie dadurch veranlaßt, mich fallen zu lassen.« Er trank einen Schluck Kognak. »Meine Fähigkeit wuchs mit mir. Wahrscheinlich gibt es jetzt kein Limit für mich, wenn ich nach Bedarf unterwegs halte, um mich auszuruhen. Aber ich bin beschränkt in der Masse, die ich mitnehmen kann. Das sind nur einige Pfund, einschließlich der Kleidung. Wenn es mehr wird, kann ich mich nicht bewegen; das ist, als wäre man zu schwer beladen. Wenn Sie mich beispielsweise packen würden, säße ich in der normalen Zeit fest, bis Sie loslassen, weil Sie zu schwer sind, als daß ich Sie mitschleppen könnte. Ich könnte Sie nicht einfach zurücklassen; die Kraft wirkt oder versucht zu wirken auf alles, was in direkter Berührung mit mir steht.« Ein schwaches Lächeln. »Außer der Erde selbst, wenn ich gerade barfuß bin. Ich nehme an, daß soviel Masse, zusammengehalten nicht nur durch die Schwerkraft, sondern durch noch andere, stärkere Kräfte, eine – was? – eine eigene – Kohäsion? – hat.«

»Du hast mich davor gewarnt, einen festen Gegenstand dort hinzutun, wo du, äh, erscheinen wolltest«, sagte ich.

»Richtig«, sagte er. »In diesem Fall kann ich es nicht. Ich habe experimentiert. Wenn ich durch die Zeit reise, kann ich mich inzwischen im Raum bewegen, wenn ich will. Auf diese Weise habe ich neben mir selbst auftauchen können. Übrigens mag sich die Oberfläche, auf der ich bin, heben oder senken, aber ich hebe und senke mich auf gleiche Weise, genau wie eine Person, die in der normalen Zeit irgendwo steht. Und abgesehen von den Schritten, die ich mache, bleibe ich an demselben geographischen Punkt. Ohne Rücksicht darauf, daß unser Planet sich um seine Achse dreht und um eine Sonne fliegt, die durch eine Galaxis rast... ich bleibe *hier.* Wohl wieder die Schwerkraft, nehme ich an... Ja, zu festen Gegenständen. Ich versuchte als Kind in einen Berg zu gelangen, als ich noch nicht genug wußte. Ich konnte auch hinein, so leicht wie in eine Nebelbank. Aber dann war ich vom Licht abgeschnitten und konnte nicht in die normale Zeit hinaustreten, es war, als befände ich mich in Beton, und mir ging der Atem aus –« Er fröstelte. »Ich schaffte es nur mit Mühe wieder ins Freie.«

»Ich vermute, die Materie setzt der Verdrängung durch dich Widerstand entgegen«, meinte ich. »Flüssigkeiten sind nicht so schwer wegzuschieben, wenn du auftauchst, aber feste Körper.«

»Mhm, das nahm ich auch an. Wenn ich bewußtlos geworden und in dem Berg gestorben wäre, hätte es meinen Körper wohl, nun, im gewöhnlichen Ablauf in die Zukunft getragen, und er wäre in die normale Existenz zurückgefallen, wenn der Berg schließlich ringsherum erodiert wäre.«

»Erstaunlich, wie du als Knirps das hast für dich behalten können.«

»Nun, ich habe den Eindruck gewonnen, daß ich meiner Mutter große Sorgen gemacht habe. Erinnern kann ich mich eigentlich nicht. Wer entsinnt sich schon seiner allerersten Jahre? Wahrscheinlich habe ich eine Weile gebraucht, um zu erkennen, daß ich einzigartig war, und die Erkenntnis erschreckte mich – vielleicht war durch die Zeit reisen etwas Schlimmes. Oder vielleicht freute ich mich innerlich darüber: Jedenfalls hat Onkel Jack mich ins Gleichgewicht gebracht.«

»War er der Unbekannte, der dich zurückgebracht hat, als du vermißt warst?«

»Ja. Daran erinnere ich mich. Ich hatte eine weite Expedition in die Vergangenheit unternommen, um nach Indianern zu suchen. Aber ich fand nur einen Wald. Er tauchte auf – er hatte das Gebiet eine Reihe von Jahren abgesucht – und es war schön mit ihm. Schließlich nahm er meine Hand und zeigte mir, wie ich mit ihm heimkommen konnte. Er hätte mich wenige Minuten nach meinem Verschwinden zurückbringen und meinen Eltern diese schrecklichen Stunden ersparen können, aber ich glaube, er wollte mir beweisen, wie weh ich ihnen getan hatte, damit ich endlich begriff, wie wichtig es war, diskret zu sein.« Seine Stimme wurde nachdenklich. »Wir machten später schöne Ausflüge. Onkel Jack war der ideale Führer und Mentor. Ich hatte keinen Anlaß, gegen seine Anweisungen zur Geheimhaltung zu verstoßen, abgesehen von getarnten Prahlereien meinem Freund Pete gegenüber. Onkel Jack führte mich zu besseren Dingen, als ich je auf eigene Faust entdeckt hätte.«

»Du bist aber allein herumgehopst«, betonte ich.

»Gelegentlich. Wie damals, als mich zwei böse Buben überfielen. Ich sprang ein paarmal zurück, bis ich in der Überzahl war.«

»Kein Wunder, daß du so schnell gewachsen bist… Als du erfahren hast, daß dein Vater sich zum Militär gemeldet hatte, hast du gehofft, dich vergewissern zu können, daß ihm nichts passieren würde, nicht wahr?«

Jack Havig schnitt eine Grimasse.

»Ja. Ich begab mich in die Zukunft und sah mich in Abständen schnell um. Bis ich zum Fenster hineinblickte und Mutter weinen sah. Dann ging ich zurück, bis ich Gelegenheit fand, das Telegramm zu lesen – o Gott. Ich bin jahrelang nicht mehr durch die Zeit gereist. Ich glaubte nicht, daß ich es wieder würde tun wollen.«

Die Stille des Schnees hüllte uns ein.

Nach langer Zeit fragte ich: »Wann hast du diesen Mentor zuletzt getroffen?«

»Neunzehnhundertneunundsechzig. Aber die Gelegenheit vorher war – kurz vor meinem Ausflug – auf der Suche nach meinem Vater gewesen. Onkel Jack war da besonders nett zu mir. Wir gingen in den alten, echten Zirkus, irgendwann Ende des neunzehnten Jahrhunderts. Ich wunderte mich darüber, daß er so traurig wirkte und weshalb er die Notwendigkeit, unser Geheimnis zu bewahren, so betonte. Jetzt weiß ich es.«

»Weißt du, wer er ist?«

Er zog den linken Mundwinkel hoch.

»Was glaubst du wohl?«

Wieder wurde es still.

»Voriges Jahr habe ich mit den Zeitreisen wieder angefangen«, sagte er schließlich. »Ich brauchte eine Zuflucht vor diesem, dieser Situation auf der Farm. Zuerst waren es Ausflüge in die Vergangenheit. Du hast keine Ahnung, wie schön dieses Land gewesen ist, bevor die Siedler kamen. Und die Indianer – nun, ich habe Freunde unter ihnen. Ich habe nicht mehr als ein paar Worte ihrer Sprache gelernt, aber sie nehmen mich gern auf, und, äh, die Mädchen sind immer bereit, fähig und eifrig.«

Ich mußte lachen.

»Sven junior reitet immer darauf herum, daß du kein Stelldichein hättest!«

Er grinste.

»Man kann sich denken, wie gut mir diese Ausflüge getan haben.« Er wurde wieder ernst. »Aber Sie können auch erraten, wie die ganze Misere zu Hause – was Birkelund mein Zuhause nennt – immer alberner, sinnloser und erstickender auf mich wirkte. Selbst die Außenwelt. Etwa – was, zum Teufel, hatte ich in der Oberschule zu suchen? Da war ich, voll erwachsen, voll der Wunder, die ich gesehen hatte, hörte Teenager kichern und Lehrer monotones Zeug murmeln!«

»Ich nehme an, es war der Familienkrach, der dich in die Zukunft geschickt hat?«

»Richtig. Ich war vor Zorn halb außer mir. Vor allem hoffte ich, Sven Birkelunds Grabstein zu sehen. Zwanzig Jahre in der Zukunft schien eine gute, runde Zahl zu sein. Aber da ich wußte, daß ich viel aufzuholen hatte, ging ich ins späte Jahr neunzehnhundertneunundsechzig, um von neunzehnhundertsiebzig möglichst viel zu haben... Das Haus stand noch. Steht noch. Wir stehen.«

»Sven?« fragte ich leise.

»Ich nehme an, er wird überlebt haben.« Seine Stimme klang scharf. »Es ist mir nicht wichtig genug, um nachzuforschen. In weiteren zwei Jahren wird meine Mutter sich scheiden lassen.«

»Und –?«

»Sie wird die Kleinen, beide, nehmen und nach Massachusetts zurückgehen. Ihre dritte Ehe wird gutgehen. Aber in dieser Zeit darf ich ihr nicht noch mehr Schwierigkeiten machen. Deshalb bin ich zurückgekommen. Ich habe meine Abwesenheit auf einen Monat ausgedehnt, um Birkelund zu zeigen, daß ich es ernst meine, aber länger brachte ich es nicht fertig, ich konnte ihr das nicht antun.«

Ich sah in ihm, was ich in anderen gesehen habe, wenn Menschen, an denen sie hängen, krank sind oder sterben müssen. Ich beeilte mich also zu sagen: »Du hast mir erzählt, du hättest deinen Onkel Jack getroffen, dein anderes Ich.«

»Ja.« Er war froh darüber, zu praktischen Dingen zurückkehren zu können. »Er wartete schon, als ich neunzehnhundertneunundsechzig auftauchte. Das war draußen in der Waldparzelle, nachts – ich wollte nicht riskieren, von einem zufälligen Beobachter bemerkt zu werden – aber die Bäume waren abgeholzt, man hatte Getreide gepflanzt. Er hatte im Hotel ein Doppelzimmer genommen – das heißt, in dem, das man bauen wird, wenn das ›Senlac Arms‹ abgerissen ist – und nahm mich für ein paar Tage auf. Er erzählte mir von meiner Mutter und ermunterte mich, mir das durch die alten Zeitungen in der Bücherei bestätigen zu lassen; außerdem zeigte er mir ein paar Briefe, die sie zuletzt an ihn geschrieben hatte... an mich.

Danach gab er mir tausend Dollar – Doc, die Preise in zwanzig Jahren! – und empfahl mir, mich im Land umzusehen.

Die Nachrichtenmagazine ließen erkennen, daß sich in Berkeley das Wichtige abspielte. Jedenfalls liegt San Francisco an der Bucht direkt gegenüber, und ich hatte die Stadt schon immer sehen wollen.«

»Wie war es in Berkeley?« fragte ich und erinnerte mich an Besuche in einer ruhigen Universitätsstadt.

Er berichtete, so gut er konnte. Aber 1951 konnten keine Worte übermitteln, was ich inzwischen erlebt habe, diese wilde, unheimliche, lustige, erschreckende, groteske, verwirrende Attacke auf alle Sinne und den gesunden Menschenverstand der Telegraph Avenue Ende des siebten Jahrzehnts des zwanzigsten Jahrhunderts.

»Hast du nicht riskiert, mit der Polizei ins Gehege zu kommen?« erkundigte ich mich.

»Nein. Ich machte Zwischenhalt im Jahr neunzehnhundertsechundsechzig und ließ mich unter falschem Namen für den Wehrdienst registrieren. Auf der Karte, die ich bekam, stand, daß ich neunzehnhundertneunundsechzig einundzwanzig sei... Die Leute auf der Straße waren für mich eine Offenbarung. Ich kam als altmodischer Provinzler zu ihnen, hörte ihre Version des Geschehenen, und sonst keine. Monatelang war ich unter den Radikalen. Ein Leben von der Hand in den Mund mit Gelegenheitsarbeiten, Demonstrationen, Hasch, schmutziger Unterkunft, ungewaschenen Mädchen, alles, was dazugehörte.«

»Dein Text hier scheint diese Dinge aber nicht so positiv zu sehen«, meinte ich.

»Nein. Ich bin sicher, Onkel Jack wollte erreichen, daß ich intime Kenntnisse erlangte, wie es ist, jemand zu sein, der seiner Zivilisation abgeschworen hat. Aber ich habe mich geändert.«

»M-m-m, ich würde sagen, das war die natürliche Reaktion. Aber weiter. Was passierte?«

»Ich unternahm einen Ausflug in die fernere Zukunft.«

»Und?«

»Doc«, sagte er ganz leise, »Sie können sich glücklich schätzen. Sie werden schon alt.«

»Ich werde da schon tot sein?« Mein Herz setzte für einen Schlag aus.

»Bis zur Zeit der Explosion und des Zusammenbruchs zweifellos. Ich habe nicht nachgeforscht, sondern nur festgestellt, daß Sie 1970 leben und gesund sind.« Ich fragte mich, warum er nicht lächelte, wie er es hätte tun sollen, wo er mir doch eine gute Nachricht übermittelte. Heute weiß ich es; er sagte nichts von Kate.

»Der Krieg – *der* Krieg – und seine Folgen kommen später«, fuhr er mit derselben eisernen Stimme fort. »Aber alles ergibt sich direkt aus dem Hexensabbat, von dem ich einen Teil in Berkeley gesehen habe.«

Ich sah ihn an.

Er seufzte und rieb sich die müden Augen.

»Ich kehrte mit der vagen Idee, die Flut aufzuhalten, nach neunzehnhundertsiebzig zurück. Es gab ein paar Leute, sogar junge Leute, die noch ein wenig von der Wirklichkeit erkannten. Dieser Text da... man half mir, ihn zu veröffentlichen und zu verbreiten, weil man mich für einen verirrten Republikaner hielt.«

»Warst du das?«

»Guter Gott, nein. Sie glauben doch nicht, daß irgendeine politische Partei in den letzten drei oder vier Generationen von großem Nutzen gewesen ist, oder? Es wird noch schlimmer werden.« Er hatte sein Glas wieder geleert, wehrte aber ab, als ich nachfüllen wollte. »Ich bewahre lieber klaren Kopf, Doc. Wir müssen ja eine Tarngeschichte erfinden. Ich weiß, daß wir das schaffen, weil mein nicht so viel älteres Ich mir zu verstehen gab, daß ich meine gegenwärtigen Schwierigkeiten bewältigen würde. Das entbindet uns aber nicht davon, so zu tun, als ob.«

»Die Zeit ist unveränderbar?« sagte ich verwundert. »Wir – unser Leben – sind im Kontinuum gefangen und werden festgehalten – wie Fliegen in Bernstein?«

»Ich weiß es nicht, ich weiß es nicht«, stöhnte er. »Ich weiß nur, daß meine Bemühungen umsonst waren. Meine früheren Genossen nannten mich einen Verräter, meine neuen Freunde waren eine unbedeutende Minderheit, und wir brachten unsere Texte kaum los.«

»In der Politik darf man keine Wunder erwarten«, sagte ich. »Vorsicht vor dem Mann, der sie verspricht.«

»Ja. Das wurde mir klar, nachdem der Schock darüber, was ich zeitaufwärts gesehen hatte, ein wenig verblaßt war. Ich entschied, daß es meine Pflicht sei, zurückzukommen und meiner Mutter zur Seite zu stehen. Auf diese Weise wenigstens kann ich die Welt ein bißchen weniger entsetzlich erscheinen lassen.«

Er schwieg eine Weile.

»Es war sicher töricht von mir, ein Exemplar von meinem Flugblatt zu behalten«, sagte er schließlich. »Aber ein sehr liebes Mädchen hat mir geholfen, es herzustellen... Na ja. In gewisser Weise hatte ich Glück. Jetzt teilt wenigstens ein Mensch mein Leben. Ich habe kaum recht empfunden, wie einsam ich war.«

»Du bist völlig einzigartig?« flüsterte ich.

»Ich weiß es nicht. Ich glaube eigentlich nicht. Sie sind sicherlich sehr selten, aber es gibt gewiß mehr Zeitreisende als nur mich. Wie kann ich sie finden?« rief er. »Und wenn wir uns zusammenschließen würden, was könnten wir tun?«

5

Birkelund stellte ein geringeres Problem dar, als erwartet. Ich sprach ihn unter vier Augen, erklärte ihm, daß der Text der Rest eines Manuskripts für eine Amateurvorführung sei, und betonte, daß es in erster Linie sarkastisch wirke – und danach wusch ich ihm den Kopf wegen der Behandlung, die er seinem Stiefsohn und seiner Frau hatte angedeihen lassen. Er nahm das unwillig hin, aber er nahm es hin. Wie ich schon erwähnt habe, war er kein böser Mensch.

Trotzdem blieb die Lage explosiv. Jack trug dazu bei, indem er von Tag zu Tag reizbarer und eigensinniger wurde.

»Er hat sich so verändert«, klagte Eleanor bei mir. »Schon sein Aussehen. Und ich kann nicht alles auf Sven und seine Jungen schieben. Jack ist oft ausgesprochen arrogant.«

Natürlich war er das, in seinem Mißmut gegen das Zuhause, seiner Langeweile in der Schule, mit seiner Last des Vorauswissens. Aber das konnte ich seiner Mutter nicht sagen. Zudem konnte er, um ihretwillen, in den folgenden zwei oder drei Jahren nicht länger als jeweils über Nacht entkommen.

»Ich glaube, es wäre das beste, wenn er seine eigenen Wege

ginge«, sagte ich.

»Bob, er ist kaum achtzehn«, protestierte sie.

Er war mindestens einundzwanzig, wahrscheinlich älter, wie ich wußte.

»Alt genug, um seinen Wehrdienst abzuleisten.« Er hatte sich an seinem Geburtstag vorschriftsmäßig registrieren lassen. »Dann findet er eher wieder zu sich. Man kann auf eigene Bitte hin eingezogen werden, wenn man nur die Mindestzeit abdienen möchte. Die Kommission wird das genehmigen, wenn ich mit den Leuten rede.«

»Nicht, bevor er das Studium abgeschlossen hat!«

Ich verstand ihre Bestürzung und Enttäuschung.

»Er kann Fernkurse belegen, Ellie. Oder Lehrgänge beim Militär besuchen. Ich fürchte, das ist noch die einzige Möglichkeit.«

Er hatte sich damit schon einverstanden erklärt. Ein kurzer Sprung zeitaufwärts hatte ihm gezeigt, daß er nach Europa kommen würde.

»Ich kann mich dann gründlich mit der Geschichte befassen«, sagte er und fügte kalt hinzu: »Außerdem sollte ich Waffen und Kampftechniken kennenlernen. Im einundzwanzigsten Jahrhundert wäre ich beinahe umgebracht worden. Ein paar Mitglieder einer Kannibalenbande überraschten mich, und wenn es mir nicht gelungen wäre, mich kurz loszureißen –«

Das Militär entsprach seinem Temperament wenig, aber er hielt die Grundausbildung durch, kam zur Elektronikabteilung und profitierte so doch davon. Gewiß, vieles davon beruhte auf seinen Ausflügen in die Zeit. Sie zählten für zwei zusätzliche Jahre.

Seine Briefe an mich konnten das nur andeuten, weil Kate sie auch las. Es fiel mir sehr schwer, sie nicht einzuweihen, sie nicht neben mir zu haben, als er endlich heimkam und mir stundenlang seine Aufzeichnungen, Photographien und Erinnerungen vorlegte.

Er hatte Cäsars Legionen im Triumphzug durch Rom marschieren sehen, die Windhundformen der Wikingerschiffe auf dem Fjord von Oslo beobachtet, Leonardo da Vinci bei der Arbeit... Tief hatte er nicht eindringen können, ja, die Oberflächlichkeit fast aller seiner Erlebnisse brachte ihn zur Verzweiflung. Wieviel kann man in einer fremden Umwelt lernen, wenn man kaum ein Wort versteht und Gefahr läuft, auf Verdacht arretiert zu werden, bevor man sich zeitgenössische Kleidung zu beschaffen vermochte? Aber was hätte ich nicht trotzdem alles dafür gegeben, dabeisein zu können?

Kate gegenüber kam ich mir wie ein Verräter vor. Aber wenn Jack seiner Mutter nichts verriet, durfte ich natürlich auch nichts sagen.

Man bedenke die Folgen, wenn bekanntgeworden wäre, daß es einen Mann – oder einen kleinen Jungen – gab, der die Zeit durchschwimmen konnte. Die Sensation seines Zeitalters zu sein ist kein passendes Schicksal für irgendeinen Menschen. In diesem Fall stelle man sich dazu die Forderungen, Appelle, verzweifelten Versuche der Habgierigen, Machthungrigen, Ideologiebesessenen, der Leidtragenden, der Ängstlichen vor, ihn zu benützen, das Rennen zwischen den Regierungen, ihn, der das Äußerste an Spion oder nicht aufzuhaltendem Attentäter sein konnte, mit Beschlag zu belegen oder zu beseitigen. Wenn er überlebte, und seine geistige Gesundheit auch, würde ihm bald nichts anderes übrigbleiben, als in eine andere Ära zu flüchten und dort seine Begabung geheimzuhalten.

Nein, besser von Anfang an eine Maske tragen.

Aber welchen Nutzen hatte diese phantastische Gabe dann?

»Gegen Ende meiner Dienstzeit verbrachte ich mehr Zeit mit Nachdenken als mit Herumstreifen«, sagte er.

Wir waren mit meinem Boot auf den Winnebago-See hinausgefahren. Er war vor einigen Wochen entlassen worden, aber es gab noch viel, was er mir zu erzählen hatte. Das traf um so mehr zu, als seine Mutter bei ihrer Scheidung von Birkelund seine moralische Unterstützung brauchte. Er war weiter gereift, nicht nur äußerlich. Vor zwei Jahren war mir ein Mann gegenübergestanden, ein sehr junger Mann, der sich noch tastend einen Weg aus Verwundbarkeit und Verwirrung bahnte. Der Jack Havig, der nun im Cockpit saß, hatte sich ganz im Griff.

Ich schob die Pfeife in den anderen Mundwinkel und drehte das Ruder. Wir wendeten.

»Na, Stoff zum Nachdenken hast du ja genug gehabt«, erwiderte ich. »Vor allem, wie funktioniert das Reisen durch die Zeit?«

»Ich habe bei der Ausbildung zum Elektroniktechniker viele physikalische Grundlagen gelernt. Und ich las viel, auch Texte, die ich zeitaufwärts zu Rate zog – Bücher, künftige Ausgaben von ›Scientific American‹, ›Nature‹, und so weiter. Die Theorie sagt rundweg, daß es unmöglich sei, was ich mache. Das beginnt schon mit der Verletzung des Gesetzes von der Erhaltung der Energie.«

»E puor se muove.«

»Wie?... Ach so. Ja, Doc, ich habe mich mit der italienischen Renaissance befaßt, bevor ich sie besuchte, und entdeckt, daß Galilei das nie gesagt hat. Er hat auch nie Gewichte vom Schiefen Turm von Pisa geworfen. Na ja.« Er räkelte sich auf der Bank und öffnete wieder für jeden eine Flasche Bier. »Okay. An der Theorie von der Erhaltung der Energie gibt es also einen Haken, von dem die offizielle Wissenschaft nichts ahnt. Mathematisch gesprochen dürfen Weltlinien endliche, wenn nicht unendliche Diskontinuitäten haben und vielwertige Funktionen besitzen. In mancher Beziehung entspricht die Zeitreise der Überlichtgeschwindigkeit, von der die Physiker auch behaupten, daß sie nicht möglich sei.«

Ich starrte dem Rauch aus meiner Pfeife nach. Kleine Wellen klatschten an das Boot.

»Du hast mich ein paar Lichtjahre hinter dir gelassen«, sagte ich. »Aus deinem Vortrag gewinne ich nichts außer dem Eindruck, daß du nicht glaubst, es sei etwas, äh, Übernatürliches im Spiel.«

Er nickte.

»Richtig. Was für ein Prozeß das auch sein mag, er läuft innerhalb der Naturgesetze ab. Im Grunde ist er physikalisch. Es dreht sich um Beziehungen zwischen Materie und Energie. Na, und wieso kann ich es dann und niemand sonst? Ich habe mich zu der Schlußfolgerung gezwungen gesehen, daß das eine Besonderheit in meinen Genen ist.«

»So?«

»In etwa zehn Jahren wird man die Molekulargrundlage der Vererbung entdecken.«

»Was?« Ich richtete mich auf. »Darüber mußt du mir mehr erzählen!«

»Später, später. Ich sage Ihnen über DNA und alles andere, soviel ich weiß, auch wenn das nicht gerade eine Menge ist. Der springende Punkt ist der, daß unsere Gene nicht bloß der Grundplan für den Aufbau eines Fötus sind. Sie operieren in allem Leben, indem sie die Enzymproduktion steuern. Man könnte sie den eigentlichen Lebensstoff nennen... Was kann außer Enzymen noch beteiligt sein? Diese Zivilisation wird sich zerstören, bevor man die Frage beantwortet hat. Ich vermute aber, daß es eine Art Resonanz oder etwas Ähnliches in diesen Riesenmolekülen gibt, und wenn eine Genstruktur genau richtig mitschwingt, ist man ein Zeitreisender.«

»Hm, eine interessante Hypothese.« Ich war in die Gewohnheit verfallen, in seiner Anwesenheit stark zu untertreiben.

»Ich habe empirisches Beweismaterial dafür«, erwiderte er. Mühsam fuhr er fort: »Doc, ich habe ziemlich viele Frauen gehabt. Nicht in dieser Dekade; ich bin zu steif und zu ungeschickt. Aber zeitauf- und zeitabwärts, in Perioden, wo das ziemlich einfach ist und ich eine gewisse Aura des Geheimnisvollen einsetzen kann.«

»Gratuliere«, sagte ich, weil mir nichts Besseres einfiel.

Er kniff die Augen zusammen und starrte auf den See hinaus.

»Ich bin nicht gefühllos«, sagte er. »Ich meine, na ja, wenn sie nur schnell mal mit einem ins Bett steigen wollen, wie bei den Dakota-Mädchen vor zwei-, dreihundert Jahren, na gut, schön. Aber wenn etwas mehr dahintersteckt, fühle ich mich verantwortlich. Ich nehme mir vielleicht nicht vor, mein ganzes Leben in ihrer Gesellschaft zu verbringen – ich frage mich, ob ich überhaupt je heiraten werde –, aber ich überprüfe ihre Zukunft für die nächsten Jahre und versuche, dafür zu sorgen, daß es ihr gutgeht.« Er verzog den Mund. »Oder so gut, wie es einem Sterblichen gehen kann. Den moralischen Mut, nach ihrem Tod zu suchen, besitze ich nicht.« Er machte eine Pause. »Ich schweife ab, aber für mich ist das eine wichtige Abschweifung. Nehmen Sie Meg. Ich war im elisabethanischen London. Die von meiner Unwissenheit hervorgerufenen Probleme waren geringer als meistens sonst, obwohl ich eine Weile brauchte, um mich zurechtzufinden und die damalige Aussprache des Englischen zu lernen. Ein Silberbarren, den ich mitgebracht hatte, ließ sich leichter als üblich gegen Münzgeld umtauschen – man macht sich ja heute gar keinen Begriff davon, wieviel Argwohn und Vorschriften es in der ach so schwadronierenden Vergangenheit gegeben hat –, obwohl ich glaube, daß mich der Händler übervorteilt hat. Jedenfalls konnte ich in einem wunderschönen, halb aus Holz gebauten Gasthof unterkommen, ins Globe-Theater gehen und mich amüsieren.

Eines Tages befand ich mich in einer Slumgegend. Eine Frau zupfte mich am Ärmel und bot mir billig die Jungfernschaft ihrer Tochter an. Ich war entsetzt, dachte aber, ich sollte das arme Mädchen wenigstens kennenlernen, ihr vielleicht Geld geben oder meinen Wirt dazu überreden, sie als anständige Dienstkraft aufzunehmen... Nichts zu machen. Sie war nervös, aber entschlossen. Und nachdem sie es mir erklärt hatte, mußte ich zugeben, daß ein Gassenmädel, das sich durchsetzen konnte, wahrscheinlich als Hure besser dran war als als Dienstbote, wenn man bedachte, was die sich alles bieten lassen mußten.

Sie war keck, sie war hübsch, sie sagte, lieber mit mir als mit einem ekelhaften und vielleicht pockenkranken alten Kerl. Was sollte ich tun? Interessenfreie Mildtätigkeit war ihr einfach fremd. Wenn sie mein egoistisches Motiv nicht hätte sehen können, wäre sie zu der Meinung gelangt, daß es zu tief und schrecklich für sie sei, und hätte die Flucht ergriffen.« Er trank einen Schluck Bier. »Na gut«, sagte er trotzig. »Ich nahm ein größeres Quartier und das Mädchen mit. Auch die Vorstellung von einem Mündigkeitsalter gab es nicht. Vergessen wir die Oberschülerinnen von heute; ich würde ganz gewiß keine von ihnen anrühren. Meg war eine Frau, jung, aber eine Frau. Wir lebten vier Jahre ihres Lebens zusammen.

Für mich ging es natürlich darum, die Miete im voraus zu bezahlen und ab und zu aus dem zwanzigsten Jahrhundert zurückzukommen. Nicht sehr oft, weil ich in Frankreich stationiert war. Sicher, ich konnte weg, wann ich wollte, und zurückkommen, ohne mich unerlaubt von der Truppe entfernt zu haben, aber die Fahrt nach England kostete mich etwas, und außerdem gab es ja auch noch die anderen Jahrhunderte... Nichtsdestoweniger glaube ich, daß Meg mir treu war. Sie hätten sehen sollen, wie sie ihre Verwandten abwies, die glaubten, bei mir schmarotzen zu können! Ich erklärte ihr, ich sei im holländischen diplomatischen Dienst...

Ach, lassen wir die Details. Ich schleiche nur um das Thema herum. Am Ende verliebte sich ein junger, anständiger Handwerksgeselle in sie. Ich gab ihnen ein Hochzeitsgeschenk und meinen Segen. Und ich forschte in der Zukunft nach und kam im nächsten Jahrzehnt gelegentlich vorbei, um mich zu vergewissern, daß alles in Ordnung war. Das war es auch.« Er seufzte. »Um zur Sache zu kommen, Doc, sie gebar ihm ein halbes Dutzend Kinder. Von mir war sie nie schwanger geworden. Keine Frau ist es geworden, soviel ich feststellen kann.« Er hatte sich aber einem Fruchtbarkeitstest unterzogen, wonach alles normal war.

Keiner von uns beiden wollte sich bei seinen persönlichen Geständnissen aufhalten. Sie zeigten zu deutlich, wie sehr unsere Psyche von dem geformt ist, was um uns herum vorgeht.

»Du meinst, du bist ein Mutant?« sagte ich langsam. »Ein solcher Mutant, daß du als andere Gattung zählst?«

»Ja. Ich glaube, so fremdartig sind meine Gene.«

»Aber ein anderer Zeitreisender – ein weiblicher –«

»Hm.« Er schwieg eine Weile. »Nicht, daß das an und für sich wichtig wäre. Was wichtig ist – vielleicht das Wichtigste in der ganzen Geschichte der Erde –, ist, diese anderen Reisenden zu finden, wenn es sie gibt, und zu sehen, was wir gegen die Schrecknisse zeitaufwärts tun können. Ich kann nicht glauben, daß ich ein bedeutungsloser Zufall bin!«

»Und wie willst du das anstellen?«

Er sah mich kühl an.

»Ich fange damit an, daß ich reich werde.«

In den folgenden Jahren stand ich nur am äußersten Rand seiner Entwicklung.

In Abständen besuchte er mich, ich glaube, mehr um unsere Freundschaft aufrechtzuerhalten, als mir den neuesten Stand der Dinge mitzuteilen, da er offenkundig Kates Gesellschaft ebenso wünschte wie die meine. Aber ich habe nur indirekte Nachrichten über seine Karriere. Oft wurde er bei langer Abwesenheit wie zu einem Traum für mich, so fremd war er unserem Tag für Tag beschleunigter alternden Kleinstadtleben, dem Heranwachsen unserer Söhne, dem Abenteuer von Schwiegertöchtern und Enkelkindern. Aber dann tauchte er wieder auf, wie aus der Nacht, und ich wurde wieder stundenlang von diesem einsamen, getriebenen Mann beherrscht.

Ich meine damit nicht, daß er fanatisch gewesen wäre. Er erweiterte vielmehr seine Perspektiven und vermochte die Welt besser zu genießen. Er wurde ein Gourmet, wenngleich er auch von Stockfisch und Hartzwieback leben konnte. In Boston hatte er einen Schoner, auf dem er Kate und mich zur Feier meines Eintritts in den Ruhestand zu den westindischen Inseln mitnahm. Er hatte eine besondere Vorliebe für barocke, klassische und chinesische Musik, für schöne Schiffe und Waffen und für die hellenische Architektur. Wenn es einen Gott gibt, möchte ich ihm dafür danken, daß ich Jack Havigs Fotografien von der unzerstörten Akropolis gesehen habe.

Ich kannte als einziger sein Geheimnis, war aber nicht sein einziger Freund. Theoretisch hätte er mit allen Großen enge Beziehungen haben können, mit Moses, Perikles, Shakespeare, Lincoln, Einstein. Aber in der Praxis waren die Hindernisse viel zu groß. Außer durch Sprache, Brauch und Gesetz waren die Berühmten auch dadurch abgeschirmt, daß sie viel zu tun hatten und begehrt waren. Nein, Havig – ich nannte ihn immer ›Jack‹, aber jetzt erscheint es natürlicher, seinen Nachnamen hinzuschreiben –, Havig erzählte mir von Menschen wie seiner lebhaften kleinen Meg, seit dreihundert Jahren Staub, oder einem Bergbewohner, der mit Lewis und Clark unterwegs war, oder einem profanen alten *Moustache*, der mit Napoleon marschiert war.

Die meisten seiner Ausflüge in die Zeit geschahen zum Vergnügen, in dieser Periode jedenfalls, während er die Techniken und Ressourcen erwarb, die er brauchte, und einen Suchplan für Mit-Mutanten entwarf.

»Um ehrlich zu sein«, sagte er grinsend, »ich entdecke, daß mir das Leben in der Unterschicht immer besser gefällt.«

»Toulouse-Lautrecs Paris?« sagte ich aufs Geratewohl.

»Da bin ich noch nicht gewesen«, gab er zu. »Das wäre vielleicht eine Idee. Auf der anderen Seite wäre Storyville zu seiner Glanzzeit –« Die Prostituierten interessierten ihn nicht; wenn nichts sonst, so hatte er vom menschlichen Leben inzwischen genug gesehen, um zu wissen, wie gräßlich das ihre meistens war. Er ging hin wegen der Jazzmusik und der Gesellschaft von Leuten, die realer seien als die meisten seiner eigenen Generation, wie er sagte, von 1970 gar nicht zu reden.

Inzwischen machte er sein Vermögen.

Man könnte meinen, das sei einfach gewesen. Er hätte nur die Aktienkurse nachschlagen müssen – 1929 hätte sich angeboten

– und auf der Brandung von Wall Street zu reiten brauchen.

Die Wirklichkeit sah anders aus. Woher hätte er beispielsweise das Geld genommen?

Als er in Europa gewesen war, hatte er von seinem Sold Gold oder Silber gekauft und gegen Münzgeld aus dem neunzehnten und späten achtzehnten Jahrhundert eingetauscht. Mit diesem kleinen Einsatz konnte er anfangen zu handeln. Er brachte bestimmte Münzen und Briefmarken zeitaufwärts und verkaufte sie an Händler; er ging mit ein paar Aluminiumtöpfen, die mehr wert waren als Gold, bevor das Hallsche Verfahren erfunden war, zeitabwärts. Aber diese und ähnliche Maßnahmen bewegten sich notwendigerweise in einem kleinen Maßstab, weil er zum einen nur wenig mitnehmen konnte und zum anderen nicht wagte, allzuviel Aufmerksamkeit auf sich zu lenken.

Er überlegte, ob er in dieser Zeit investieren und dadurch reich werden sollte, gab den Gedanken aber auf. Die Regeln und Gebräuche waren zu eigenartig, zu kompliziert für ihn. Außerdem wollte er seinen Stützpunkt in seiner eigenen Zeit haben; wenn nichts sonst, dann brauchte er schnelle Beförderung durch den Raum, wenn er mit seiner Suche begann. So konnte er also nicht einfach Geld in der halbfernen Vergangenheit lassen, damit es Zinsen trug. Die dazwischenliegenden Jahre boten zuviel Gelegenheit, daß etwas schiefging.

Er verriet mir die Einzelheiten seiner Unternehmungen auf diesem Gebiet nie.

»Offen gesagt«, meinte er, »Finanzielles langweilt mich zu Tode. Ich habe mir ein paar aufgeweckte Partner gesucht, die als Strohmänner dienen, und eine ultra-solide Bank als Treuhänderin, die mit meinen ›Wirtschaftsanalysen‹ mehr verdienen, als eigentlich nötig wäre.«

John Havig errichtete einen Fonds, einschließlich einer Regelung für Steuern und dergleichen, der an ›jeden in der Seitenlinie geborenen männlichen Nachkommen‹ ausbezahlt werden sollte, der bestimmten, ganz klar festgelegten Maßstäben entsprach, und zwar am einundzwanzigsten Geburtstag dieser Person. Als John Havig dann 1964 Nachricht von der Bank erhielt, verlief alles so diskret, daß er fast ohne Aufsehen in sein Dasein als Millionär schlüpfen konnte. Das Senlac ›Trumpet‹ teilte lediglich mit, er habe von einem entfernten Verwandten eine beträchtliche Summe geerbt.

»Ich überlasse die Verwaltung der Gelder weiterhin der Bank«, erzählte er mir. »Ich stelle nur Schecks aus.«

Für ihn war der Reichtum letztlich nur Mittel zu einem Zweck.

Nein, zu mehreren Zwecken. Ich habe von seinen Vergnügungen gesprochen. Ich sollte hinzufügen, daß er seiner Mutter und insgeheim auch anderen half. Anerkannte Wohltätigkeitseinrichtungen ließ er im ganzen unberücksichtigt.

»Das sind große Unternehmen«, sagte er. »Ihre Direktoren verdienen mehr als Sie, Doc. Außerdem haben wir, um ganz brutal offen zu sein, zu viele Menschen. Wenn man den Schwarzen Tod gesehen hat, kann man sich über Kleinbauern in Mississippi nicht mehr aufregen.« Ich schalt ihn freundschaftlich wegen seiner rechtsgerichteten Ansichten, wenn er das Laissez-faire in Aktion erlebt hatte, und er erwiderte freundschaftlich, in dieser Zeit seien Liberale wie ich diejenigen, die nichts gelernt und nichts vergessen hätten, und wir tranken einen Schluck miteinander... Aber ich glaube, daß er ohne Aufhebens ziemlich vielen Leuten half, und es steht fest, daß er den guten Umweltschutzorganisationen hohe Spenden zukommen ließ.

»Wir brauchen eine Reserve des Lebens, jeder Art von Leben«, erläuterte er. »Heute für den Geist – einen Blick auf Raum und Grün. Morgen für das Überleben, für das nackte Überleben.«

Der Krieg des Jüngsten Gerichts würde, wie er sagte, keineswegs die simple Auseinandersetzung zwischen Kapitalisten und Kommunisten sein, die sich die meisten von uns in den fünfziger Jahren vorstellten.

»Ich habe nur eine nebelhafte Ahnung davon, was wirklich vorgehen wird. Kein Wunder. Ich mußte immer wieder schnell verschwinden – auf Radioaktivität und vieles andere achten –, und wer im unmittelbaren Anschluß daran wäre in der Verfassung, mir eine klare Analyse zu liefern? Mein Gott, Doc, die Gelehrten streiten sich heute darüber, was 1914 bis 1918 geschehen ist, und sie müssen sich nicht um eine übriggebliebene Dose Hundefutter raufen und sich gegen die Mongolen wehren, die sich über eine zugefrorene Beringstraße ergießen.«

Sein Eindruck war der, daß der Krieg, wie der Erste Weltkrieg, ein Konflikt war, den jeder voraussah, keiner wollte und vor dem man zurückgezuckt wäre, wenn man die Folgen hätte voraussehen können. Er hielt ihn für weniger ideologisch als ökologisch.

»Ich habe den alptraumhaften Gedanken, daß er sich nicht einfach als Folge der Verwandlung riesiger Gebiete in Wüsten ergab, sondern gerade noch rechtzeitig kam. Wissen Sie, daß die Meere die Hälfte unseres Sauerstoffs liefern? Neunzehnhundertsiebzig fand sich im Plankton Insektengift. Um neunzehnhundertneunzig waren alle Meere verseucht, und man konnte nicht mehr wagen, darin zu schwimmen.«

»Aber das muß doch vorausgesagt worden sein«, sagte ich.

Er schnitt eine Grimasse.

»Ja. ›Umwelt‹ war eine Zeitlang groß in Mode. Dann gab es wieder ein anderes Schlagwort. Jedenfalls legte sich das mit der Zeit, und die Menschen zerbrachen sich den Kopf überhaupt nicht mehr.

Das war nämlich die logische Folge des ganzen Trends. Ich weiß, es ist unsinnig, für eine solche Ungeheuerlichkeit wie diesen Krieg eine einzige Schuld zu suchen. Vor allem, weil ich selbst nicht genau weiß, was alles vorgegangen ist. Aber ich bin überzeugt davon, daß ein Großteil der Katastrophe von diesem Land hier ausging, vom mächtigsten der Erde, dem Vorreiter für alles Gute und Schlechte.

Wir werden halbherzige Versuche unternehmen, in Asien einige Gegner aufzuhalten, und weil die Versuche halbherzig sind, werden wir auf beiden Seiten zahllose Menschenleben und Reichtümer ohne Sinn und Zweck opfern. Wir werden unsere letzten Freunde verlieren. Vom Volk auf die höchsten Posten gewählte Leute werden feierlich die Inflation mit steigenden Preisen gleichsetzen, was soviel ist, wie rote Flecken mit dem Masernvirus zu identifizieren, und Lohn- und Preiskontrollen verordnen, so, als tapeziere man in einem Haus, das auf den Fundamenten wegrutscht, Risse zu. Der wirtschaftliche Zusammenbruch wird weltweit zu Machtlosigkeit führen. Die wohlhabenden Weißen werden mit der Zeit merken, daß es Minderheiten gibt, die sich in Not befinden, und ihnen soviel geben, daß eine Revolution ausbricht, ohne ihnen aber wirklich zu helfen, und die Revolte wird zu einer Reaktion führen, die jeden Rest von Fortschritt auslöscht. Mit der Umwelt wird es nicht anders sein.

Zuerst werden die Amerikaner von ihrem Schuldgefühl überwältigt sein. Später werden sie sich hilflos vorkommen. Dann werden sie apathisch. Schließlich werden sie jedes schmerzstillende Mittel, jede Pseudo-Existenz bekommen können, die sie haben wollen.

Ich frage mich, ob sie am Ende, ganz tief innen, ihren eigenen millionenfachen Tod nicht wünschen.«

So kam Havig im Februar 1964 zu der Erbschaft, die er sich selbst vermacht hatte. Kurz danach begann er damit, seine eigene private Vergangenheit zu untermauern, und verbrachte Monate seines Lebens damit, ›Onkel Jack‹ zu sein. Ich fragte ihn, warum es so eilig sei, und er erwiderte: »Unter anderem möchte ich soviel Vorauswissen wie möglich hinter mich bringen.« Ich dachte eine Weile darüber nach und unterdrückte meinen letzten Impuls, ihn nach der Zukunft von mir und den Meinen zu fragen. Ich begriff nicht, welch reiche Ernte das tragen sollte, bis zu dem Tag, als man Kate begrub.

Ich fragte Havig nie, ob er ihren Grabstein gesehen hatte. Es mochte so gewesen sein, und er hatte geschwiegen. Als Arzt glaube ich zu wissen, wie man solche Kenntnisse besitzen und doch lächeln kann.

Er konzentrierte sich auf Sprachen, vor allem auf Lateinisch und Griechisch, dazu Französisch, Deutsch, Italienisch, Spanisch, Portugiesisch, dazu etwas Hebräisch, Aramäisch, Arabisch – nebst einer Reihe polynesischer Sprachen.

»Auf der anderen Seite der dunklen Jahrhunderte gibt es auch eine Zivilisation«, sagte er zu mir. »Ich habe kaum einen Blick darauf geworfen und kenne mich überhaupt nicht aus. Aber es sieht so aus, als beherrschten die Menschen vom Pazifik die Welt, mit einer *Lingua Franca,* die so bizarr ist, daß Sie sich das nicht vorstellen können.«

»Es gibt also doch Hoffnung!« entfuhr es mir.

»Ich muß mir erst Gewißheit verschaffen.« Er starrte mich an. »Schauen Sie, angenommen, Sie wären ein Zeitreisender aus, na, sagen wir, dem Ägypten der Pharaonen. Angenommen, Sie kämen in die heutige Welt und versuchten, anonym als Tourist herumzufahren. Was würde für Sie überhaupt einen

Sinn ergeben? Wäre die Frage: ›Ist diese Entwicklung gut oder schlecht?‹ überhaupt sinnvoll für Sie? Ich habe nicht versucht, über die frühen Stadien der Maurai-Föderation hinaus nachzuforschen. Es wird die Arbeit von Jahren sein, so viel zu verstehen.«

Er interessierte sich viel mehr für vergangene Zeiten, die für ihn so lebendig waren wie heute oder morgen. Außerdem entsprach dort nichts dem Krieg des Jüngsten Gerichts, sei es der Schwarze Tod, die Ketzerverbrennungen oder der Albigenserkreuzzug.

»Da geht der ganze Planet beinahe zugrunde«, sagte er. »Ich nehme an, meine Mit-Zeitreisenden meiden die Zeit gewöhnlich. Ich finde sie am ehesten in glücklicheren oder weniger unglücklichen Zeiten.«

Bei all diesen Aktivitäten war er biologisch ungefähr dreißig Jahre alt, als er endlich Erfolg hatte. Das war in Jerusalem, am Tag der Kreuzigung.

6

Er erzählte mir 1964 von seinem Plan. Soweit praktikabel, wollte er Perioden des zwanzigsten Jahrhunderts in dem Maß überspringen, wie er sie in anderen verbrachte, damit sein echtes und sein kalendarisches Alter nicht allzusehr auseinanderscherten. Ich hatte ihn geraume Zeit nicht gesehen. Er wohnte nicht mehr in Senlac, sondern lebte in New York – ein Postfach in der Gegenwart, ein luxuriöses Apartment in den achtziger Jahren, finanziert vom Verkauf des Goldes, als das wieder erlaubt war, und in der Zeit zurückgebracht. Zu Besuchen tauchte er aber auf. Kate fand das rührend. Ich auch, aber ich wußte außerdem, wie er mich brauchte, seinen einzigen Vertrauten.

»Aber – du hast recht!« rief ich. »Der Augenblick, von dem man erwartet, daß jeder Reisende, jedenfalls in der Christenheit, ihn aufsucht. Warum hast du das nicht schon vorher gemacht?«

»Es ist weniger einfach, als Sie glauben, Doc«, antwortete er. »Das ist ein weiter Weg, in ein extrem fremdartiges Gebiet.

Und wie gewiß ist das Datum überhaupt? Oder auch die Tatsache als solche?«

Ich blinzelte.

»Du meinst, du hast dir nie überlegt, den historischen Christus zu suchen? Ich weiß, du bist nicht religiös, aber das Geheimnis um ihn –«

»Doc, was er war und ob es ihn gegeben hat macht nur einen akademischen Unterschied. Was zählt, ist das, was die Menschen im Laufe der Jahrhunderte geglaubt haben. Meine Lebenserwartung ist nicht hoch genug, als daß ich die reine Forschung betreiben könnte, die mir lieber wäre. Es ist vielmehr längst an der Zeit, daß ich Spaß und Vergnügen hinter mir lasse. Ich habe zuviel menschliches Elend gesehen. Das Reisen durch die Zeit muß einen echten, realen Wert haben; es muß dazu dasein, um zu helfen.« Er lächelte kaum merklich. »Sie wissen, daß ich kein Heiliger bin, aber ich muß in meinem eigenen Kopf leben.«

1969, als die Juden Jerusalem fest in der Hand hatten und ein Besucher sich frei bewegen konnte, flog er von New York nach Israel. Von seinem Hotel ging er die Straßen nach Jericho hinaus, eine Reisetasche in der Hand, bis er einen Orangenhain fand, der sich als Versteck anbot. Dort sprang er zur vergangenen Mitternacht zurück und traf seine Vorbereitungen.

Das Arabergewand, das er in einem Touristengeschäft erworben hatte, mochte in biblischen Zeiten hingehen. Ein Messer, mehr Eßgerät als Waffe, steckte in einer Lederscheide an seinem Gürtel; da er sich blitzschnell aus peinlichen Situationen befreien konnte, nahm er selten eine Schußwaffe mit. In einem Lederbeutel steckten ein kleines Wörterbuch, Essen, Trinkbecher, Desinfektionstabletten, Seife, ein Mittel gegen Flöhe, Antibiotika und Geld, letzteres verschiedene Münzen aus der Römerzeit, dazu ein kleiner Barren für Notfälle.

Nachdem er seine moderne Kleidung in der Tasche verstaut hatte, zog er den letzten Ausrüstungsgegenstand heraus. Er nannte ihn ein Chronolog. Er hatte ihn sich 1980 nach seinem eigenen Entwurf bauen lassen.

Ich habe das Gerät gesehen. Es befindet sich in einem kleinen grünen Behälter mit Tragegriff, etwa 30 × 15 × 8 Zentimeter groß. Wenn man den Deckel aufklappt, kann man ein optisches Instrument herausklappen, das vage an einen Sextanten erinnert, und man kann die Knöpfe drehen und die Skalen ablesen. Darunter befindet sich ein miniaturisierter, aber hochmoderner Computer, der von einer Nickel-Cadmium-Batterie betrieben wird. Das Gewicht beträgt etwa zwei Kilogramm, fast die Hälfte dessen, was ein Reisender durch die Zeit mitnehmen kann, und erklärt, weshalb Havig nur ungern eine Schußwaffe mitnehmen wollte. Andere Dinge sind gewöhnlich nützlicher, aber keines kommt im Wert an das Chronolog heran.

Man bedenke. Er projiziert sich vorwärts oder rückwärts zu einem ausgewählten Zeitpunkt. Woher weiß er, ›wann‹ er angekommen ist? Bei einem kurzen Ausflug kann er Tage zählen, die Stunden nach der Sonne oder den Sternen schätzen, wenn am Ziel keine Uhr vorhanden ist, aber in tausend Jahren gibt es eine Drittelmillion Sonnenaufgänge, und viele werden nicht identifizierbar, wegen schlechten Wetters oder der Verdeckung durch ein Gebäude oder igendeinen ähnlichen Zufall.

Havig machte seine Messungen. Die Nacht war klar und so kühl, daß er seinen Atem als Rauch sehen konnte; die Lichter Jerusalems erhellten den Himmel im Norden, aber überall sonst lag das Land still und dunkel da, abgesehen von einzelnen Häusern und vorbeifahrenden Wagen; die Sternbilder drehten sich glitzernd am Himmel. Er setzte Mond und zwei Planeten in Relation zu ihnen, stellte die genaue Greenwich-Zeit und die geographischen Daten auf leuchtenden Skalen ein und drehte an zwei Knöpfen, bis er die Zahlen erreichte, die jener Passah-Woche im Jahre 33 entsprachen.

Er hatte langsam und tief ein- und ausgeatmet, um möglichst viel Sauerstoff in sein Blut zu pumpen. Nun sog er die Luft tief in seine Lunge und projizierte sich die Weltlinien entlang.

Es kam das unbeschreibliche Gefühl, das, wie er sagte, nicht unähnlich jenem war, gegen eine starke Flut anzuschwimmen. Die Sonne stieg im Westen auf und glitt ostwärts, dann wurde das Licht, als er ›beschleunigte‹, zu einem schwach pulsierenden Grau, und rings um ihn reichten Schatten. Es war völlig still.

Er sah kurz den Schein einer Explosion – lautlos, nebelhaft –, war aber sofort am Sechstage-Krieg vorbei, oder war das der Unabhängigkeitskrieg oder der Erste Weltkrieg gewesen? Fahle Unformen glitten vorbei. In einer wolkenverhangenen Nacht im späten neunzehnten Jahrhundert mußte er, um Atem zu holen, wieder in die normale Zeit eintreten. Das Chronolog hätte ihm das genaue Datum nennen können, wenn er sich erneut an den Sternen hätte orientieren wollen; die Detektoren waren auch für jene Strahlung empfindlich, die eine Wolkendeckung zu durchdringen vermag. Aber das hatte keinen Sinn. Zwei Berittene, vermutlich türkische Soldaten, waren in der Nähe. In der Dunkelheit bemerkten sie ihn nicht. Die Hufschläge verklangen.

Er setzte die Reise fort.

So verschwommen sie auch war, die Landschaft begann sich merklich zu verändern. Die Konturen blieben ungefähr gleich, aber einmal gab es viele Bäume, dann wenige, jetzt Wüste, dann bestellte Felder. Flüchtig sah er, was er für ein großes, aus Holz gebautes Stadion hielt, in dem die Kreuzritter Turniere abgehalten hatten, bevor Saladin sie aus ihrem blutbefleckten Reich warf, und er hätte gern eine Pause gemacht, blieb dann aber bei seiner eigentlichen Absicht. Die Aufenthalte, um Luft zu schöpfen, wurden häufiger, als er sich seinem Ziel näherte. Die Reise zehrte an seiner Kraft, und der Gedanke, daß er binnen Stunden seinen Traum würde wahrmachen können, brachte sein Herz zum Hämmern.

Am Chronolog flammte ein Warnlicht auf.

Das Gerät konnte Sonne, Mond, Planeten und Sterne mit einer Geschwindigkeit und Präzision verfolgen, die dem Menschen versagt war.

Ein Licht blinkte rot, und Havig kam zum Stillstand.

Die Nacht vom Donnerstag endete. Wenn die Bibel wahr sprach, hatte das Letzte Abendmahl stattgefunden, die Todesqual im Garten war vorbei, und Jesus lag in Fesseln, um bald vor Pilatus gebracht zu werden, verurteilt, gegeißelt, ans Kreuz geschlagen, durchbohrt, für tot erklärt und ins Grab gelegt.

Der Morgen erhellte den Osten. Havig hatte nun einen Olivenhain im Rücken, hinter dem er eine Anzahl Lehmbauten sah. Die Straße war eine ausgefahrene Wagenspur. In der Ferne, im verweilenden Zwielicht, duckte sich das Jerusalem der Herodier und des römischen Prokonsuls auf seinen Hügeln. Es war kleiner und gedrängter als die Stadt zwei Jahrtausende später, vorwiegend hinter Mauern, auch wenn außerhalb Wohnhäuser errichtet worden waren. Stände und Filzzelte drängten sich an den Toren, errichtet von Provinzbewohnern, die zu den Feiertagen zum heiligen Ort gekommen waren. Die Luft war kalt und roch nach Erde. Vögel zwitscherten. Er blieb keuchend sitzen, während es heller wurde und seine Kraft zurückkehrte. Hungrig brach er Brocken Ziegenkäse und Fladenbrot ab und begriff verwundert, daß er am ersten Karfreitag der Geschichte eine völlig normale Mahlzeit zu sich nahm.

Wenn er es war. Die Gelehrten mochten das Datum falsch festgesetzt haben, oder Jesus mochte nicht mehr sein als ein osirisch-mithraisch-essenischer Mythos. Wenn er es aber nicht war? Angenommen, er war, nun, vielleicht nicht die wahrhaftige leibhaftige Inkarnation des Schöpfers... aber wenigstens der Prophet, aus dessen Vision das meiste dessen stammte, was in allen künftigen Zeiten gut sein würde. Konnte ein Leben besser gelebt werden, als ihm zu folgen?

Nun, dazu würde Havig fließend aramäisch sprechen lernen und zahllose Einzelheiten des täglichen Lebens beherrschen müssen. Seine Suche würde er aufzugeben haben... Er seufzte und stand auf. Die Sonne überflutete das Land.

Bald hatte er Gesellschaft, blieb aber ein Außenseiter.

Die Menschen standen auf, wenn es hell wurde, kümmerten sich um ihr Vieh, jäteten Unkraut, schürten Feuer, kochten und wuschen, weil morgen Sabbat war. Bärtige Männer peitschten magere Esel, überladen mit Handelsware, Richtung Stadt. Kinder, die kaum laufen konnten, streuten Körner für das Federvieh; waren sie ein wenig älter, verscheuchten sie streunende Hunde von den Schafen. Als Havig gepflasterte Wege erreichte, sah er sich gedrängt und gestoßen: von Karawanenreisenden aus fernen Gegenden, von Scheichs, Priestern, mißgestalteten Bettlern, Bauern, Handwerkern, einer verspäteten, betrunkenen Hure, ein paar anatolischen Händlern mit zylindrischen Hüten, die einen Mann in der griechischen Tunika begleiteten, und dann der heisere Schrei, Platz zu machen, und tramm-tramm-tramm, Schnellschritt und Metall, ein Trupp von römischen Soldaten auf dem Rückweg von der nächtlichen Patrouille.

Ich habe Fotografien gesehen, die er bei anderen Gelegenheiten gemacht hatte, und kann mir die Szene gut vorstellen. Sie war nicht so bunt, wie man glauben möchte, wenn man in einem Zeitalter der Anilinfarbstoffe und Leuchtröhren lebt. Die

Stoffe waren von fahlem Braun, Grau, Blau, Zinnober und staubig. Aber der Lärm war gewaltig – schrille Stimmen, Gelächter, Flüche, übertriebene Lügen und Prahlereien, Harfenklänge, Fetzen eines Liedes; schlurfende Füße, klappernde, unbeschlagene Hufe, knarrende Holzkarren, jaulende Hunde, blökende Schafe, grunzende Kamele, immer und überall die Frühlingsvögel. Diese Menschen waren keine steifen Engländer oder Amerikaner; nein, sie ruderten mit den Armen, ihre Hände zuckten durch die Luft, sie schlugen einander auf die Schultern, hüpften, legten empört die Hände auf ihre Dolche und waren im nächsten Augenblick wieder guter Laune. Und die Gerüche! Der süßliche Schweiß der Pferde, der säuerliche der Menschen; Rauch, duftend von Zedern oder beißend von getrocknetem Dung; frischgebackenes Brot; Lauch und Knoblauch und ranziges Fett; überall Tierkot, oft der Ammoniakgeruch eines Komposthaufens; ein Hauch von Moschus und Rosenöl, als eine verschleierte Frau in einer Sänfte vorbeigetragen wurde; eine Wagenladung von frischgeschlagenem Holz; Satteleder, von der Sonne erwärmt...

Die Tore Jerusalems standen offen. Havigs Puls wurde schneller.

Und dann wurde er entdeckt.

Das geschah ganz plötzlich. Finger berührten seinen Rücken. Er drehte sich um und sah eine stämmige Person mit breitem Gesicht, nicht groß, ähnlich gekleidet wie er, aber auch bartlos, kurzhaarig und hellhäutig.

Auf dem Gesicht des Fremden glänzte Schweiß. Er stemmte sich gegen das Gedränge der Menge und sagte, den Lärm übertönend: *»Es tu peregrinator temporis?«*

Der Akzent war auffällig – das Polnisch des achtzehnten Jahrhunderts, wie sich herausstellen sollte – aber Havig verstand genug klassisches wie späteres Latein und begriff.

»Bist du ein Zeitreisender?«

Einen Augenblick lang verschlug es ihm die Sprache. Um ihn wirbelte die Wirklichkeit. Er war am Ende seiner Suche.

Oder die anderen am Ende der ihrigen.

Seine Körpergröße war hier ungewöhnlich, und er war barhäuptig, so daß sein glattrasiertes Gesicht und die nordischen Züge zu deutlich zu sehen waren. Im Gegensatz zu den meisten

Gemeinschaften in der Geschichte war das Jerusalem der Herodier kosmopolitisch genug, um Fremde einzulassen, aber seine Hoffnung war es gewesen, andere von seiner Art könnten erraten, daß er ein Fremder in der Zeit wie im Raum sei, oder er vermöchte einen von ihnen auszumachen. Und nun war seine Hoffnung in Erfüllung gegangen.

Sein erster Gedanke, bevor die Freude alles wegspülte, war die unsichere Überlegung, daß dieser Mann viel zu hart wirkte.

Sie saßen in einer Taverne und unterhielten sich: Vaclav Krasicki, der Warschau 1738 verlassen hatte, Juan Mendoza, aus Tijuana 1924, und die Pilger, die sie gefunden hatten.

Das waren Jack Havig und Coenraad van Leuven, ein Reitersoldat aus dem Brabant des dreizehnten Jahrhunderts, der sein Schwert gezogen und den Erlöser zu retten versucht hatte, als das Kreuz gen Golgatha getragen wurde, um in letzter Sekunde von Krasicki zurückgerissen zu werden, bevor eine römische Klinge ihn durchbohren konnte, und der nun betäubt auf die Frage reagierte: »Woher weißt du, daß diese Person wirklich dein Herr war?« Und ein graubärtiger orthodoxer Mönch, der nur kroatisch sprach, aber Boris zu heißen schien und aus dem siebzehnten Jahrhundert stammte. Und eine magere Frau mit strähnigen Haaren und Pockennarben, die mit glasigen Augen in ihrem Kapuzengewand kauerte und in einer Sprache vor sich hinmurmelte, die niemand kannte.

»Das ist *alles*?« fragte Havig ungläubig.

»Nun, wir haben noch einige Agenten in der Stadt«, erwiderte Krasicki. Sie unterhielten sich auf englisch, nachdem die Herkunft des Amerikaners geklärt worden war. »Wir wollen uns Montag abend treffen und dann sofort wieder nach, hm, Pfingsten. Ich nehme an, sie werden noch ein paar Zeitreisende auftreiben. Aber im ganzen, ja, es hat den Anschein, daß wir eine geringere Ausbeute bekommen, als wir erwartet haben.«

Havig schaute sich um. Das Lokal war vorne offen. Die Gäste saßen mit übereinandergeschlagenen Beinen auf abgewetzten Teppichen, die Straße und ihren Verkehr vor sich, während sie aus Tontassen tranken, die ein Junge aus einem Weinschlauch füllte. Jerusalem lärmte vorbei. Am Karfreitag!

Krasicki ließ sich nicht stören. Er hatte erwähnt, daß er seine zurückgebliebene Stadt, das Land und die Zeit zugunsten der französischen Aufklärung verlassen hatte; flüsternd hatte er seinen Begleiter Mendoza als Gangster bezeichnet. ›Söldner‹ war sein Ausdruck gewesen, aber die Bedeutung war klar.

»Mich betrifft das nicht, wenn ein jüdischer Zimmermann, der an Wahnvorstellungen leidet, hingerichtet wird«, sagte er zu Havig. »Sie auch nicht, wie? Wir scheinen wenigstens einen vernünftigen Neuling gefunden zu haben.«

In Wirklichkeit war das nicht die Einstellung des Amerikaners. Er wich einer Diskussion mit der Frage aus: »Sind die Zeitreisenden wirklich so wenige?«

Krasicki zuckte die Achseln.

»Wer weiß? Jedenfalls fällt es ihnen nicht leicht, hierherzukommen. Verständlich. Sie sind in eine Flugmaschine gestiegen und nach Stunden hiergewesen. Aber denken Sie an die Schwierigkeiten, ja fast die Unmöglichkeit, die Reise in anderen Zeitaltern zu machen. Wir lesen von mittelalterlichen Pilgern, aber wie viele waren das in Wirklichkeit, auf die Gesamtbevölkerung bezogen? Wie viele sind unterwegs gestorben? Außerdem werden wir manche Zeitreisende auch deshalb nicht finden, weil sie nicht entdeckt werden wollen – oder vielleicht sind sie nie auf den Gedanken gekommen, es könnte mehr von ihnen geben, die nach ihnen suchen –, und ihre Tarnung wird für uns zu geschickt sein.«

Havig starrte ihn an und den unerschütterlichen Juan Mendoza, den ziemlich betrunkenen Coenraad, den schmutzigen Boris mit seinem Rosenkranz, die unbekannte, irre Frau und dachte: Gewiß. Warum sollte die Gabe allein auf Menschen meines Schlages verteilt sein? Warum habe ich nicht damit gerechnet, daß sie wahllos verstreut ist, auf einen vollständigen Querschnitt der Menschheit? Und ich habe gesehen, was die Menschheit ist. Wie komme ich dazu, mich für etwas Besonderes zu halten?

»Wir können auch nicht zuviel Zeit auf die Jagd verwenden«, sagte Krasicki. »Wir sind im Horst so wenige.« Er tätschelte Havigs Knie. »Mutter Gottes, wie froh wird der Sachem sein, daß wir wenigstens Sie gefunden haben!«

Ein syrischer Eremit aus dem dritten Jahrhundert und ein ionischer Abenteurer aus dem zweiten Jahrhundert vor Christus wurden von zwei anderen Teams aufgefunden. Man meldete noch eine Frau – sie schien eine koptische Christin zu sein –, die aber verschwand, als man sich ihr näherte.

»Eine miserable Ernte«, knurrte Krasicki. »Immerhin –« Und er ging voran, zuerst zu dem Halt nach Pfingsten, der nichts erbrachte, dann ins einundzwanzigste Jahrhundert.

Staub wehte über die Wüste. In Jerusalem war keine Menschenspur geblieben außer Gebeinen und behauenen Steinen. Aber ein Flugzeug wartete, mit nadelspitzem Bug und gestutzten Flügeln, atomgetrieben, von Männern aus dem Horst aus einem Hangar geholt, dessen Bewacher keine Gelegenheit gefunden hatten, die Maschine im Krieg einzusetzen, bevor der Tod sie ereilte.

»Wir flogen über den Atlantik«, berichtete Havig mir später. »Das Hauptquartier war in... im ehemaligen Wisconsin. Ja, ich durfte mein Chronolog aus dem Versteck holen, obwohl ich sprachliche Schwierigkeiten vorschützte, um nicht verraten zu müssen, was es sei. Sie selbst mußten sich mühsam an das Zieldatum herantasten. Das ist ein plumpes, zeitraubendes Verfahren und erklärt vermutlich die geringe Anzahl entdeckter Zeitreisender, auf jeden Fall aber das Zögern ihrer Organisation, lange Zeitreisen anzutreten. Die Rückkehr war einfacher, weil sie in den Ruinen eine Art riesiger Plakatwand errichtet hatten, auf der ein Indikator täglich das richtige Datum anzeigte.

Im späten einundzwanzigsten Jahrhundert gab es in Amerika gerade erst wieder Anfänge. Lager und Gebäude befanden sich innerhalb einer Palisade und waren mehr als einmal von, äh, Eingeborenen oder Räubern angegriffen worden. Von dort aus gingen wir zeitaufwärts zu jenem Zeitpunkt, als der Sachem seine Expedition zu jenen Ostertagen ausgeschickt hatte.«

Ich weiß nicht, ob mein Freund Jesus jemals gesehen hat.

7

Nach guten hundert Jahren hatte man sich besser etabliert. Die Fruchtbarkeit im ehemals vergifteten Boden nahm zu, so daß die Bevölkerung zu wachsen vermochte. Kornfelder reiften an niedrigen Hügeln, unter einem milden Himmel, über den Sommerwolken zogen. Forstpflege hatte Baumbestände hervorgebracht, die Kuppen von dunklerem Grün bildeten, in denen Vögel ihre Nester bauten und der Wind murmelte. Es gab nur Erdstraßen, aber sie waren gitterartig angelegt. Die Menschen waren unterwegs und arbeiteten. Sie hatten nichts außer Handwerkszeug und von Tieren gezogene Maschinen, aber diese waren gut konstruiert. In ihren meist selbstgewebten blauen Hosen und Jacken, für beide Geschlechter, sahen sie alle ziemlich gleich aus, dazu trugen sie wippende Strohhüte und plumpe Schuhe; sie waren wettergegerbt und von der Arbeit gekrümmt wie vorindustrielle Bauern, die Haare unter den Ohren abgeschnitten, die Männer bärtig; nach den Maßstäben unserer Zeit waren sie klein, und viele hatten schlechte oder gar keine Zähne. Trotzdem ging es ihnen unendlich viel besser als ihren Vorfahren des Jüngsten Gerichts.

Sie richteten sich auf, um die Reisenden zu begrüßen, die auf Pferden vom Landeplatz geritten kamen, und bückten sich dann sofort wieder. Gelegentlich hoben berittene Soldaten, die entgegenkamen, ihre Säbel zu einem achtungsvollen, aber nicht unbedingt servilen Gruß. Sie trugen blaue Uniformen, Stahlhelme und Brustpanzer, am Gürtel Dolche, an der Kruppe Bogen, Köcher und Axt, Lanzen mit roten Wimpeln, und die Säbel.

»Ihr scheint alles fest in der Hand zu haben«, meinte Havig unsicher.

»Was sonst?« knurrte Krasicki. »Fast die ganze Welt, ein Großteil dieses Kontinents eingeschlossen, befindet sich noch im Zustand der Barbarei, sofern der Mensch überhaupt am Leben geblieben ist. Wir können nicht herstellen, wofür wir die Maschinen und Materialien nicht bekommen können. Die Mongolen sind auf den Ebenen westlich und südlich von uns. Sie würden wie ein Tornado über uns hinwegfegen, wenn wir in der Verteidigung nachlassen würden. Unsere Truppen bewachen nicht die Arbeiter, sie schützen sie vor Banditen. Nein, diese Leute können dem Horst für alles danken, was sie haben.«

Der mittelalterliche Eindruck setzte sich in der Stadt fort. Familien wohnten nicht in getrennten Häusern, sie lebten in der Nähe des befestigten Platzes zusammen und bearbeiteten das Land gemeinsam. Obwohl es einigermaßen sauber aussah, ein erfreulicher Unterschied gegenüber dem Mittelalter, besaß der Ort nichts von dem mittelalterlichen Charme. Die Backsteinhäuserreihen an den asphaltierten Straßen wirkten so monoton wie nur irgendwo im viktorianischen England. Havig entdeckte nur eine Besonderheit, ein Holzhaus, dessen Stil halb asiatisch wirkte, bunt bemalt. Krasicki erklärte ihm, es sei ein Tempel, wo man zu Yasu bete und dem Oktai Opfer darbringe, den die Mongolen mitgebracht hätten.

»Gib ihnen ihre Religion, sorg dafür, daß die Priester mittun, und du hast sie«, fügte er hinzu.

Havig schnitt eine Grimasse.

»Wo ist der Galgen?«

Krasicki sah ihn erstaunt an.

»Wir halten keine öffentlichen Hinrichtungen ab. Wofür halten Sie uns?« Nach einer Pause fuhr er fort: »Was glauben Sie, mit welchen Weichlingsmethoden man in einer solchen Zeit durchkäme?«

Die Festung ragte vor ihnen auf. Hohe Backsteinmauern mit Zinnen umgaben ein großes Gelände, davor ein Burggraben, mit Zufuhr aus dem Fluß, der dieses Gebiet bewässerte. Neben den Toren und oben auf dem Schanzwerk schwere Maschinengewehre, zweifellos aus Ruinen geholt oder Stück für Stück aus der Vergangenheit zusammengetragen. Stotternde Geräusche verrieten Havig, daß im Innern eine Anzahl von motorgetriebenen Generatoren lief.

Wachen präsentierten Waffen. Eine Trompete schmetterte. Zugplanken klapperten, das Pflaster im Innenhof klirrte unter den Pferdehufen.

Krasickis Gruppe hielt an. Ein Gewirr von Menschen hastete aus allen Richtungen, aufgeregt durcheinanderschnatternd. Die meisten, in Livreen, mußten Schloßbedienstete sein. Havig bemerkte es kaum. Seine Aufmerksamkeit galt einer Frau, die sich hindurchzwängte, bis sie vor ihm stand.

Sie strahlte Begeisterung aus. Er konnte die heisere Stimme mit ihrem Akzent kaum verstehen: »Oktais Schwanz! Ihr habt'n gefunden!«

Sie war fast so groß wie er, kräftig gebaut, mit breiten Schultern und Hüften, relativ kleinen Brüsten und langen Gliedmaßen. Sie hatte hohe Backenknochen, eine stumpfe Nase, einen breiten Mund, gute Zähne, von denen zwei fehlten. Später erfuhr er, daß sie bei einem Kampf ausgeschlagen worden waren. Ihr dichtes, mahagonifarbenes Haar hing aufgelöst bis zu den

Hüften herab, war jetzt aber über barbarisch großen Ohrringen in Flechten hochgesteckt. Ihre Augen waren braun und ein wenig mandelförmig unter buschigen Brauen; an ihrer sonnengebräunten Haut sah man hier und dort ein paar alte Narben. Sie trug eine weite, rote Tunika zum Kilt, Schnürstiefel, ein Bowiemesser, einen Revolver, einen vollen Patronengürtel und, an einer Kette um den Hals, einen Wieselschädel.

»Wo bist du her? Du da!« Ihr Zeigefinger wies auf Havig. »Aus den Hohen Jahren, nein?« Sie lachte laut. »Du hast mir viel zu erzählen!«

»Der Sachem wartet«, erinnerte Krasicki sie.

»Kay, ich warte auch, aber nicht 'n ganzen Tag, hörst du?« Und als Havig abstieg, schlang sie die Arme um ihn und küßte ihn auf die Lippen. Sie roch nach Sonnenschein, Leder, Schweiß, Rauch und Frau. So lernte er Leonce vom Gletschervolk kennen, die Skula von Wahorn.

Das Büro war der Vorraum einer Suite, deren Größe und Luxus es vorwegnahm. Über einem dunkelgrauen, dicken Teppich erhob sich eine Eichentäfelung. Die Vorhänge an den Fenstern waren aus Nerz. Wegen ihrer massiven Art mußten Schreibtisch, Stühle und Sofa in dieser Zeit angefertigt worden sein; aber die ihnen zugewendete Mühe stand im Widerspruch zu der Einfachheit, die Havig in anderen vom Flur aus einzusehenden Räumen gesehen hatte. In silbernen Rahmen waren Fotografien aufgehängt. Eine davon war ein Museumsstück, eine Daguerreotypie einer verblaßt wirkenden Frau in der Kleidung des mittleren neunzehnten Jahrhunderts, die übrigen Schnappschüsse, mit einer modernen Kamera aufgenommen. Er erkannte Cecil Rhodes, Bismarck und einen jugendlichen Napoleon; den gelbbärtigen Mann im langwallenden Gewand erkannte er nicht.

Von diesem vierten Stockwerk des Hauptgebäudes aus reichte der Blick weit über den Komplex der Nebengebäude und das geschäftige Treiben des Horstes, hinaus über das Land, das er beherrschte. Die Abendsonne schickte lange, schräge Strahlen herein. Das Generatorgeräusch war ein gedämpftes Pochen.

»Wir wollen Musik hören, ja?« Caleb Wallis drückte auf die Tasten eines Molekularrekorders aus der Zeit kurz vor dem

Großen Krieg. Töne dröhnten heraus. Er verminderte die Lautstärke, sagte aber: »Richtig, ein Triumphmarsch. Mein Gott, bin ich froh, Sie hierzuhaben, Havig!« Der Neuankömmling erkannte den Einzug der Götter aus ›Das Rheingold‹.

Der Rest der Gruppe, einschließlich ihrer Führer, war, nicht ganz ohne Takt, nach einem kurzen Gespräch entlassen worden.

»Sie sind anders«, sagte der Sachem. »Sie sind der eine unter hundert, den wir am dringendsten brauchen. Hier, wollen Sie eine Zigarre?«

»Nein, danke, ich rauche nicht.«

Wallis stand einen Augenblick stumm da, bevor er mit Nachdruck sagte: »Ich bin der Gründer und Herr dieser Nation. Wir brauchen Disziplin, Formen des Respekts. Man nennt mich ›Sir‹.«

Havig betrachtete ihn. Wallis war mittelgroß, gedrungen und kräftig, trotz des vorgewölbten Bauches. Sein Gesicht war von frischer Farbe, mit flacher Nase und dichten Brauen; rötlichgraue Barthaare querten Oberlippe und Wangen, um sich mit den Haaren zu vereinigen, die seinen kahlen Kopf umkränzten. Er trug eine schwarze Uniform mit silbernen Knöpfen und Abzeichen, Goldverzierung am Kragen, Epauletten, Zierdolch, Pistole. Aber er hatte nichts Lächerliches an sich. Er strahlte Selbstsicherheit aus. Seine Stimme klang tief und beherrschend, beinahe hypnotisierend, wenn er diese Wirkung wünschte. Seine kleinen, hellen Augen irrten nie ab.

»Sie werden verstehen, daß das für mich alles neu und verwirrend ist... Sir«, sagte Havig.

»Sicher! Sicher!« Wallis strahlte und schlug ihm auf die Schulter. »Sie werden sich schnell zurechtfinden. Sie werden es weit bringen, mein Junge. Hier gibt es keine Grenzen für einen Mann, der weiß, was er will, und das Rückgrat hat, sich durchzusetzen. Und Sie sind auch Amerikaner. Ein leibhaftiger Amerikaner, aus der Zeit, als unser Land noch es selbst war. Davon gibt es nur noch ganz wenige unter uns.« Er ließ sich am Schreibtisch nieder. »Setzen Sie sich. Nein, warten Sie, sehen Sie meinen Barschrank? Ich nehme zwei Finger breit vom Bourbon. Sie bedienen sich selbst.«

Havig fragte sich, warum man nicht für Eis und Sodawasser oder dergleichen gesorgt hatte. Es wäre möglich gewesen. Er entschied, daß Wallis nichts davon hielt und sich nicht darum scherte, was andere wollten.

Als er in einem Sessel saß, ein kleines Glas Rum in den Händen, sah er den Sachem an und sagte: »Ich kann auf Einzelheiten meiner Biographie eingehen, Sir, aber ich glaube, das stelle ich zweckmäßiger zurück, bis ich weiß, was der Horst... ist.«

»Richtig, richtig.« Wallis nickte und sog an seiner Zigarre, die gräßlich roch. »Aber ein paar Dinge wollen wir gleich klären, ja? Geboren – neunzehnhundertdreiunddreißig, sagen Sie? Haben Sie jemals einem anderen Menschen verraten, was Sie sind?« Havig unterdrückte den Impuls, mich zu erwähnen. »Sind Sie als junger Mann zurückgegangen, um Ihre Kindheit zu steuern?« fuhr Wallis fort. »Haben Sie Ihre Stellung im Leben verbessert und dann nach anderen Reisenden gesucht?«

»Ja, Sir.«

»Was halten Sie von Ihrer Zeit?«

»Wie? Hm, na ja... wir sind in Schwierigkeiten. Ich habe mich in die Zukunft versetzt und kurz gesehen, was uns erwartet, Sir.«

»Wegen des Verfalls, Havig. Das ist Ihnen klar, nicht wahr? Der zivilisierte Mensch greift sich selbst an, zuerst im Krieg, dann mit moralischem Siechtum. Die Reiche des Weißen zerfallen schneller als das von Rom; das Werk von Clive, Bismarck, Rhodes, McKinley, Lyautey, aller Indianerbekämpfer und Buren, alles, was erreicht worden war, in einer einzigen Generation verloren; Stolz auf Rasse und Erbe dahin; Verräter – Bolschewiken und Weltjuden – an der Macht, dem weißen Mann von der Straße predigend, daß die Zukunft schwarz aussieht. Ich habe das gesehen, als ich Ihr Jahrhundert studierte. Haben Sie es auch gesehen, während Sie darin gelebt haben?«

»Ich habe gesehen, was Vorurteil, Gefühllosigkeit und Dummheit bewirken«, sagte Havig aufgebracht. »Die Sünden der Väter suchen wahrhaftig die Söhne heim.«

Wallis rügte das Fehlen des Ehrentitels nicht. Statt dessen lächelte er und sagte beruhigend: »Ich weiß, ich weiß. Verstehen Sie mich nicht falsch. Viele Farbige sind gute, brave Leute – die Zulus etwa, oder die Apachen, um eine andere Rasse zu nehmen, oder die Japaner. Alle Reisenden, die wir unter ihnen finden mögen, werden die Chance bekommen, dieselbe Ehrenstellung zu erlangen wie alle anderen unserer bewährten

Zeitagenten, wie auch Sie, davon bin ich überzeugt. Ach was, ich bewundere Ihre Israelis, nach allem, was ich über sie gehört habe. Ein Mischvolk, rassisch keine Verwandtschaft mit den Hebräern der Bibel, aber zähe Kämpfer und geschickt. Nein, ich spreche nur von der Notwendigkeit, daß alle ihre eigene Identität, ihren Stolz bewahren. Und ich bin nur wütend auf jene Rassen, die man mit Recht Nigger, Rothäute, Gelbhäute oder Spaghettifresser nennen durfte; Sie wissen, was ich meine. Genug reinblütige Weiße unter ihnen, leider, die entweder den Mut verloren oder sich offen an den Gegner verkauft haben.«

Havig zwang sich zu der Überlegung, daß diese Grundeinstellung im Geburtsjahrhundert des Sachems verbreitet, ja sogar geachtet gewesen war. Selbst Abraham Lincoln hatte von der angeborenen Minderwertigkeit der Neger gesprochen... Er glaubte nicht, daß Wallis Kreuzigungen anordnete.

»Sir«, sagte er bedächtig, »ich schlage vor, daß wir Auseinandersetzungen vermeiden, bis wir einander die Grundsätze unseres Denkens klargemacht haben. Das mag mühevoll sein. Inzwischen sollten wir uns lieber über praktische Dinge unterhalten.«

»Richtig«, brummte Wallis. »Sie sind ein Gehirnmensch, Havig. Auch ein Mann der Aktion, allerdings vielleicht in Grenzen. Aber ich will offen sein, was wir jetzt am dringendsten brauchen, sind Hirne, vor allem, wenn sie wissenschaftlich ausgebildet sind, realistische Philosophien.« Er schwenkte die Zigarre. »Nehmen Sie die Ausbeute von Jerusalem heute. Typisch! Den Brabanter und den Griechen können wir vermutlich zu brauchbaren Kämpfern, Spähern, Gehilfen bei Zeitexpeditionen ausbilden. Aber die anderen –« Er schüttelte den Kopf. »Ich weiß nicht. Im besten Fall vielleicht Fährleute, die Sachen aus der Vergangenheit holen. Und ich kann nur hoffen, daß die Frau fortpflanzungsfähig ist.«

»Was?« Havig fuhr halb aus dem Sessel hoch. »Wir können Kinder haben?«

»Miteinander, ja. Im Verlauf von hundert Jahren haben wir das bewiesen.« Wallis lachte auf. »Nicht mit Nicht-Reisenden, nein, ausgeschlossen. Das haben wir sogar noch öfter bewiesen. Was halten Sie von einem netten kleinen Dienstmädchen, das Ihnen heute nacht das Bett wärmt, wie? Wir haben auch Sklaven, bei Streifzügen gefaßt – und kommen Sie mir nicht moralisch. Die anderen Banden hätten es mit uns genauso gemacht, und wenn wir nicht Gefangene hierherbringen und zähmen würden, statt ihnen die Hälse durchzuschneiden, würden sie und ihre Sprößlinge uns an den Grenzen dauernd Schwierigkeiten machen. Wie zu erwarten, haben wir einen Mangel an zeitreisenden Frauen, und nicht alle sind bereit oder fähig, Mütter zu werden. Aber diejenigen, die es wollen – die Kinder sind normal, Havig. Die Gabe vererbt sich nicht.«

Havig wunderte sich nicht darüber.

»Es hat also keinen Zweck, aus uns eine ganze Rasse erzeugen zu wollen«, fuhr Wallis fort. »Wir geben unseren Kindern eine Ausbildung, sie werden bevorzugt und bekommen führende Positionen, sicher, auch deshalb, damit meine Agenten mir gegenüber loyal bleiben, aber offen gesagt, ganz unter uns, es fällt mir oft schwer, gute Posten für solche Nachkommen zu finden, wo sie keinen Schaden anrichten können. Wenn die Eltern Zeitreisende sind, heißt das nicht, daß sie keine Dummköpfe sein könnten, die zu nichts anderem taugen, als wieder Dummköpfe hervorzubringen. Nein, wir sind hier eine Art Aristokratie, das bestreite ich nicht, aber wir können das nicht lange auf einer Erbgrundlage halten. Das möchte ich auch gar nicht.«

»Was möchten Sie dann, Sir?« fragte Havig leise.

Wallis legte die Zigarre weg.

»Die Zivilisation wiederherstellen. Wozu sonst hat Gott uns gemacht?«

»Aber – in der Zukunft – sah ich –«

»Die Maurai-Föderation?« Wallis wurde zornrot und schlug mit der Faust auf den Tisch. »Wieviel haben Sie davon gesehen? Verdammt wenig, ja? Ich habe diese Epoche erforscht, Havig. Sie werden sie selbst kennenlernen. Ich sage Ihnen, das ist ein Haufen von Kanaken-Weißen-Nigger-Gelbhäuten-Mischlingen, der an die Macht kommen wird aus keinem anderen Grund als dem, daß sie weniger stark betroffen waren. Sie werden arbeiten und kämpfen und bestechen und planen, um die Welt zu beherrschen, nur damit sie die Menschheit insgesamt und die weiße Rasse im besonderen an die Kandare nehmen und den Fortschritt für immer aufhalten können. Sie werden sehen! Sie werden sehen!« Er lehnte sich schweratmend zurück, leerte sein Glas und sagte: »Es wird ihnen nicht gelingen. Drei-, vierhundert Jahre lang werden die Menschen ihr Joch ertragen müssen, ja, aber danach – Dafür ist der Horst da, Havig. Um für das Danach zu sorgen.«

»Ich bin achtzehnhundertdreiundfünfzig im Bundesstaat New York geboren«, erklärte der Sachem. »Mein Vater war ein kleiner Ladenbesitzer und strenger Baptist. Meine Mutter – das ist ihr Bild.« Er zeigte auf das weiche, kraftlose Gesicht an der Wand. »Ich war das letzte von sieben Kindern, die am Leben blieben. Vater hatte also nicht viel Zeit oder Energie, um sich um mich zu kümmern, zumal mein ältester Bruder sein Liebling war. Das brachte mich schon sehr früh dazu, selbst für mich zu sorgen und den Mund zu halten. Fleiß und Sparsamkeit dazu. Ich ging nach Pittsburgh, als ich offiziell siebzehn war, weil ich da schon wußte, wie zukunftsträchtig es dort war. Mein älteres Ich hatte enger mit mir zusammengearbeitet, als das bei Ihnen der Fall gewesen zu sein scheint. Aber ich wußte schon immer, daß ich eine Bestimmung hatte.«

»Wie haben Sie Ihr Vermögen gemacht, Sir?« fragte Havig.

»Nun, mein älteres Ich ging in Kalifornien zu den Neunundvierzigern. Er hatte es nur auf einen ordentlichen Batzen abgesehen, um bei der Marketenderei gut zu verdienen, als er sich in den Bürgerkrieg versetzte. Dann mußte ich auf seiner Spur zurück, und als ich nach Pittsburgh zurückkam, war es nicht mehr schwer. Von Bodenspekulationen kann man doch nicht reden, wenn man weiß, was herauskommt, nicht? Ich verkaufte dreiundsiebzig zum richtigen Zeitpunkt, und nach der Panik konnte ich mich in Eisenbahnen und Stahlwerken einkaufen. Bis achtzehnhundertachtzig, als mein echtes Alter etwa fünfunddreißig war, verfügte ich über so viel Geld, daß ich mich der Arbeit zuwenden konnte, für die Gott mich geschaffen hatte.« Feierlich sagte er: »Ich habe den Glauben meines Vaters aufgegeben, wie wohl die meisten Zeitreisenden, aber ich glaube immer noch an einen Gott, der ab und zu einen bestimmten Menschen zu seiner Bestimmung ruft.« Dann lachte Wallis, daß sein Bauch wackelte. »Aber sind das nicht große Worte für einen gewöhnlichen, alten Amerikaner! Kein Ruhm und keine Glorie, Havig, außer in den Geschichtsbüchern. Harte, mühsame Arbeit, Geduld und Selbstverleugnung, und die Bereitschaft, mehr aus den Fehlern als aus den Erfolgen zu lernen. Sie sehen, daß ich nicht mehr jung bin, und meine Pläne beginnen erst zu bluhen, geschweige denn, schon Früchte zu tragen. Aber das Tun, das Tun, das ist es, das heißt leben!« Er hielt ihm das leere Glas hin. »Füllen Sie nach. Ich trinke sonst nicht viel, aber Sie ahnen ja nicht, wie ich mich danach gesehnt habe, mit einem Neuen zu reden, der Verstand hat! Wir haben ein paar kluge Burschen, wie Krasicki, aber das sind Ausländer, abgesehen von zwei Amerikanern, die ich so gut kenne, daß ich genau weiß, was sie auf jede Bemerkung von mir sagen werden. Los, gießen Sie mir und sich ein, und unterhalten wir uns.«

Nachdem sie einander zugeprostet hatten, sagte Wallis: »In einem ganzen Jahrhundert habe ich nur elf gute Leute gefunden. Der Beste ist Austin Caldwell. Er hat mir übrigens den Titel Sachem gegeben. War früher Scout. Dann einen Magier und Wahrsager aus einem Wanderzirkus, einen Glücksspieler, ein Mädchen aus dem Süden. Das waren die Amerikaner. Im Ausland fanden wir einen bayerischen Soldaten, einen Beauftragten der Inquisition in Spanien, eine ungarische Jüdin, einen Studenten in Edinburgh, eine Hutmacherin in Paris, die sich ihre Entwürfe aus der Zeit holte, ein junges Bauernpaar aus Österreich. Mit denen hatten wir Glück. Sie hatten einander gefunden – vielleicht das einzige Paar von uns, das in einer Nachbarschaft geboren wurde – und ihr erstes Kind bekommen. Sie wären nicht mitgekommen, wenn das Kind nicht so klein gewesen wäre, daß sie es hätten tragen können.«

»Nicht mehr?« fragte Havig betroffen.

»Doch, noch einmal soviel, aber unbrauchbar. Verrückt, oder zu stumpf, oder verkrüppelt, oder Angst davor, bei uns mitzumachen, was auch immer. Eine Frau wollte ihren Mann nicht verlassen. Ich überlegte, ob ich sie einfach entführen sollte – die Sache ist schließlich wichtiger –, aber was macht man mit jemandem, der keine Lust hat? Bei einem Mann könnte man vielleicht seine Familie bedrohen und ihn so zwingen, aber Frauen sind zu feige. Na gut. Als ich meine ersten Schüler hatte, konnte ich mich ausbreiten. Wir rekrutierten neue Leute, aus verschiedenen Jahrhunderten, aber auch welche aus dem unsrigen. Schließlich konnten wir uns den Platz für den Horst aussuchen und die hier ansässigen Leute als Arbeiter einsetzen. Arme, verhungerte Wesen, die froh darüber waren, daß wir uns um sie kümmerten.«

»Darf ich fragen, warum Sie sich gerade diesen Ort und dieses Jahr ausgesucht haben, Sir?«

»Sicher, fragen Sie, was Sie wollen. Ich dachte an die Vergangenheit, wissen Sie. An dem Bild dort drüben können Sie erkennen, daß ich bis zu Karl dem Großen zurückgegangen bin, um meine Bestimmung zu prüfen. Aber die Reise ist zu weit. Und selbst in einem unerforschten Gebiet wie dem vorkolumbischen Amerika würden wir riskieren, Spuren für die Archäologen zu hinterlassen. Es könnte Maurai-Zeitreisende geben, verstehen Sie, und was wir brauchen, ist der Überraschungseffekt. Unsere Eingeborenen hier wissen natürlich, daß wir besondere Kräfte haben, aber sie nennen uns Zauberer, Götter- und Geisterabkömmlinge. Bis sich das verbreitet, hört es sich an wie ein abergläubischer Kult mehr.«

»Soviel ich feststellen konnte, bildet sich die Maurai-Kultur jetzt um diese Zeit im Pazifikbecken«, sagte Havig. »Jeder, der von den späteren Stufen zurückkäme, wäre zweifellos mehr an ihrer Entstehung interessiert als an der Politik obskurer, verarmter Barbaren.«

»Sie tun Ihren Amerikanern unrecht«, sagte Wallis mißbilligend. »Vom Maurai-Standpunkt aus haben Sie natürlich recht. Unsere Leute hatten aber auch Pech.«

Havig sah das zum Teil ein. Teile Ozeaniens waren zu unwichtig für Überentwicklung oder Schläge mit Superwaffen gewesen, und diese riesigen Gewässer waren weniger vergiftet als andere Meere, sie hatten sich schneller reinigen können, als der Mensch wieder zu einer seltenen Gattung geworden war. Dabei waren die Bewohner durchaus keine schlichten, braven Paradiesbewohner.

Nordamerika, Europa, Teile Asiens und Südamerikas und geringere Teile Afrikas gingen unter, weil sie überentwickelt waren. Wenn die komplizierten, dort bestehenden Gesellschaften auch nur für kurze Zeit gelähmt wurden, mußten Millionen Menschen zugrunde gehen. Der Kampf der Übriggebliebenen ums Überleben mußte ihnen den Rest geben.

Jetzt wurde selbst in solchen Gebieten Wissen konserviert, hier durch eine Oase der Ordnung, dort durch eine halb-religiöse Gemeinschaft. Zumindest theoretisch konnte es sich zu den neuen Barbaren verbreiten, die es an die neuen Wilden weitergaben... theoretisch. Die Praxis sah anders aus. Die alte Zivilisation hatte die Welt zu sehr geschädigt.

Man konnte, zum Beispiel, einen Jungforst mit primitiven Mitteln aufrichten, nach Erzen schürfen, ein Ölfeld ausbeuten. Mit den Mitteln daraus konnte man größere, komplizierte Anlagen bauen. Wenn die Ressourcen geringer wurden, konnte man Holz durch Kunststoffe ersetzen, Eisen aus Takonit gewinnen, den ganzen Planeten nach Petroleum absuchen.

Aber das hatte man schon alles gemacht, bevor der Krieg des Jüngsten Gerichts gekommen war. Die Kombination von Maschinen, ausgebildeten Leuten, wohlhabenden Verbrauchern und Steuerzahlern ging unter und ließ sich nicht mehr wiederherstellen.

Die Daten für einen industriellen Neuaufbau konnte man finden. Die Naturstoffe dafür nicht.

»Glauben Sie nicht, Sir, daß die Maurai und ihre Verbündeten einen Dienst leisten, wenn sie ihre technologischen Alternativen entwickeln?« meinte Havig.

»Bis zu einem gewissen Punkt, ja. Das muß ich den Kerlen lassen«, knurrte Wallis. »Aber das ist auch alles. Wir erfahren von der Unterdrückung neuer Entwicklungen durch sie. Sie werden das auch feststellen.« Er schien das Thema wechseln zu wollen, als er fortfuhr: »Aber zu unserer Organisation hier: Meine Schlüsselfiguren sind möglichst wenig in der ununterbrochenen normalen Zeit geblieben, und ich auch. Wir eilen voraus, wobei wir uns überlappen, um die Führerschaft zu erhalten. Und das geht gut. In Vergangenheit, Gegenwart und Zukunft gleichermaßen.

Inzwischen haben wir Hunderte von Agenten und Tausende von willigen Helfern. Wir beherrschen, was früher zwei ganze Bundesstaaten waren, wenngleich der Verkehr sich natürlich mehr in der Zeit als im Raum abspielt. Hauptsächlich regieren wir durch Gehilfen aus dem einfachen Volk. Aber verstehen Sie mich nicht falsch. Wir sind weder Ungeheuer noch Parasiten. Manchmal müssen wir hart zupacken, aber unser Ziel bleibt dasselbe: die Welt wieder auf den Weg zu führen, den Gott vorgesehen hat.« Er beugte sich vor. »Und wir werden es schaffen«, sagte er leise. »Ich bin weit in die Zukunft gegangen. In tausend Jahren habe ich Dinge gesehen –

Sind Sie auf unserer Seite?«

8

»Im großen und ganzen waren die nächsten Monate gut«, erzählte Havig mir später. »Ich blieb aber vorsichtig. Zum Beispiel hielt ich mit genauen biographischen Daten zurück, und das Chronolog gab ich als Strahlendetektor und -sender aus, gebaut für den Fall, daß Besucher in der Vergangenheit solche Geräte benützten. Wallis bezweifelte das und verlor das Interesse. Ich fand ein Versteck dafür.«

»Warum diese Vorsicht?« fragte ich.

Er machte ein finsteres Gesicht.

»Ach, zuerst waren es nur Details. Wie Wallis' ganze Art. Allerdings hatte ich kaum Gelegenheit, mich zurechtzufinden, weil er bald ins nächste Jahr vorausging. Überlegen Sie, wie das die Macht stärkt und verlängert!«

»Es sei denn, daß seine Untergebenen inzwischen dabei sind, sich gegen ihn zu verschwören«, meinte ich.

Er schüttelte den Kopf.

»Nicht in diesem Fall. Er weiß, wer loyal ist. Ein harter Kern von Reisenden begleitet ihn bei den Zeitsprüngen, nach einem genauen Plan, so daß immer maßgebliche Leute zur Stelle sind.

Außerdem läßt sich eine Verschwörung unter solchen Umständen kaum vorstellen. Ein höchst unterschiedlicher und polyglotter Haufen, das. Fast alle aus der nachmittelalterlichen westlichen Zivilisation –«

»Wie das?« fragte ich. »In den anderen historischen Perioden muß es doch vergleichbare Möglichkeiten gegeben haben.«

»Ja, und Wallis sagte auch, er wolle das ausweiten, aber die Schwierigkeiten von weiten Zeitreisen, von Sprache und Kulturbarrieren, der Ausbildung jener, die man zurückbrachte, schienen zu groß zu sein. Seine Suche in Jerusalem war ein Experiment gewesen und, abgesehen von mir, mit einer Enttäuschung zu Ende gegangen.« Havig zuckte die Achseln. »Um zur Hauptfrage zurückzukommen«, sagte er, »die Amtssprache des Horstes ist amerikanisches Englisch, das jeder lernen muß. Aber selbst so konnte ich mit den meisten nie ganz frei ins Gespräch kommen. Abgesehen von den Akzenten dachten wir zu verschieden. Von meinem Standpunkt aus bestand die Mehrheit aus Rohlingen. Dafür sahen sie mich als Weichling oder als zu verschlagen. Und sie hatten, haben ihre wechselseitigen Eifersüchteleien und ihren Argwohn. Wie sollten sie eine gemeinsame Sache haben können?

Und warum sollten sie schließlich meutern? Nur ein paar sind Idealisten. Aber wir lebten – sie leben – wie Kampfhähne. Das Beste an Essen, Trinken, aus der Zeit importierter Luxus, Diener, Bettpartner, Sport, Ausflüge in die Vergangenheit, und ein ordentliches Taschengeld. Die Arbeit ist nicht schwer. Wer es nötig hat, wird darin ausgebildet, was Geschichte und Technologie ihm bieten können. Die körperlich Tüchtigen werden in Kampftechniken ausgebildet, die anderen werden Beamte, Zeitträger, Verwalter oder Forscher, wenn sie das Hirn dafür haben. Im ganzen hatte ich keine Klagen, jedenfalls am Anfang nicht.«

»Sie scheinen aber kaum Freunde gefunden zu haben.«

»Nur ein paar. Wallis selbst konnte nicht nur autoritär, sondern auch charmant sein. Austin Caldwell, sein erster Mann, grauhaarig, aber noch immer zäh, erstklassiger Schütze und Reiter, Whiskytrinker von hohen Graden, war humorvoll und ein guter Erzähler, und er half mir, mich einzupassen. Reuel Orrick, der frühere Magier, ein köstlicher alter Halunke. Jerry Jennings, ein junger Engländer, der einen neuen Traum zu finden versuchte, nachdem seine alten in den Gräben von neunzehnhundertachtzehn zerbrochen waren. Und Leonce.« Er lächelte. »Vor allem Leonce.«

Sie ritten kurz nach seiner Ankunft hinaus, um sich zu erholen. Er war kaum in seine Zweizimmerwohnung in der Burg gezogen und hatte erst wenig Besitztümer. Sie schenkte ihm ein Bärenfell und eine Flasche Malt-Whisky aus der Vergangenheit. Havig wußte nicht recht, wie er ihr Verhalten bewerten sollte, aber er war in der ersten Zeit zuviel beschäftigt.

Die angebotene Konkubine nahm er nicht. Ihm gefiel das nicht. Ein Grund mehr, Leonces Einladung zu einem Picknick anzunehmen, als sie einen freien Tag hatten.

In der Umgebung gab es keine Banditen mehr, und berittene Streifen sorgten dafür, daß sie nicht zurückkamen. Man konnte sich ohne Eskorte hinauswagen. Die beiden trugen Pistolen nur als Abzeichen, das allein ihnen zustand.

Leonce wählte den Weg aus, einige Meilen durch unter der Morgensonne träumende Felder, bis sie in einen Wald kamen.

Es roch nach warmem Heu, ein frischer Wind wehte. Eichhörnchen huschten durch das Laub. Die Hufschläge klapperten gedämpft.

Unterwegs hatte sie ihn fleißig befragt. Er berichtete gern, innerhalb der selbstgesetzten Grenzen. Die Sprachbarriere fiel. Sie war auch noch nicht lange hier, nicht einmal ein ganzes Jahr, wenn man Zeitreisen mit einrechnete, aber sie sprach sein Englisch ganz gut, wenn sie nicht aufgeregt war, und er gewöhnte sich schnell an ihre Aussprache.

»Von den Hohen Jahren!« sagte sie immer wieder verwundert und drückte seinen Arm. Ihre Hände waren schwielig.

»Was meinst du damit?« fragte er. »Kurz vor dem Großen Krieg?«

»Ja, als die Menschen nach dem Mond und den Sternen griffen, und – und nach allem.« Er begriff, daß sie trotz ihrer Größe und wilden Art noch sehr jung war.

Als wir uns dazu verurteilten, unsere eigenen Henker zu sein, dachte er, aber darüber wollte er nicht reden.

»Du siehst aus, als kämst du aus einer hoffnungsfrohen Zeit«, meinte er.

Sie machte einen Schmollmund, wurde aber nachdenklich.

»Hm, ja und nein«, sagte sie schließlich. »Bei dir war das doch auch so.«

»Willst du es mir nicht erklären? Ich habe gehört, daß du von der Zukunft kommst, aber mehr weiß ich nicht.«

Sie nickte.

»Ungefähr noch hundertfünfzig Jahre. Gletschervolk.«

Im Wald konnten sie nicht mehr nebeneinander reiten. Sie übernahm die Führung. Er bewunderte ihre Figur und ihre gute Haltung im Sattel, und sie drehte oft den Kopf, um ihn anzugrinsen, während sie erzählte.

Ihre Heimat erkannte er als das hohe und schöne Land, das er unter dem Namen Gletscher- und Waterton-Nationalparks gekannt hatte, bis hin zum Bitterroot-Gebirge. Heute befanden sich ihre Vorfahren im östlichen Teil dieses Gebietes, geflohen vor Mongolen, die für ihre eigenen Herden und Höfe diese Ebenen erobert hatten. Sie waren bereits mehr Jäger und Trapper als Kleinbauern, überfielen den Gegner in den Ebenen, arbeiteten sonst als Händler, die im Austausch für Nahrungsmittel und Fertigprodukte Felle, Häute, Erze und Sklaven brachten. Vereinigt waren sie nicht; Fehden zwischen Familien, Clans und Stämmen würden noch Generationen andauern.

Aber mit der Ausweitung ihrer Zahl und ihres Gebietes würde sich ein gewisses Maß an Organisation ergeben. Leonce versuchte das zu beschreiben.

»Ich bin von der Ranyan-Familie, die zum Wahorn-Stamm gehört. Ein Stamm trifft sich viermal im Jahr, unter seinem Sherf, der sie anführt. Sie reden miteinander, Streitigkeiten werden geschlichtet, man stimmt über Gesetze ab, und man vergnügt sich. Später treffen sich die Sherfs und die anderen einmal im Jahr im Kongers. Da bestimmt der Ginral. Als ich wegging, war es ziemlich ruhig. Die Mongolen waren fort, und wir haben mehr gehandelt als mit den neuen Tiefländern gekämpft, die stark und reich sind. Wir ahmen sie immer mehr nach.« Sie seufzte. »Hundert Jahre nach mir, hab' ich erfahren, sind die Gletscher-Leute in der Nordwest-Union. Ich will nicht zurück.«

»Du scheinst trotzdem ein hartes Leben geführt zu haben.«

»Na ja. Hätte schlimmer sein können. Und ich hab' noch viel vor mir... Da sind wir.«

Sie banden ihre Pferde an einer kleinen Wiese vor einem Bach an. Die Bäume ragten hoch empor; das Gras war dicht und weich, mit wilden Blumen durchsetzt. Leonce packte das Essen aus, belegte Brote und Obst. Sie lehnten sich nebeneinander an einen Baumstamm und gossen Wein in Silberbecher.

»Weiter«, sagte er. »Ich will mehr über dich hören.«

Sie sah ihn an.

»Ach, gegen dich ist das doch gar nichts, Jack.«

»Bitte. Es interessiert mich.«

Sie lachte fröhlich. Aber das, was sie ihm erzählte, war grimmig genug.

Ihr Vater war – würde sein – Wolffell-Jem, ein berühmter Krieger. Er starb bei einem Angriff der Familie Dafy, der hervorgerufen worden war von dem Wunsch, das ›Ding‹ zu töten, das ihm geboren worden war. Aber seine Frau Onda entkam mit den Kindern und suchte Zuflucht beim Donnal-Stamm. Es folgten Jahre des Guerrillakrieges und der Intrigen, bis die Ranyans Verbündete fanden und sich wieder durchsetzten. Leonce spielte eine entscheidende Rolle, als Spionin in der Zeit.

Schließlich wurde sie zur neuen Skula. Wahorn gewann an Einfluß und Macht.

Und Leonce wurde einsam. Ihre Geschwister heirateten und zogen fort, so daß sie am Ende mit Onda allein war, in Jems altem Blockhaus. Schließlich starb Onda.

Nicht lange danach tauchten Späher vom Horst auf. Sie begrüßte sie mit Tränen und großer Freude. Wahorn wollte sie nicht wiedersehen.

»Mein Gott.« Havig legte den Arm um sie. »Du hast es aber schwer gehabt.«

»Ach, es war auch sehr schön, Jagen, Skifahren, Feiern, Singen.« Sie hatte viel Wein getrunken und preßte sich an ihn. »Ich singe nicht schlecht. Willst du etwas hören?«

»Gerne.«

Sie holte aus einer Satteltasche ein Instrument, das wie eine Zwerggitarre aussah, und begann zu spielen und zu singen. Sie war erstaunlich gut.

»Ho«, sagte er, als sie verstummte. »Was kannst du noch?«

»Na, Knochenflöte spielen, lesen und schreiben, halbwegs. Schach spielen. Und Austin hat mir das Pokern beigebracht. Ich gewinne oft. Und ich witzle.«

»Hm?«

Sie grinste und sah ihn an.

»Ich wollte eigentlich erst nach dem Essen, Jack«, murmelte sie, »aber warum nicht vorher *und* nachher?«

Zu seiner Freude entdeckte er, daß ein Wort im Verlaufe der Generationen seinen Sinn auf herrlichste Weise verändert hatte.

»Ja«, sagte er zu mir, »wir zogen zusammen. Es dauerte, bis – ich ging. Einige Monate. Sie waren sehr schön. Ich mochte das Mädchen wirklich.«

»Aber geliebt hast du sie offenbar nicht«, sagte ich.

»N-nein. Eigentlich nicht. Aber was ist Liebe denn? Lassen wir das lieber.« Er starrte in die Nacht hinaus. »Wir hatten auch Streit miteinander, bis sie mich schlug und mich herausforderte, ich solle zurückschlagen, und wenn ich es nicht tat, lief sie weg. Empfindlich wie eine Mimose, meine Leonce. Die Versöhnungen waren genauso wild.« Er rieb sich die müden Augen. »Nicht ganz das Richtige für mein Temperament, wie, Doc? Und ich gebe zu, ich war eifersüchtig, das gab viel Ärger. Sie schlief mit vielen anderen Männern, bis ich kam. Danach machte sie es auch noch, aber nicht mehr so häufig. Ich hatte natürlich dieselbe Freiheit, aber die wollte ich nicht.«

»Warum ist sie nicht schwanger geworden?«

»Als sie im Horst erfuhr, wie es darum stand, ging sie in die Hohen Jahre und ließ sich eine aufhebbare Sterilisierungsspritze geben. Sie wollte einmal Kinder haben, aber erst später.«

»Wenn sie hauptsächlich bei dir geblieben ist, muß die Anziehungskraft zwischen euch beiden aber doch groß gewesen sein.«

»Gewiß. Ich habe versucht, Ihnen klarzumachen, was mich an sie fesselte. Bei ihr weiß ich es nicht so genau. Wie gut haben wir einander wirklich gekannt? Wie gut können Mann und Frau sich überhaupt kennen? Meine Bildung und, ja, meine Intelligenz faszinierten sie. Und ich will ganz offen sein, ich hatte zweifellos den höchsten Intelligenzquotienten im Horst. Und die Anziehungskraft der Gegensätze war wohl auch im Spiel. Sie nannte mich sanft und zärtlich, nicht herablassend, aber ich war kein wilder Bergbewohner oder Söldner aus der Renaissance.« Er lächelte versonnen. »Im ganzen gesehen, hat sie mir die zweitschönste Zeit meines Lebens geschenkt. Ich werde ihr immer dankbar sein, dafür und auch für das, was kam.«

Havigs Argwohn entwickelte sich langsam. Er kämpfte dagegen an. Aber Schritt für Schritt sammelten sich die Indizien dafür, daß ihm etwas vorenthalten wurde. Gewisse Themen wurden gemieden, bestimmte Fragen ausweichend beantwortet, ob durch Austin Caldwells Verlegenheit oder durch Coenraad van Leuvens brüskes: »Ich darf nichts sagen.« Reuel Orrick pflegte das Thema zu wechseln und sich zu betrinken. Padre Diego, der Inquisitor, sagte nur: »Mit der Zeit wirst du alles erfahren, mein Sohn.« Andere fertigten ihn barscher ab.

Er war in dieser Isolierung nicht allein. Der junge Jerry Jennings sagte: »Bei Gott, Sie haben recht!«

Das tat auch Leonce, mit kräftigeren Ausdrücken. Sie fügte hinzu: »Aber uns Neuen können sie doch nicht alles auf einmal vorsetzen, oder?«

»Coenraad ist so neu wie ich«, wandte er ein. »Neuer als du.«

Ihre Neugier war gereizt und sie forschte nach. In Havigs Bett verriet sie ihm unter Kichern, daß sie in verschiedenen Zeiten der Horst-Geschichte herumspioniert hatte.

»Soviel ich herausfinden kann, hat Wallis nur gefürchtet, daß du und die anderen zornig werden, wenn ihr erfahrt, was manche Agenten zu manchen Zeiten tun. Jedenfalls, bis ihr euch besser daran gewöhnt habt.«

»Ich kam zu der gleichen Schlußfolgerung«, sagte Havig. »Ich habe gesehen, wie es in früheren Zeiten war, welche Menschen sie hervorbrachten. Sie verändern sich nicht.«

»Der Befehl scheint jedenfalls zu sein, daß man euch langsam zur Wahrheit führt«, meinte sie. »Ich erfahre auch nichts, weil ich zu dir gehöre.« Sie küßte ihn. »Das macht nichts.«

»Du meinst, du billigst Raub und –«

»Pst. Wir müssen nehmen, wen wir bekommen können. Vielleicht sind sie manchmal rauh. War das in deiner Zeit nicht auch so?«

Er biß sich auf die Unterlippe.

»Außerdem gehen die Schwachen unter, wenn sie nicht Glück und einen starken Beschützer haben«, sagte Leonce. »Und am Ende sind wir alle schwach.« Sie dachte nach. »Kann sein, daß ich nie was umbringen würde, wenn ich nie sterben müßte. Aber ich muß es. Ich gehöre mit zum Spiel. Und du auch.«

Er dachte lange darüber nach.

»Aber ich mußte, wenn schon sonst nichts, doch versuchen, mich zu vergewissern, ob das Gold mehr wert war als die Abfälle«, sagte Havig zu mir.

»Oder ob der Zweck die Mittel heiligte?« meinte ich. »Gewiß, ich verstehe. Zu behaupten, das sei nie der Fall, ist falsch. In der realen Welt muß man gewöhnlich das kleinere Übel wählen. Als alter Arzt gesprochen – nein – hm, doch, ich gebe zu, daß ich Spritzen gegeben habe, die unerträgliche Schmerzen beendeten, und manchmal war die Wahl noch schwerer. Weiter, bitte.«

»Man hatte mir einen Überblick über die Maurai-Epoche versprochen«, sagte er, »damit ich sehen könne, daß es sich bestenfalls um eine Übergangszeit handelte, in der die Führer Tyrannen wurden und versuchten, die Welt einzufrieren. Man wollte meine Zustimmung, daß wir eingreifen, die Macht ergreifen und die Menschen wieder zum Fortschritt lenken sollten, sobald die Maurai-Hegemonie zu zerbröckeln begann.«

»Sicherlich nicht offen«, wandte ich ein. »Das plötzliche Auftreten von Zeitreisenden in Massen hätte doch zu Schlagzeilen geführt, die niemand ignorieren konnte.«

»Richtig. Wir sollten Jahrhunderte damit zubringen, unsere Kraft im geheimen aufzubauen, bis wir bereit waren, getarnt zu handeln. Um welche Tarnung es sich handeln sollte, wurde nicht klargemacht, aber man gab zu, daß diese Information wegen der üblichen Schwierigkeiten noch kärglich war. Außerdem hörte ich lange philosophische Argumente von Padre Diego und seinesgleichen, über den freien Willen und dergleichen. Die Logik war mangelhaft, aber ich sagte nichts.«

»War Leonce schon zeitaufwärts mitgenommen worden?«

»Ja. Deshalb stand sie im Grunde auf Wallis' Seite, trotz ihrer gelegentlichen Frechheiten. Sie erzählte mir von einer Welt, in der Fortschritt erzielt worden sei, eine lange Spanne der Geschichte hindurch immer friedvoller. Sie wollte aber nicht einräumen, daß das unbedingt Fortschritt sei. Gewiß, in dieser Welt gab es Flotten leistungsfähiger Segelschiffe und elektrisch angetriebener Zeppeline, Meeresfarmen, Sonnenenergie-Akkus, Bakterienheizstoffzellen, die mit den Abfällen lebender Organismen betrieben wurden, neue Entwicklungen in der Wissenschaft, vor allem in der Biologie –« Er holte Atem, und ich warf ein: »Erzähl mir nicht, daß deine Walküre solche Begriffe verwendet hat!«

»Nein, nein.« Ernsthaft fuhr er fort: »Ich eile dem voraus, was ich hörte. Ihre Eindrücke waren allgemeiner, aber sie besaß den klaren Blick der Jägerin und konnte erkennen, wohin der Weg ging.«

»Nämlich?«

»Die Menschen erreichten keinen neuen Gipfel. Sie gelangten auf ein Plateau, wo sie blieben. Die bio-technologische Kultur verbesserte sich nicht mehr, sie breitete sich nur aus. Das war kaum ihr Ideal der Hohen Jahre oder das von Wallis mit seiner unbegrenzten Leistung und dem endlosen Wachstum.

Die Tour führte rasch durch eine spätere Phase offenbaren Rückschritts und allgemeiner Gewalt. Die Horstagenten wagen nicht, sie genauer zu erforschen, bis sie eine größere und stärkere Organisation besitzen. Sie können auch nicht verstehen, was jenseits liegt. Es schien wieder friedlich zu sein, aber verständlich ist dort nichts. Nach dem kurzen Blick, den ich darauf geworfen habe, glaube ich das auch.«

»Wie war das?« fragte ich. »Kannst du mir das sagen?«

»Nur wenig. Ich habe keine Zeit. Klingt das nicht merkwürdig, aus meinem Mund? Es ist wahr. Ich bin ein Flüchtling, vergessen Sie das nicht.«

»Dein Ausflug zeitaufwärts hat deine Skepsis Wallis' Absichten gegenüber also nicht gemindert«, sagte ich. »Warum?«

Er fuhr mit den Fingern durch seine Haare.

»Ich bin ein Kind dieses Jahrhunderts«, erwiderte er. »Überlegen Sie, Doc. Erinnern Sie sich, daß intelligente Leute wie Bertrand Russel und Henry Wallace weite Reisen durch die Sowjetunion machten und zu Hause berichteten, es gäbe zwar Probleme, aber die seien übertrieben und beruhten nur auf äußeren Faktoren, aber eine wohlwollende Regierung unter Stalin komme mit allem zurecht. Vergessen Sie auch nicht, daß die meisten ihrer Führer das glaubten.« Er grinste schief. »Vielleicht ist der Fluch meines Lebens der, daß ich den Willen zum Glauben verloren habe.«

»Du meinst, du hast dir überlegt, ob die Welt von der Herrschaft des Horstes wirklich profitieren würde?« sagte ich. »Und ob die Maurai nicht verleumdet würden, weil man dir nichts als untypische Schlechtigkeiten zeigte?«

»Nein, auch das nicht direkt. Es hängt von der Auslegung ab, und – ach, hier ist ein Beispiel.«

Nicht jeder Neuling wurde auf eine so weite Tour geführt wie Havig. Wallis maß ihm einen besonderen Wert zu und glaubte außerdem, daß er dringend überzeugt werden müsse.

Durch Hin- und Hergehen in der Chronologie bekam er Dokumente in streng geheimen Verstecken zu sehen. Er konnte sie lesen, weil Ingliss eine offizielle zweite Sprache der Föderation war. In einem stand, daß Wissenschaftler in Hinduraj heimlich einen Wasserstoff-Fusionsgenerator entwickelt hatten, mit dem der Brennstoffmangel der Erde behoben werden sollte, und die Maurai hatten ebenso heimlich davon erfahren, das Ganze sabotiert und solchen politischen und wirtschaftlichen Druck ausgeübt, daß die Wahrheit nie an den Tag gekommen sei.

Als Motiv gab man an, diese revolutionäre Neuerung hätte

die Pax gefährdet. Schlimmer noch, sie hätte eine Wiedergeburt der alten Maschinenkultur ermöglicht, die der Planet nicht ertragen könne.

Und doch... zeitaufwärts vom Maurai-Reich sah Havig riesige, stumme Anlagen und Energien... und Männer, Tiere, Gras, Bäume, Sterne, hell durch kristallisierte Luft...

»Waren die pazifistischen Soziologen und Admirale in ihrem Glauben wahrhaftig?« sagte er flüsternd. »Oder wollten sie nur an der Macht bleiben? Oder beides, oder keines, oder was?

Und ist diese ferne Zukunft gut? Es könnte eine lautlos funktionierende Monstrosität sein, wissen Sie, oder die Grundlage allen Lebens bedrohen, oder – Wie sollte ich das erkennen?«

»Was hast du bei deinen Führern gefragt?«

»Dasselbe. Der Anführer war Austin Caldwell, ein ehrlicher Mann, hart wie die Indianer, die einmal seinen Skalp gejagt hatten, aber trotzdem ehrlich.«

»Was hat er dir gesagt?«

»Ich solle die Haarspaltereien lassen und dem Sachem vertrauen. Der Sachem habe bisher Großartiges geleistet, oder nicht? Der Sachem habe sich gründlich mit diesen Dingen befaßt; er behaupte nicht, alles allein zu wissen, aber wir würden an seiner Weisheit teilhaben, und er werde uns auf den richtigen Weg führen.

Was mich betreffe, sagte Austin, so möge ich mich lieber daran erinnern, wie mühsam und zögernd das gehe, über Jahrhunderte zurückzukehren, sobald wir in ein neues Gebiet müßten. Man habe sich schon genug Mühe mit mir gegeben. Wenn ich die Disziplin nicht hinnehmen könne, die man brauche, nun, dann könnte ich aufhören, aber dann sollte ich mich im Horst nicht mehr blicken lassen.

Was konnte ich tun? Ich entschuldigte mich und kehrte mit ihnen zurück.«

9

Er bekam zwei Tage frei und erholte sich bei Leonce. Danach bekam er den Auftrag, Wallis' Geschichte der Zukunft noch einmal zu lesen, sie im Hinblick auf das Gesehene neu zu überdenken und alle Fragen mit Vaclav Krasicki zu besprechen, der zu den gelehrtesten des Direktorats gehörte.

Der Sachem räumte ein, daß er bei weitem nicht allwissend sei, aber er hatte mehr gesehen als jeder andere, auf wiederholten Expeditionen mit verschiedener Begleitung.

Er wußte, daß der Horst hier unter seiner Leitung die nächsten zwei Jahrhunderte bestehen würde. Er hatte sich später getroffen und erfahren, wie erfolgreich Phase Eins des Planes ausgeführt worden war. Zu diesem Zeitpunkt mußte die stark vergrößerte Besatzung, die man ihm zeigte, ihre Festung räumen. Kerne wiedergeborener Zivilisation breiteten sich über ganz Amerika aus, die Maurai waren überall, ein Reich wie das seine konnte nicht mehr isoliert bleiben oder die Behauptung aufrechterhalten, seine Anführer seien nichts Außergewöhnliches.

Zeitaufwärts würde man einen neuen Stützpunkt errichtet haben. Er besuchte ihn und fand keine Ähnlichkeit mit dem alten. Hier gab es moderne Materialien, glatte Konstruktion – zumeist unter der Erde – mit neuen Maschinen, Automatisierung, einer thermonuklearen Energiequelle.

Das war in einer Zeit der Revolte gegen die Maurai. Am Ende war es ihnen nicht gelungen, das ungeheuer vielfältige Ganze der Menschheit zu ihrer Philosophie zu bekehren. Zweifel, Unzufriedenheit, Aufbegehren unter den eigenen Völkern führten zu Schwankungen in der Außenpolitik. Eine sich auflehnende Nation entwickelte den Fusionsgenerator neu und verzichtete auf Geheimhaltung. Alte Länder und Allianzen zerfielen, neue wurden unter Unruhe geboren.

In seinem Buch schrieb Wallis, daß man Geduld, Kühnheit und Entschiedenheit brauche. Man möge sich damit bescheiden, Gottes Werkzeuge der Erlösung zu sein. Vielleicht hegten manche eine heimliche Hoffnung: Sei es nicht möglich, daß die Wissenschaft einen Weg finde, die Alten wieder jung zu machen, den Körper unsterblich? Inzwischen werde man dann auch die Reisen durch die Zeit verstehen, und sie könnten sogar zur Selbstverständlichkeit werden.

Havig preßte die Lippen zusammen. Ich habe gesehen, was geschieht, wenn man den Menschen in die Zwangsjacke einer Ideologie steckt, dachte er. Aber später fiel ihm ein, daß noch alles offen war, daß sie vielleicht am Ende eher Lehrer als Herren werden konnten. Jedenfalls gedachte er eine Weile dabeizubleiben. Die Alternative dazu, Wallis zu dienen, schien nur die zu sein, seine Gabe zu verleugnen, sein Leben nutzlos zu beenden.

Krasicki ließ ihn rufen. Es war ein eisig kalter Tag. Sonnenlicht glitzerte auf Eiszapfen. Havig fröstelte, als er durch den Hof zum Büro ging.

Krasicki war in Uniform und saß in einem Zimmer, das eher einer Zelle glich.

»Setzen Sie sich«, sagte er. Der Stuhl war hart und knarrte.

»Halten Sie sich für fähig, an die Arbeit zu gehen?« fragte Krasicki.

Havig durchzuckte es wie ein elektrischer Schlag.

»J-ja. Bin schon ganz –« Er richtete sich auf. »Ja.«

Krasicki blätterte in seinen Unterlagen.

»Ich habe Ihre Fortschritte verfolgt«, sagte er, »und mir überlegt, wie wir Sie am besten einsetzen können. Dazu gehört ein möglichst geringes Risiko für Sie. Sie haben selbst schon ziemlich viel außerzeitliche Erfahrung, was Sie schon wertvoll macht. Aber bis jetzt sind Sie für uns noch nicht im Einsatz gewesen.« Er lächelte schief. »Der Gedanke, auf den ich gekommen bin, ergibt sich aus Ihrem besonderen Hintergrund.«

Havig bewahrte die Fassung.

»Wir müssen unsere Kapazität erweitern, vor allem bei der Neurekrutierung«, fuhr Krasicki fort. »Sie sprechen ziemlich gut Altgriechisch. Sie sind im byzantinischen Konstantinopel gewesen. Das scheint ein strategisch wichtiger Ort zu sein, von dem aus man das Mittelalter systematisch absuchen könnte.«

»Großartig!« rief Havig. »Mittelpunkt der Zivilisation, alles strömt durch das Goldene Horn, und was wir als Händler erreichen könnten –«

Krasicki hob die Hand.

»Nur langsam. Später, vielleicht, wenn wir mehr Leute haben, ein größeres Netz, dann wird es sich vielleicht lohnen. Im

Augenblick sind wir in den verfügbaren Kräften noch zu eng begrenzt. Vergessen Sie nicht, daß Phase Eins bis zu einem bestimmten Augenblick abgeschlossen sein muß. Nein, Havig, wir müssen schneller und direkter vorgehen.«

»Was –?«

»Mit einem großen Vorrat an Münzen und Schätzen können wir uns in einer Zeit finanzieren, wo das als Währung gilt. Sie wissen aber selbst, wie mühsam die Beförderung von Gütern durch die Zeit ist. Wir müssen deshalb unser Kapital an Ort und Stelle beschaffen. Und, wie gesagt, schnell.«

»Sie meinen doch nicht – durch Raub?« fragte Havig betroffen.

»Nein, nein, nein.« Krasicki schüttelte den Kopf. »Denken Sie nach. Ein Überfall auf eine friedliche Stadt von solchem Ausmaß, daß es sich lohnte, wäre gefährlich auffallend. Er könnte in die Geschichtsbücher geraten, und das würde unsere Tarnung zerstören. Außerdem wäre es auch an sich schon gefährlich. Nein, an so etwas denke ich nicht.«

»Woran dann?«

»Das Chaos nützen, um mitzunehmen, was sonst ohne Sinn und Zweck, von unbarmherzigen Eindringlingen gestohlen werden würde.«

Havig starrte ihn an.

»Im Jahre zwölfhundertvier wurde Konstantinopel von den Heeren des Vierten Kreuzzugs erobert«, fuhr sein Vorgesetzter fort. »Sie plünderten die Stadt völlig aus. Warum sollen wir uns unseren Anteil nicht nehmen? Die Eigentümer verlieren doch ohnehin alles.« Er sah Havig an. »Und wir können die Leute dafür vor dem Abschlachten und der Plünderung schützen.«

»Guter Gott!« sagte Havig gepreßt. »Straßenraub!«

Nachdem er sich in der großen Mikroband-Bibliothek des Horstes informiert und ein Kostüm bekommen hatte, machte er sich auf den Weg.

Ein Flugzeug setzte ihn vor den Ruinen Istanbuls im einundzwanzigsten Jahrhundert ab und startete sofort wieder, als er sich in die Vergangenheit versetzte. In der Asche gab es noch viel Radioaktivität. Er hatte von seinem Chronolog noch nichts verraten und mußte sein Ziel auf mühsame Weise anpeilen.

Er begann nicht im Jahr der Eroberung. Da war es zu turbulent zugegangen, und jeder Außenseiter war verdächtig gewesen. Die Kreuzzügler drangen nach einer Belagerung von See aus schon 1203 in Konstantinopel ein, um eine Marionette auf den Thron zu setzen. Sie blieben, um ihren Lohn einzustecken, bevor sie ins Heilige Land weiterzogen. Im Januar 1204 sammelte Alexius, der Schwiegersohn des entthronten Herrschers, genügend Soldaten, um den Palast und die Krone an sich zu reißen. Drei Monate lang versuchten er und seine Leute, die Kreuzfahrer zu vertreiben. Ihre Hoffnung, Gott werde ihnen zu Hilfe kommen, zerstob, als Alexius verzweifelte und die Flucht ergriff. Die Kreuzfahrer marschierten durch die geöffneten Tore wieder ein, und der Schrecken begann.

Havig wählte den Frühling, weil das eine schöne Jahreszeit war, im Jahr 1195, weil das ausreichend weit zurücklag. Er hatte gut gefälschte Dokumente bei sich, mit denen er an den Stadtwachen vorbeikam, und Goldstücke, die er gegen *Nomismae* tauschen konnte. Nachdem er in einem guten Gasthof ein Zimmer gefunden hatte, begann er mit seinen Nachforschungen.

Sein erster Besuch hatte dem schönen Jahr 1050 gegolten. Die Pracht, der er nun begegnete, die Lebendigkeit und kosmopolitische Buntheit waren um nichts geringer. Das Neue Rom war die Königin von Europa geblieben.

Havig sah sie unter dem Schatten.

Haus und Laden von Doukas Manasses, Goldschmied, standen auf einem Hügel mitten in der Stadt. Vom Flachdach aus hatte man eine großartige Aussicht über die gewaltigen Mauern und weiter hinaus. Der Lärm von Rädern, Hufen, Füßen, Unterhaltung, Gesang, Gelächter, Schluchzen, Fluchen, Beten vereinigte sich zu einem einzigen Herzschlag. Der Wind trug ein Gemisch von Düften herüber, Meer, Holzfeuerrauch, Essen, Tiere, Menschen. Havig atmete tief.

»Dank Euch, Kyrios Hauk«, sagte Doukas Manasses. »Ihr seid sehr gütig, diesen Ausblick zu loben.« Seine Haltung verriet leichte Überraschung darüber, daß ein Franke nicht alles Griechische verachtete. Gewiß, Hauk Thomasson war nicht eigentlich ein Franke oder einer der verbündeten Engländer, er kam aus einem Nordreich.

»Weniger gütig als Ihr, Kyrios Manasses, der sie mir zeigt«, erwiderte Havig.

Sie verbeugten sich voreinander.

»Ihr hattet Interesse bezeugt«, sagte Doukas. Er war ein graubärtiger Mann, gutaussehend und sehr kurzsichtig. Seine schmächtige Gestalt verlor sich fast in der Dalmatika.

»Ich erwähnte nur, Kyrios, daß ein Laden, der so viel Eleganz hervorbringt wie der Eurige, von Inspiration umgeben sein muß.«

»Ihr seid zu gütig«, murmelte der Goldschmied. »Wenngleich ich der Meinung bin – da alles Gute von Gott kommt –, daß wir Römer mehr auf Seine Schöpfung und weniger auf die Konvention achten sollten als bisher.«

»Wie etwa darauf?« Havig zeigte auf einen blühenden Holzapfelbaum in einem großen Topf.

Doukas lächelte.

»Er ist für meine Tochter. Sie liebt Blumen, und wir können sie nicht jeden Tag aufs Land hinausbringen.« Er machte eine Pause. »Wir verwöhnen sie vielleicht zu sehr, meine Anna und ich«, fuhr er fort. »Aber sie ist unsere einzige. Das heißt, ich bin vorher schon verheiratet gewesen, aber die Söhne der frommen Eudoxia sind erwachsen. Xenia ist Annas erstes Kind und meine erste Tochter.« Impulsiv fügte er hinzu: »Kyrios Hauk, haltet mich nicht für kühn, aber es fasziniert mich, einen... freundlichen... Fremden zu kennen, noch dazu aus einem so fernen Land. Es ist lange her, daß viele von Eurem Land in der Waräger-Garde dienten. Ich möchte mich in Ruhe unterhalten. Würdet Ihr unser Haus zum Abendmahl beehren?«

»Na – na, vielen Dank.« Havig freute sich über die Gelegenheit, Erfahrungen zu sammeln. »Ich weiß die Ehre zu schätzen.«

»Würde es Euch stören, wenn Frau und Kind unseren Tisch teilten?« fragte Doukas schüchtern. »Sie werden uns nicht stören. Aber sie wären froh, wenn sie Euch zuhören könnten. Xenia ist, nun, verzeiht meinen Stolz, sie ist erst fünf und lernt schon lesen.«

Sie war ein außergewöhnlich schönes Kind.

Hauk Thomasson kehrte im folgenden Jahr zurück und beschrieb die Stellung, die er bei einem Unternehmen in Athen angenommen hatte. Griechenland gehörte zum Reich und würde ihm bis zur Katastrophe angehören; aber es lief so viel Handel unter ausländischer Kontrolle ab, daß er damit durchkam. Seine Arbeit führte ihn oft nach Konstantinopel. Er genoß die Gelegenheit, die Bekanntschaft zu erneuern, und hoffte, daß die Tochter von Kyrios Manasses ein kleines Geschenk annehmen werde –

»Athen!« flüsterte der Goldschmied. »Ihr weilt in der Seele von Hellas?« Er legte beide Hände auf die Schultern seines Besuchers. In seinen Augen standen Tränen. »Oh, wie herrlich für Euch! Herrlich! Diese Tempel zu sehen ist der Traum meines Lebens... Gott verzeihe mir, mehr als das Heilige Land.«

Xenia nahm das Spielzeug freundlich in Empfang. Beim Essen und danach lauschte sie hingerissen, bis ihr Kindermädchen sie zu Bett brachte. Ein süßes Kind, dachte Havig, und nicht verzogen, obwohl es so aussah, als könne Anna keine Kinder mehr bekommen.

Ein paar Kalenderjahre später fragte er sich einmal, ob er nicht zu gründlich war. Mußte er die Familie Manasses wirklich so oft besuchen, ein enger Freund des Hauses werden, zu Feiertagen und Picknicks erscheinen, sie einmal zu einer Lustfahrt mit einem Mietboot einladen? Er überzog seine Spesenschätzung. Das störte ihn nicht. Er konnte sich selbst finanzieren, wenn er im Hippodrom sichere Wetten abschloß. Ein Agent, der allein arbeitete, hatte großen Spielraum.

Er hatte ein schlechtes Gewissen, weil er seine Freunde belog, aber es mußte sein. Schließlich war es sein Ziel, sie zu retten.

Xenias Stimme war ein wenig hoch und dünn, aber sooft er sie hörte oder sich daran erinnerte, dachte er an Singvögel. So war es immer gewesen, seitdem sie ihre Schüchternheit überwunden und das erstemal in seiner Gegenwart gelacht hatte. Von da an plauderte sie mit ihm, solange es ihre Eltern erlaubten, oder auch länger, wenn sie nicht aufpaßten.

Sie war gertenschlank. Er hatte noch keinen Menschen gesehen, der sich graziöser bewegte, und wenn die Schicklichkeit nichts anderes verlangte, tanzten ihre Füße. Ihr Haar war eine mitternachtschwarze Flut, hochgesteckt schien es den zarten Hals zu beugen. Ihre Haut war blaß und rein, ihr Gesicht oval, mit zarter Nase, die Lippen immer ein wenig geöffnet. Die Augen beherrschten das Antlitz, riesengroß, mit langen Wimpern, leuchtend schwarz.

Es war seltsam, sie in Abständen von Monaten zu sehen, die für Havig Stunden oder Tage waren. Sie wuchs so verwirrend schnell für ihn. Staunend erspürte er den unermeßlichen Fluß, in dem er zu schwimmen vermochte, von dem sie aber willenlos mitgetragen wurde.

Das Haus war um einen Hof erbaut, wo Blumen und Orangen wuchsen und ein Springbrunnen rauschte. Doukas zeigte Havig stolz seine neueste Erwerbung: auf einem Piedestal in einer Ecke eine Büste Konstantins, der Rom zum Christentum geführt hatte und nach dem das Neue Rom benannt war.

»Nach dem Leben, davon bin ich überzeugt«, sagte er. »Seht seinen strengen Mund –«

Die neunjährige Xenia kicherte.

»Was ist, mein Kind?« fragte ihr Vater.

»Eigentlich gar nichts«, sagte sie, kicherte aber weiter.

»Nein, sag es uns. Ich werde nicht böse sein.«

»Er – er – will eine ganz wichtige Rede halten und hat – Blähungen!«

»Bei Bacchus!« rief Havig. »Sie hat recht!«

Doukas mühte sich noch einen Augenblick, bevor er aufgab und in ihr Gelächter einfiel.

»Oh, bitte, kommt Ihr nicht mit uns zur Kirche, Hauk?« flehte sie. »Ihr wißt nicht, wie herrlich das ist, wenn der Gesang und der Weihrauch und die Kerzenflammen zu Christus Pantokrator aufsteigen.« Sie war elf und strömte über vor Glauben.

»Tut mir leid«, sagte Havig. »Ihr wißt, ich bin Katholik.«

»Den Heiligen macht das nichts aus. Ich habe Vater und Mutter gefragt, und sie stört es auch nicht. Wir können sagen, Ihr seid ein Russe, wenn es sein muß. Ich zeige Euch, wie Ihr Euch benehmen müßt.«

Er gab nach. Er wußte nicht genau, ob sie hoffte, ihn bekehren zu können, oder ob sie mit ihrem Nennonkel nur etwas Herrliches teilen wollte.

»Das ist einfach zu schön!« Sie brach in Tränen aus und preßte das Geschenk zu ihrem dreizehnten Geburtstag an sich, bevor sie es den anderen hinhielt. »Vater, Mutter, seht, was Hauk mir gebracht hat! Dieses Buch – die S-s-stücke von Euripides – alle – für *mich!*«

Als sie gegangen war, um sich zu einem bescheidenen Festmahl umzuziehen, sagte Doukas: »Das war ein königliches Geschenk. Nicht nur die Kosten, die Kopie herzustellen und als Kodex zu binden. Der Gedanke.«

»Ich wußte, daß sie die Alten so liebt wie Ihr«, erwiderte der Reisende.

»Verzeiht mir«, sagte Anna, »aber in ihrem Alter – ist Euripides da nicht eine strenge Lektüre?«

»Das sind strenge Zeiten«, sagte Havig und vermochte Fröhlichkeit nicht mehr zu spielen. »Eine tragische Zeile mag ihr helfen, mit dem Schicksal fertig zu werden.« Er wandte sich dem Goldschmied zu. »Doukas, ich sage es Euch noch einmal, ich schwöre es Euch, durch meine Verbindungen weiß ich, daß die Venezier in diesem Augenblick mit anderen fränkischen Herren verhandeln –«

»Das sagtet Ihr.« Der Goldschmied nickte. Haare und Bart waren fast weiß geworden.

»Es ist nicht zu spät, Euch und Eure Familie in Sicherheit zu bringen. Ich helfe Euch.«

»Wo wäre mehr Sicherheit als in diesen Mauern, die noch keiner erstürmt hat? Oder wo, wenn ich meinen Laden aufgebe, wäre Sicherheit vor Armut und Hunger? Was würden meine Gehilfen und Diener tun? Sie können nicht fort. Nein, mein alter Freund, Vernunft und Pflicht sagen uns, daß wir hierbleiben und auf Gott vertrauen müssen.« Doukas lächelte traurig. »›Alt‹, habe ich gesagt? Ihr scheint Euch nie zu verändern. Nun, Ihr seid ja auch im besten Alter.«

Havig schluckte.

»Ich glaube, ich werde einige Zeit nicht nach Konstantinopel kommen. Meine Auftraggeber wollen unter den gegebenen Umständen – Seid vorsichtig. Fallt nicht auf, versteckt Euren Reichtum, haltet Euch von den Straßen fern, so gut es geht, vor allem nachts. Ich kenne die Franken.«

»Nun, ich werde Euren Rat beherzigen, Hauk, wenn – Aber Ihr geht zu weit. Das ist das Neue Rom.«

Anna berührte beide am Arm. Sie lächelte unsicher.

»Genug von der Politik, ihr Männer«, sagte sie. »Macht keine langen Gesichter. Wir wollen fröhlich sein an Xenias Festtag. Habt ihr das vergessen?«

Havig versetzte sich in einer Gasse gegenüber durch die Zeit und prüfte die Periode der ersten lateinischen Besetzung. Es schien nichts Schreckliches vorzugehen. Das Haus zog sich in sich selbst zurück und wartete ab.

Er ging vorbei in ein glücklicheres Jahr zurück, übernachtete, zwang sich, kräftig zu essen und viel zu schlafen. Am nächsten Morgen verzichtete er auf das Frühstück: ein guter Gedanke, wenn man bald im Kampf sein kann.

Dann sprang er nach vorn, zum zwölften April 1204.

In den Tagen und Nächten der Plünderung konnte er nicht mehr sein als ein Beobachter. Sein Auftrag war klar und vernünftig: ›Wenn Sie es vermeiden können, halten Sie sich aus allem heraus. Unter keinen Umständen eingreifen oder versuchen, die Ereignisse zu steuern. Niemals, bei Strafe niemals, ein Gebäude betreten, wo sich etwas abspielt. Wir brauchen Ihren Bericht, und dazu müssen Sie am Leben sein.‹

Feuer züngelte und fauchte. Rauch trieb ätzend durch die Straßen. Die Menschen kauerten wie Ratten in den Häusern oder flohen wie Ratten ins Freie, und manche entkamen, aber Tausende wurden niedergeritten, niedergeschossen, niedergehauen, geschlagen, zerstampft, gefoltert, beraubt, vergewaltigt, von brüllenden, verdreckten, schwitzenden, blutbespritzten Männern, deren Flöhe auf Seiden- und Altartüchern herumhüpften, die sie sich um die Schultern gelegt hatten. Leichen lagen in den Gossen, wo sich das Blut staute. Viele Leichen waren klein. Mütter krochen herum und kreischten nach Kindern, Kinder nach Müttern; die meisten Väter lagen tot am Boden. Orthodoxe Priester in ihren Kirchen wurden gemartert, bis sie verrieten, wo ihre Schätze waren; gewöhnlich gab es keine, und dann machte es Spaß, ihre Bärte in Öl zu tauchen und anzuzünden. Frauen, Mädchen, Nonnen jeden Alters lagen stöhnend oder wimmernd, nachdem sie reihenweise vergewaltigt worden waren.

Eine betrunkene Hure saß auf dem Patriarchenthron in der Hagia Sophia, während man auf den Altären um Beute würfelte. Die Bronzepferde des Hippodroms wurden in die Markuskirche von Venedig geschafft; Kunstwerke, Schmuck, heilige Gegenstände sollten sich über einen ganzen Kontinent verstreuen, aber diese Dinge blieben wenigstens erhalten. Viel mehr wurde eingeschmolzen oder auseinandergerissen, zerschlagen oder verbrannt.

Danach die große Stille, gestört nur von leisem Weinen, dem Gestank, der Seuche und dem Hunger.

Auf diese Weise zerstörte die westliche Christenheit zu Beginn des dreizehnten Jahrhunderts ihre Ostflanke. Eineinhalb Jahrhunderte später drangen die Türken, nachdem sie Kleinasien erobert hatten, in Europa ein.

Havig ging durch die Zeit.

Er kehrte zu einem sicheren Datum zurück und sprang während der Plünderung hin und her, bis er wußte, was an den ihm vertrauten Stellen geschah. Wenn er einen Haufen von Franken in ein Haus eindringen sah, beobachtete er genauer. In den meisten Fällen wankten sie nach einer Weile wieder heraus, gesättigt von Tod und Marter, und trieben Gefangene vor sich her, die ihre Beute schleppten. Diese Gebäude schrieb er ab. Man konnte Vergangenheit oder Zukunft nicht verändern, man konnte nur entdecken, welche Teile einem gehörten.

Aber in manchen Fällen – und nur vergleichsweise wenige würden den Horst-Beauftragten zugänglich sein; sie hatten nicht viel Zeit gehabt, sich vorzubereiten – sah Havig, wie Plünderer von Pistolenfeuer vertrieben wurden. Der Anblick behagte ihm nicht, aber er verspürte doch manchmal eine kindliche Befriedigung.

Die Leute vom Horst holten dort ihre Beute. Sie trugen die Kleidung der Eroberer. In diesem Durcheinander konnten sie kaum auffallen. Ein Schiff für sie lag bereit.

Auf die Einwohner würde man Rücksicht nehmen, hatte Krasicki versprochen. Was zu tun sei, hänge von den Umständen ab. Manche Familien ließ man einfach in Ruhe und beließ ihnen so viel Geld, daß sie weiterleben konnten. Andere mußten an einen neuen Ort gebracht werden.

Paradoxe brauchte man nicht zu befürchten. Die Mär, wie wahre Heilige – oder Dämonen, falls man Franke war – diesen oder jenen gerettet hatten, mochte eine Weile im Volk weiterleben, aber in einer Chronik würde sie nicht auftauchen. Die

Schreiber in Konstantinopel mußten die nächsten siebenundfünfzig Jahre vorsichtig sein, bis Michael Paleologus das lateinische Reich beendete und das alte Reich in geschwächter Form wieder ausrief.

Das Haus der Manasses gehörte zu den ersten, um die er sich kümmerte, nicht das allererste, denn er mußte erst Erfahrungen sammeln, aber er wußte, daß er später abgestumpft sein würde.

Er hatte die Hoffnung gehegt, es möge ganz übersehen werden. Bei manchen Häusern kam das vor. Konstantinopel war zu groß, als daß die Eindringlinge jede Tür aufzubrechen vermochten.

Als Havig von seiner Gasse aus ein Dutzend verdreckter Männer auf den offenen Eingang zustürmen sah, blieb ihm das Herz stehen. Als Blei herauspfiff und drei Franken zu Boden stürzten, während der Rest die Flucht ergriff, jubelte es in ihm.

Seine Rückkehr war ein großes Unternehmen für sich.

Mit der Radioaktivität und der Zeitunsicherheit konnte er nicht ins tote Istanbul gehen und nach einer geeigneten Stunde suchen, in der ihn das Flugzeug abholen würde. Er konnte auch nicht in einer früheren Epoche auftauchen, wo die Flugzeuge des Horstes noch nicht verfügbar waren, oder in einer späteren, wo der Ort bewohnt war.

Der Plan sah vor, daß Havig zeitabwärts ging, wenn nötig, mehr Geld zusammentrug, mit dem Schiff nach Kreta fuhr, dort eine einsame, vorausbestimmte Stelle aufsuchte und sich zeitaufwärts verfügte.

Die Mühe, die Enge, der Dreck, der Lärm, der Geruch, der schlechte Schiffszwieback und das schmutzige Wasser störten ihn nicht. Er brauchte Ablenkung, um vergessen zu können, was er gesehen hatte.

»Hervorragend gemacht«, sagte Krasicki, als er den Bericht gelesen hatte. »Ich bin sicher, der Sachem wird Sie öffentlich belobigen und belohnen, wenn sich Ihre Zeitlinien wieder überschneiden.«

»Hm? Oh. O ja. Danke.«

Krasicki starrte ihn an.

»Sie sind erschöpft, nicht wahr?«

»Ich komme mir vor wie Rip van Winkle«, murmelte Havig.

Krasicki sah seine Hagerkeit, die tiefliegenden Augen, den erschlafften Körper, wenn er auch den Hinweis nicht verstand.

»Ja. Das ist üblich. Wir berücksichtigen das. Sie haben sich Urlaub verdient. In Ihrem heimatlichen Milieu, würde ich vorschlagen. Wenn wir noch etwas brauchen, können wir nach Ihrer Rückkehr weitersprechen.« Er lächelte. »Gehen Sie nur. Wir unterhalten uns später. Ich glaube, wir können dafür sorgen, daß Ihre Freundin Sie begleitet – Havig? Havig?«

Havig war eingeschlafen.

Sein Problem war, daß er später, statt seinen Urlaub zu genießen, nachzudenken begann.

10

Er erwachte mit einem Entschluß. Es war früh am Tag. Das Licht über den hohen Dächern vom Rive Gauche, im Paris von 1965, war grau und so kühl wie die Luft. Das Hotelzimmer lag im Schatten. Leonce atmete warm und zerzaust neben ihm. Sie waren die ganze Nacht unterwegs gewesen, in verräucherten Kneipen und Lokalen, und hatten sich danach zärtlich geliebt.

Havig wunderte sich über sein Erwachen. Nun, in den letzten Wochen hatte das Gefühl, er schiebe das Unausweichliche nur hinaus, immer mehr zugenommen. Sein Gewissen mußte es müde geworden sein, ihn anzustacheln, und hatte ihm ein Ultimatum gestellt.

Ohne Rücksicht auf die Gefahr fühlte er zum erstenmal in dieser langen Zeit inneren Frieden.

Er stand auf, wusch sich und zog sich an. Seine Sachen lagen bereit – die Ausrüstung für Zeitagenten, dazu eine Schußwaffe, Paß, Impfbescheinigung, dicke Brieftasche mit Reiseschecks.

Er blickte eine Weile auf das Mädchen hinab. Sollte er ihr einen Brief hinterlassen? Nein, er konnte in diese Stunde zurückkehren. Wenn nicht, dann sprach sie gut genug Englisch, kannte sich gut genug aus, um zurechtzukommen.

Er beugte sich vor.

»Leb wohl, Rotschopf«, flüsterte er. Seine Lippen streiften

die ihren. Er richtete sich auf, griff nach seinem Gepäck und schlich hinaus. Am Abend war er in Istanbul.

Die Reise erforderte viele Stunden seiner Lebensspanne, meist im Flugzeug oder in Omnibussen. Er aß gut, aber einsam, und in seinem Zimmer nahm er eine Schlaftablette. Er mußte ausgeruht sein, bevor er sich auf den Weg machte.

Konstantinopel, später Nachmittag am dreizehnten April 1204. Havig tauchte in einer Gasse unterhalb seines Zieles auf. Stille umgab ihn – kein Peitschenknall, kein Hufschlag, kein Knarren von Rädern, keine Glocken, keine lachenden, schreienden Stimmen. Aber die Stille hatte einen Hintergrund, ein fernes, wildes Brausen von den Bränden, und menschliche Schmerzensschreie, das nahe, verzweifelte Bellen eines Hundes.

Er machte sich bereit. Die Pistole steckte er in den Gürtel, Ersatzmunition in eine Jackentasche. Ausrüstung und Chronolog gurtete er zusammen und nahm sie auf den Rücken.

Als er die Straße betrat, sah er geschlossene Türen, verbarrikadierte Fenster. Die meisten Bewohner kauerten im Inneren, hungrig, durstig, endlos betend. In den meisten Häusern lohnte ein Einbruch nicht, außer, um sich mit Mord, Vergewaltigung, Folter oder Brandstiftung zu vergnügen. Gewiß, das war das Viertel der Goldschmiede, aber nicht in jedem Gebäude gab es einen.

Er trabte um eine Ecke. Ein Erstochener lag am Boden, der rechte Arm war ihm ausgerissen worden. Eine armselig gekleidete Frau kauerte über ihm. Als Havig vorbeiging, schrie sie: »War es nicht genug, daß er unseren Nachbarn verraten hat? In Christi Namen, war das nicht genug?«

Nein, dachte er. Dazu kam der besondere Kitzel, ein Menschenleben auszulöschen.

Er ging weiter. Die Qual in ihm flutete so gewaltig heran, daß die Tränen dieser Witwe untergingen. Er konnte nichts für sie tun; Hose, kurzes Haar, rasiertes Kinn zeigten ihn ihr als Franken. Als er geboren wurde, waren sie und ihr Leid seit siebenhundert Jahren vergessen.

Er glaubte zu wissen, wie die Kreuzfahrer Doukas' Laden gefunden hatten. Einer von ihnen schien etwas Griechisch gekonnt zu haben, und seine Bande hatte beschlossen, diesen

Stadtteil aufzusuchen, bevor es ein Gedränge gab.

Schreie, Lärm und ein schreckliches Rattern empfingen ihn. Ja, dachte er, ich habe es genau richtig getroffen.

Er beschleunigte die Schritte. Sein jüngeres Ich würde fort sein, bis er ankam. Das lag nahe: Er hatte sich nicht gesehen. Er wollte das Haus nicht lange unbewacht lassen.

Nicht, nachdem er sich überlegt hatte, welche Männer der Horst ausschickte.

Die Straße stieg steil an. Er mühte sich hinauf. Seine Stiefelsohlen dröhnten wie sein Herz. Sein Mund war trocken. Rauch drang in seine Nase.

Da!

Einer der verwundeten Kreuzfahrer sah ihn, schob sich auf die Knie und hob die Arme. Blut rann an ihm herab. *»Ami«*, krächzte er. *»Frère par Jesu –«* Ein zweiter Mann stöhnte nur.

Havig beachtete den Mann nicht. Er hob die Hände und rief auf englisch: »Feuer einstellen! Ich bin vom Horst! Inspektion! Stellt das Feuer ein und laßt mich hinein!« Nicht ohne innere Verkrampfung näherte er sich dem Eingang.

Niemand bewachte die Tür. Havig blieb stehen. Er runzelte die Stirn und sah sich die Tür an. Sie war massiv und mußte verriegelt gewesen sein. Die Franken hatten zweifellos versuchen wollen, sie aufzubrechen. Aber in dem Augenblick, als Havig sie gesehen hatte und stehengeblieben war, um genauer zu beobachten, war sie offen gewesen. Das war eine Tatsache, die ihm nie Ruhe gelassen hatte.

Sie hing schief an den Scharnieren, versengt und halb zersplittert. Wallis' Leute mußten eine Sprengladung verwendet haben. Das war so schnell geschehen, daß Havig nichts davon bemerkt hatte.

Warum hatten sie sich mit Gewalt Einlaß verschafft?

Ein Schrei gellte durch das Haus: *»Nein, o nein, bitte!«* Xenias Stimme, gefolgt von einem Fluch und einem Auflachen. Havig zuckte zurück.

Er war trotz allem zu spät gekommen. Im Augenblick seiner Ankunft hatten die Zeitagenten die Tür schon aufgesprengt und waren eingedrungen.

Havig verfluchte sich bitterlich. Er hatte die Pflicht zu retten, was noch zu retten war. Sein Ruf mußte ungehört verhallt sein. Er wiederholte ihn, als er durch das Haus ging. Der geschluchzte Hilfeschrei war aus dem größten Raum gekommen, der als Werkstatt und Lagerraum diente.

Man hatte die Familie, die Gehilfen und die Dienerschaft dort zusammengetrieben. Er war heller und luftiger, als das sonst in Byzanz üblich war, weil eine Tür und breite Fenster auf den Innenhof hinausgingen.

Doukas Manasses lag in der Nähe der Tür, mit eingeschlagenem Schädel. Das Blut war über den Boden gelaufen, hatte sein Gewand und den weißen Bart getränkt. Mit einer Hand umklammerte er noch einen kleinen Amboß, mit dem er Frau und Kind hatte verteidigen wollen.

Vier Agenten waren anwesend, als Kreuzfahrer verkleidet. Havig erkannte sie sofort. Mendoza, von der Unterwelt in Tijuana in seinem eigenen Jahrhundert, führte die Gruppe an. Er befahl den Bewohnern, die Beute einzusammeln. Moriarty, ein Gangster aus dem neunzehnten Jahrhundert in Brooklyn, hielt die Menschen mit einer Maschinenpistole in Schach. Hans, Landsknecht aus dem sechzehnten Jahrhundert, beobachtete Coenraad von Brabant, der mit Xenia rang.

Das Mädchen schrie und schrie. Sie war erst vierzehn. Ihre Haare hatten sich aufgelöst. Schweiß und Tränen klebten ihre Locken an die Wangen. Coenraad packte sie um die Hüften und riß ihr mit der freien Hand das Kleid auf. Ein Kriegshammer an seinem Gürtel war blutverschmiert.

»Dann ich«, sagte Hans grinsend. »Dann ich.«

Coenraad warf Xenia auf den Boden und nestelte an seiner Hose. Anna, die wie blind und taub an der Leiche ihres Mannes gestanden hatte, schrie auf und lief auf ihre Tochter zu. Hans schlug sie mit einem einzigen Hieb nieder.

»Du vielleicht später«, sagte er.

»Harte Burschen, ihr zwei«, meinte Moriarty lachend. »Ganz harte Burschen.«

Das ganze hatte Sekunden gedauert. Havigs Rufen war in der allgemeinen Aufregung untergegangen. Mendoza sah ihn als erster und rief etwas. Die anderen erstarrten, bis Coenraad Xenia losließ und aufstand.

Sie blickte zu ihm auf. Nie hatte er geglaubt, ein solches Licht in ihren Augen aufgehen zu sehen. »Hauk!« rief sie. »Oh, Hauk!«

Mendoza fuhr mit seiner Waffe herum.

»Was soll das?« zischte er.

»Das könnte ich euch fragen«, erwiderte Havig.

»Haben Sie Ihre Befehle vergessen? Ich kenne sie. Sie haben die Aufgabe, Informationen zu beschaffen. Sie dürfen sich nicht einmischen.«

»Ich bin fertig mit meiner Aufgabe, Mendoza. Ich bin aus persönlichen Gründen zurückgekommen.«

»Das ist verboten! Gehen Sie zurück, und wir unterhalten uns später darüber, ob ich Sie melde oder nicht.«

»Und wenn ich es nicht tue?« Havig hörte, wie seine Stimme lauter wurde. »Ich habe gesehen, was ich nicht sehen sollte, jedenfalls nicht auf einmal, sondern nur Stück für Stück, damit ich die schmutzigen kleinen Kompromisse eingehen würde, bis es keine Rolle mehr spielte, bis ich so tief in der Sache steckte, daß ich mich entweder umbringen oder so werden mußte wie ihr. Ja, ich begreife.«

Mendoza zuckte die Achseln, aber die Mündung der Maschinenpistole blieb auf Havig gerichtet.

»Und? Was erwarten Sie? Wir nehmen an Menschenmaterial, was wir finden. Diese Leute sind nicht schlimmer als die Kreuzfahrer, als die Menschen sonst auch. Nicht wahr, Jack? Geben Sie es zu.«

»Doch, sie sind schlimmer. Weil sie die Macht haben, in jede Zeit zu gehen, überallhin, zu tun, was ihnen beliebt, ohne Rache fürchten zu müssen. Wie verbringen sie wohl ihre Ferien? Der Geschmack an Schmerz und Tod nimmt wohl mit der Übung zu.«

»Hören Sie –«

»Und Wallis, dieser ganze Verein von ihm, versucht nicht einmal, sie zu zügeln!«

»Havig, Sie reden zuviel. Verschwinden Sie, bevor ich Sie festnehme.«

»Man weiht die wenigen Leute von meiner Sorte nicht ein, bis wir uns damit abgefunden haben, daß der Horst zu wichtig sei, um sich an die Menschlichkeit halten zu können. Richtig?«

Mendoza spuckte aus.

»Okay, mein Junge, du hast genug geredet. Du bist festgenommen. Man wird dich zeitaufwärts bringen, und der Sachem urteilt über dich. Sei brav, dann kommst du vielleicht mit einem blauen Auge davon.«

Einen Augenblick lang blieb es ganz still. Man hörte nur Xenia schluchzen, die sich um ihre halb bewußtlose Mutter kümmerte. Ihr Blick löste sich nicht von Havig. Auch alle anderen starrten nur ihn an.

Havig traf seine Entscheidung. Er merkte sich, wo die Männer standen, dann tauchte er sechsfach gleichzeitig im Zimmer auf. Die Schießerei begann.

Er versetzte sich ein paar Minuten in der Zeit zurück, trat zur Seite, hetzte zeitaufwärts, zog die Pistole, tauchte vor Hans auf. Die Waffe bellte. Der Landsknecht brach tot zusammen. Havig kehrte wieder in die Zeit zurück, tauchte erneut auf.

Danach erinnerte er sich kaum an das, was geschehen war. Der Kampf war zu kurz, zu erbittert gewesen. Auch andere konnten tun, was er vermochte. Coenraad war nicht schnell genug und starb. Moriarty verschwand schlagartig, als Havig auftauchte. Mendozas Waffe feuerte, und Havig sprang gerade noch rechtzeitig zurück in die Zeit. Unterwegs sah er Moriartys Schattengestalt. Er ging noch weiter zurück, kam an, schoß den Mann nieder und flüchtete vor Mendoza in die Zeit.

Dann war der Mexikaner nicht gegenwärtig. Havig glitt vorbei, um Atem zu holen und seine Kraft wiederzugewinnen. Endlich fühlte er sich zur Rückkehr fähig und suchte die Zeit des Kampfes ab. Jenseits eines bestimmten Punktes, nicht lange nach dem Anfang, war von Mendoza nichts mehr zu sehen.

Er mußte weit zeitaufwärts gegangen sein, vielleicht über den Großen Krieg hinaus, um Hilfe zu holen.

Das bedeutete, daß schnell gehandelt werden mußte. Havigs Freunde konnten nicht durch die Zeit gehen. Der Gegner war behindert durch die Schwierigkeit, ein bestimmtes Ziel ohne das Chronolog-Gerät zu erreichen. Aber man konnte sich herantasten.

Havig tauchte wieder auf. Moriarty wand sich jammernd am Boden. Havig kümmerte sich nicht um ihn. Die Byzantiner drängten sich zusammen. Bardas war tot, zwei andere waren bei der Schießerei verwundet worden.

»Ich komme, um euch zu retten«, sagte Havig in die Stille hinein. Er machte das Kreuzzeichen, auf orthodoxe Weise, von rechts nach links. »Im Namen des Vaters und des Sohnes und des Heiligen Geistes. Im Namen der Jungfrau Maria und aller Heiligen. Kommt sofort mit mir, sonst seid ihr des Todes.«

Er half Xenia aufzustehen. Sie klammerte sich an ihn. Er fuhr ihr durch das lange, schwarze Haar und erinnerte sich, wie er sich an einen dem Tod geweihten Vater als Kind festgeklammert hatte.

»Ioannes, Nicephorus, ihr scheint noch in besserer Verfassung zu sein. Tragt eure Herrin Anna. Die anderen helfen den Verwundeten.« Auf englisch stieß er hervor: »Verdammt noch mal, wir müssen hier raus!«

Dumpf gehorchten sie. Auf der Straße blieb er stehen, um den Mantel eines toten Kreuzfahrers anzuziehen. Seinen Rucksack gab er einem der Diener. Einer anderen Leiche nahm er ein Schwert ab. Er verlor keine Zeit damit, den Scheidengürtel abzunehmen. Die Waffe verriet einen so hohen Rang, daß man ihn und seine Gruppe kaum aufhalten würde.

Nach einigen Straßen überwältigte ihn ein Schwindelgefühl. Er mußte sich hinsetzen, den Kopf zwischen den Knien, bis seine Kraft wiederkehrte. Xenia kniete angstvoll vor ihm.

»Hauk«, flüsterte sie. »W-w-was ist denn, liebster Hauk?«

»Wir sind in Sicherheit«, stieß er endlich hervor.

Zumindest vor der unmittelbaren Bedrohung. Er rechnete nicht damit, daß der Horst viel Zeit aufwenden würde, Konstantinopel nach ihm abzusuchen, sobald er mit seinen Schutzbefohlenen untergetaucht war. Aber er mußte ihre und seine Zukunft sichern. Diese Erkenntnis verlieh ihm eine eiserne Entschlußkraft. Er stand auf und führte sie weiter.

»Ich brachte sie in ein Kloster«, berichtete er mir lange danach. »Dort wimmelte es von Flüchtlingen, aber ich wußte im voraus, daß man es nicht finden würde. Im Laufe der dort folgenden Tage sorgte ich für bessere Unterbringung. Es war einfach, wenn auch nicht erfreulich, gewöhnlichen Franken die Beute abzunehmen. Ich machte dem Kloster und später dem Frauenkloster, wohin ich die Frauen brachte, Geschenke.«

»Und die Horden?« fragte ich leise.

Er bedeckte das Gesicht mit den Händen.

»Was konnte ich tun? Es waren zu viele.«

Ich packte seine Schulter.

»Es sind immer zu viele, Jack.«

Er seufzte und lächelte schwach.

»Danke, Doc.«

Ich zog meine Pfeife heraus und begann sie zu reinigen.

»Was hast du dann getan?« fragte ich.

»Ich kehrte ins zwanzigste Jahrhundert zurück, in ein anderes Hotel, und schlief viel«, sagte er. »Danach – nun, was meine Byzantiner anging, so konnte ich für ihre unmittelbare Zukunft nicht viel zu tun. Ich warnte sie davor zu plaudern und riet ihnen zu erklären, sie seien vor einem Überfall geflohen. Nachdem ein ›Heiliger‹ sie vor ›Dämonen‹ gerettet hatte, sprach viel dafür, daß sie sich daran halten würden. Aber zur Sicherheit sagte ich den Männern nicht, wohin ich die Frauen gebracht hatte. Es war am besten, wenn ich sie in Ruhe ließ. Die organisierten Einrichtungen dort konnten besser für sie sorgen als ich. Außerdem mußte ich mich um mein eigenes Überleben kümmern.«

»Allerdings«, sagte ich, in der Pfeife stochernd. »Was hast du getan?«

Er trank einen Schluck Whisky.

»Ich kannte das letzte Datum, an dem ich öffentlich John Havig gewesen war«, sagte er. »Nach dem Beginn meines Urlaubs neunzehnhundertfünfundsechzig, bei einer Besprechung mit einem meiner Börsenmakler. Gewiß, ich war auch später in der normalen Zeit aufgetaucht, etwa neunzehnhundertneunundsechzig in Israel, aber nur ganz kurz. Alles sei in Ordnung, berichtete mir der Makler. Bis zu diesem Zeitpunkt war meine Existenz also ungefährdet.«

»Der Horst konnte nicht früher gegen dich vorgehen? Warum nicht?«

»Oh, man konnte zu einem früheren Zeitpunkt auftauchen und mir eine Falle stellen, zweifellos, aber auslösen konnte man sie erst später. Im großen und ganzen bezweifelte ich sogar, daß sie das versuchen würden. Im zwanzigsten Jahrhundert kannte sich keiner von ihnen so gut aus wie ich.«

»Du meinst, ein Ereignis, wenn es einmal feststeht, kann nicht mehr verändert werden?«

Sein Lächeln erschreckte mich.

»Ich vermute, daß das für alle Ereignisse gilt«, sagte er. »Ich weiß, daß ein Zeitreisender keine Widersprüche hervorrufen kann. Ich habe es versucht. Andere auch, so etwa Wallis. Ich will Ihnen nur ein Beispiel nennen. In meiner Jugend wollte ich einmal durch die Zeit gehen, gegen die Warnung meines ›Onkels‹ verstoßen und meinen Vater davor warnen, sich zum Militär zu melden.«

»Und?«

»Doc, erinnern Sie sich an mein gebrochenes Bein damals?«

»Ja. Warte! Das war –«

»Mhm. Ich stolperte über ein Kabel, das jemand auf einer Treppe vergessen hatte, an dem Tag, bevor ich mich auf den Weg machen wollte... Als ich gesund war und neu anfangen wollte, bekam ich einen dringenden Anruf meiner Treuhandstelle, ich müsse sofort kommen. Als ich nach Senlac zurückkam, hatte meine Mutter sich von Birkelund getrennt und brauchte mich dringend. Ich sah mir die zwei unschuldigen Kinder an, die er und sie in diese Welt gebracht hatten, und begriff.«

»Gott greift ein, meinst du?«

»Nein, nein, nein. Es ist wohl einfach eine logische Unmöglichkeit, die Vergangenheit zu verändern, so wie es logisch unmöglich ist, daß ein gleichmäßig gefärbter Fleck gleichzeitig grün und rot ist. Und jeder Augenblick in der Zeit ist die Vergangenheit von unendlich vielen anderen Augenblicken. Das Muster bleibt. Unsere gelegentlichen Versuche, es zu verändern, und unser Versagen gehören dazu.«

»Dann sind wir nichts als Marionetten?«

»Das habe ich nicht gesagt, Doc. Ich kann das auch nicht glauben. Für mich scheint unser freier Wille auch ein Teil des großen Planes zu sein. Aber wir sollten im Bereich des Nichtwissens bleiben, worin unsere Freiheit liegt.«

»Könnte man einen Vergleich mit Drogen ziehen?« meinte ich. »Ein Mensch kann aus freien Stücken eine Droge nehmen, die sein Gehirn beeinflußt, aber während ihre Wirkung anhält, wäre er nicht frei.«

»Vielleicht, vielleicht.« Havig richtete sich auf, starrte in die Nacht hinaus, trank einen Schluck Whisky. »Hören Sie, wir haben vielleicht keine Zeit für diese philosophischen Überlegungen. Wallis' Spürhunde sind hinter mir her. Sie wissen einiges über meine Biographie. Sie können mehr herausfinden und hier und dort nachforschen.«

»Hast du mich deshalb in den letzten Jahren meines Lebens gemieden?« fragte ich.

»Ja.« Er legte tröstend die Hand auf meinen Arm. »Solange

Kate lebte – verstehen Sie?«

Ich nickte stumm.

»Ich kehrte zu diesem Datum neunzehnhundertfünfundsechzig in New York zurück«, fuhr er fort, »bei dem ich mir noch sicher sein konnte. Von dort aus ging ich zurück und erstellte Grundlagen. Das nahm Zeit in Anspruch. Ich mußte dafür sorgen, daß es schwer aufzuspüren sein würde, was ich tat, damit Wallis darauf verzichtete, mich verfolgen zu lassen. Ich benützte Schweizer Banken, ganze Reihen von Strohmännern, und so weiter. Am Ende war John Havigs Vermögen weit gestreut, im Namen vieler Leute und Firmen, die im Grunde alle ich sind. John Havig selbst, der öffentlichkeitsscheue Playboy, machte seinen Finanziers etwas vor, und sie waren froh darüber, nichts zu wissen.

Dann verschwand John Havig aus dem Blickfeld, wie Sie wissen. Da er im zwanzigsten Jahrhundert, abgesehen von seiner Mutter und seinem alten Arzt, keine Freunde hatte, konnten nur sie ihn vermissen oder sich Gedanken machen, und es war einfach, ihnen ab und zu einen beruhigenden Brief zu schicken.«

»An mich hauptsächlich Postkarten«, sagte ich. »Gedanken habe ich mir allerdings gemacht.« Nach einer Pause fragte ich: »Wo bist du gewesen?«

»Nachdem ich meine Spuren nach Möglichkeit verwischt hatte, kehrte ich nach Konstantinopel zurück«, sagte er.

In der ausgebrannten Schale des Neuen Rom wurde wieder Ordnung geschaffen. Zunächst brauchten die Truppen Wasser und Nahrung, wozu es der Arbeitskräfte und einer Kommunalverwaltung bedurfte, so daß die Bewohner nicht länger in Schrecken gehalten werden konnten. Später wollte Balduin von Flandern, der diesen Teil des Reiches beherrschte, mehr aus seinen Menschen herausholen. Er wurde im Krieg gegen die Bulgaren gefangengenommen und starb als Gefangener, aber sein Bruder und Nachfolger Heinrich I. dachte wie er.

Wenngleich Xenia Gast war, mußte sie sich an die Regeln des Klosters halten. Sie traf Havig in einem düsteren, nackten Raum, argwöhnisch bewacht von einer Nonne. Sie durfte ihren männlichen Besucher nicht berühren, geschweige denn ihm in die Arme fallen, aber er sah ihre schwarzen Augen, und die

Tracht konnte nicht verbergen, wie fraulich sie geworden war.

»Oh, Hauk, Hauk, Liebster!« Sie zuckte zurück. »Ich bitte um Verzeihung, G-gesegneter!«

Die alte Nonne zog die Brauen zusammen und trat einen Schritt auf sie zu. Havig gestikulierte wild.

»Nein, nein, Xenia!« rief er. »Ich bin so sterblich wie du. Ich schwöre es. Seltsame Dinge sind damals geschehen, gewiß. Vielleicht kann ich es dir eines Tages erklären. Aber glaub mir, meine Liebe, ich bin nie etwas anderes gewesen als ein Mensch.«

Sie weinte eine Weile, nicht aus Enttäuschung.

»Ich, ich, ich bin so froh. Ich meine, du – wirst in den Himmel kommen, wenn du stirbst, aber –« Aber heute gehörte er nicht in den Kreis ihrer steifen, strengen byzantinischen Heiligen.

»Wie geht es deiner Mutter?« fragte Havig.

Er konnte ihre Stimme kaum hören.

»Sie – sie hat den Schleier genommen. Sie fleht mich an, es auch zu tun.« Sie sah ihn entsetzt an. »Soll ich? Ich habe auf dich gewartet – damit du mir sagst –«

»Verstehen Sie mich nicht falsch, Doc«, sagte Havig. »Die Nonnen meinten es gut. Ihre Vorschriften waren streng, vor allem angesichts der Unsicherheit bei der Herrschaft der Katholiken. Das können Sie sich vorstellen, nicht wahr? Sie liebte ihren Gott, und Bücher hatten ihr immer viel bedeutet, aber das Leben war noch wichtiger für sie.«

»Was hast du getan?« fragte ich.

»Ich fand ein älteres Ehepaar, das sie aufnahm. Sie waren arm, aber ich konnte ihnen finanziell helfen. Sie hatten keine Kinder, und so waren sie froh über Xenia. Der Mann war Schreiber und so etwas wie ein Gelehrter. Es ging alles gut.«

»Du hast natürlich immer wieder nach dem Rechten gesehen.«

Havig nickte.

»Ich hatte meine eigenen Unternehmungen«, sagte er, »aber im folgenden Jahr meines Lebens, in den nächsten drei von Xenias Existenz, besuchte ich sie von Zeit zu Zeit, und zwar immer öfter.«

11

Das Schiff war ein Trimaran und sehr groß. Von der Brücke aus blickte Havig auf das Deck hinunter. Messing gab es keines; die Maurai-Zivilisation, arm an Metallen, mußte sie für die wichtigsten Zwecke reservieren. Die Kabinen hatten Schindeldächer. Bougainvillea und Klettertrompeten rankten sich um sie. An jedem Vorpiek stand eine geschnitzte Figur, eine Gestalt der Dreieinigkeit vorstellend – Schöpfer Tanaroa in der Mitte, eine Säule abstrakter Symbole; Lesu Haristi, sein Kreuz nach Steuerbord haltend; auf Backbord Nan mit den Haifischzähnen, für den Tod und die dunkle Seite des Lebens.

Aber es waren keine Barbaren, die dieses Schiff gebaut hatten und steuerten. Der Dreifachrumpf war auf äußerste hydrodynamische Leistung angelegt. Die drei großen Masten in A-Form trugen Segel, gewiß, aber sie waren von ausgefallenem Schnitt und mit Flügeln versehen, die den Wind besser zu nutzen wußten; die ganze Takelage wurde fortwährend von kleinen Motoren reguliert, angetrieben von biologischen Brennstoffzellen, gesteuert von einem Computer. Die Besatzung bestand aus vier Kanaken und zwei Wahines, die sich nicht überanstrengen mußten.

Kapitän Rewi Lohannaso hatte das Ingenieursexamen an der Universität Wellantoa auf N'Zealann abgelegt. Er sprach mehrere Sprachen, und sein Ingliss war nicht der verkommene Dialekt irgendeines mexikanischen Stammes, sondern so reich und genau wie Havigs angeborene Sprache.

Ein stämmiger, braunhäutiger Mann im Sarong, mit nackten Füßen, sagte er langsam, damit sein Passagier mitkam: »Wir bewahrten die Wissenschaft, nachdem die Weltmaschine der Technologie zusammengebrochen war. Unser Problem bestand darin, neue Wege zur Anwendung dieser Wissenschaft zu finden, auf einem vergifteten und verwüsteten Planeten. Ganz haben wir es noch nicht gelöst, aber wir sind weit gekommen, und ich glaube, wir werden noch mehr erreichen.

Deshalb habt Ihr etwas Großes getan, Bruder Thomas«, fuhr Lohannaso fort. »Man wird jubeln, wenn Ihr ankommt.« Er zögerte. »Ich habe kein Flugzeug über Funk angefordert, um Euch und Eure Güter zur Föderation zu bringen, weil die Admiralität vielleicht nicht zugestimmt hätte. Und – offen gesagt,

Zeppeline sind zwar schneller, aber auch weniger zuverlässig als Schiffe. Ihre Motoren sind schwach; der brandsichere Antikatalysator für den Wasserstoff befindet sich noch in Erprobung.«

(Zu mir sagte Havig später: »Ich glaube, das machte mir so gut wie nur irgend etwas klar, was die Maurai-Gesellschaft in ihrer besten Zeit war. Sie waren – sie werden keine Zurück-zur-Natur-Sonderlinge sein. Im Gegenteil, hinter ihrer legeren Art könnten sie entwicklungsfreudiger sein als die USA es heute sind. Aber sie werden nicht den Treibstoff für Fluggeräte besitzen, die schwerer sind als die Luft, jedenfalls nicht zu Beginn, und sie werden nicht das Helium für Zeppeline unserer Art haben. Wir haben von allem soviel vergeudet.«)

»Eure Entdeckung war einige Jahrhunderte lang verborgen«, fuhr Lohannaso fort. »Es schadet nicht, wenn es noch ein paar Wochen dauert, bis sie Wellantoa erreicht.«

(»Durch einen Strohmann im zwanzigsten Jahrhundert beschaffte ich mir eine Anzahl von Radioisotopen«, sagte Havig zu mir. »Karbon vierzehn, etwa. Ich beließ sie an einem sicheren Ort – der Zerfall mußte natürlich vor sich gehen – und ging zeitaufwärts. Dort wurde ich Bruder Thomas, aus einer Binnenfestung, die einen Teil des Wissens bewahrt hatte. Ich entdeckte diesen Schatz und entschied, daß die Maurai ihn haben sollten, worauf ich ihn selbst zur Küste schaffte... Verstehen Sie? Die Hauptrichtung ihrer Forschung war auf die Biologie gerichtet. Das war nötig, weil die Ökologie der Erde dringend Hilfe brauchte und weil das Leben *der* Umwandler für Sonnenenergie ist. Aber sie hatten keine Atomreaktoren, um Tracerisotopen in großem Maßstab herzustellen. Für sie war mein ›Fund‹ eine Gottesgabe.«)

»Glaubt Ihr, daß man mich als Studenten aufnehmen wird?« fragte Havig besorgt. »Das würde für mich wie für viele meiner Leute sehr viel bedeuten. Aber ich bin ein solcher Außenseiter –«

Lohannaso legte den Arm um seine Schulter, wie es die Art der Maurai war.

»Keine Sorge, mein Freund. Erstens sind wir ein Händlervolk. Wir bezahlen für den Wert des Erhaltenen, und dieser Wert entzieht sich meiner Schätzung. Zweitens wollen wir Wissen und Zivilisation verbreiten, so weit wir können. Wir brauchen selbst Verbündete, ausgebildete Hände und Hirne.«

»Rechnet Ihr wirklich damit, die ganze Menschheit bekehren zu können?«

»Hört auf! Wenn Ihr meint, ob wir hoffen, alle in Kopien von uns zu verwandeln – nein. Ein Nachteil der alten Maschinenkultur war, daß sie durch ihre Natur die Menschen zwang, sich einander immer mehr anzugleichen. Das scheiterte am Ende nicht nur auf katastrophale Weise, sondern in dem Maß, bis zu dem das Erfolg hatte, war es noch katastrophaler.« Lohannaso hieb mit der mächtigen Faust auf die Reling. »Verdammt, Thomas! Wir *brauchen* jede Verschiedenartigkeit, die ganzen vielfältigen Arten des Lebens und Schauens und Denkens, die wir bekommen können!« Er lachte und schloß: »Innerhalb gewisser Grenzen, versteht sich. Die Piraten müssen verschwinden, und dergleichen mehr. Aber sonst – Na, das wird wirklich zu feierlich. Es ist fast Mittag. Ich will nur unsere Position bestimmen, dann löst mich Terai ab, und ich gehe essen. Ihr habt nicht gelebt, bis Ihr mein Bier probiert habt.«

(»Ich verbrachte über ein Jahr unter den frühen Maurai«, berichtete mir Havig. »Da sie ihren Glauben eifrig verbreiten wollten, erhielt ich genau die Ausbildung, die ich für meine Zwecke brauchte. Sie waren liebe, fröhliche Menschen – o ja, sie hatten ihren Anteil an Bösewichten, an menschlichen Fehlern und an Elend, aber im ganzen war die Föderation in diesem Jahrhundert eine glückliche Welt. Für den Rest der Welt galt das natürlich nicht. Auch nicht von der Vergangenheit. Ich kehrte immer wieder in das Wellington oder Honolulu des zwanzigsten Jahrhunderts zurück und flog nach Istanbul, um von dort aus zu Xenia zurückzukehren. Als ich endlich glaubte, nichts Wertvolles mehr lernen zu können, was diese Zukunft anbetraf, ging ich wieder nach Konstantinopel. Xenia war achtzehn Jahre alt. Kurz danach heirateten wir.«)

Von ihrem gemeinsamen Leben, den fünf Jahren, die ihnen beschieden waren, erzählte er mir wenig. Er erwähnte nur einige Probleme: wie er für ordentlichen Unterhalt sorgte, sich in der Umwelt zurechtfand, in der sie lebte, und wie er sich vor dem Horst versteckte.

Er nahm ein neues Pseudonym an, Jon Anderson, und brachte Xenia bei, sich daran zu gewöhnen und über ihre eigene

Herkunft wenig zu sprechen.

»Wieviel von der Wahrheit hast du Xenia gesagt?« fragte ich.

»Gar nichts.« Er zog die Brauen zusammen. »Das tat weh, nicht nur Geheimnisse zu haben, sondern sie anzulügen. Es fiel ihr schon schwer genug, die Täuschungen aufrechtzuerhalten, auf denen ich bestand. Nein, sie akzeptierte mich so, wie ich mich darstellte, und fragte nicht nach anderem.«

»Aber wie hast du ihre Rettung erklärt?«

»Ich sagte, ich hätte zu meinem Schutzheiligen gebetet, der mich offensichtlich erhört habe. Ihre Erinnerung an die Episode war undeutlich genug.« Er schnitt eine Grimasse. »Es schmerzte mich auch, sehen zu müssen, wie sie Kerzen anzündete und kindlich um das Baby flehte, das wir nie haben würden.«

»Hm, ist sie eigentlich katholisch geworden, oder hast du dich den Orthodoxen angeschlossen?«

»Nein. Ich verlangte keinen Übertritt von ihr. Es hat keine Seele gegeben, die weniger heuchlerisch war als die von Xenia. Nein, wir fanden einen Priester aus dem Osten, der den Ritus zelebrierte, und einen westlichen Bischof, der mir einen Dispens gegen, nun, Honorar gab. Xenia störte das nicht. Sie war sehr tolerant und überaus glücklich.«

Ihr Haus war bescheiden, aber mit der Zeit richtete sie es nach ihrem Geschmack ein, den sie von ihrem Vater geerbt hatte. Sie hatten drei Diener, nicht viele in einer Zeit, wo es viel Arbeit und billige Arbeitskräfte gab. Xenia legte einen Garten an, ansonsten beschäftigte sie sich mit Stickerei, den Büchern, die er ihr brachte, ihrem Glauben und Aberglauben.

»Von meinem Standpunkt aus waren die Byzantiner ungeheuer abergläubisch«, sagte Havig. »Zauberei, Hellsehen, Abwehr gegen alles vom bösen Blick bis zur Pest, Omen, Quacksalberei, Liebestränke, es gab einfach alles. Xenia hielt besonders viel von Astrologie. Nun, Schaden richtete das nicht an, und wir gingen nachts oft hinaus und beobachteten die Sterne. Wir waren sehr verliebt.«

Im ganzen blieben sie ziemlich viel für sich. Ab und zu war es zur Aufrechterhaltung der Fassade nötig, daß er einen Händler bewirtete. Das machte ihm nichts aus. Er besuchte auch allein Feste, die solche Leute gaben. Xenia mußte ihren

Abscheu dagegen mühsam niederkämpfen. Zum Glück erwartete niemand von ihr, daß sie eine liebenswürdige Gastgeberin im Stil des zwanzigsten Jahrhunderts war.

Wenn er fort mußte, begrüßte er gleichzeitig die Abwechslung und haßte den Verlust an Lebenszeit, die er mit Xenia hätte verbringen können. Um in seiner Rolle zu bleiben, waren häufige Abwesenheiten aber erforderlich.

»Meistens ging ich zeitaufwärts«, sagte er. »Ich wußte nicht – ich weiß nicht, was es nützen sollte, aber ich hatte das Gefühl, aus Pflicht die Wahrheit kennenlernen zu müssen. Ich versetzte mich also zuerst nach Istanbul, wo ich eine falsche Identität mit großem Bankkonto besaß. Von dort aus flog ich in jene Teile der Welt, die sich anboten, ging in die Zukunft und setzte die Erforschung der Maurai-Föderation und -Zivilisation fort, ihren Aufstieg, Ruhm, Abstieg, Untergang und ihre Nachfolge.«

Die Dämmerung senkte sich über die Insel. Auf der Veranda von Carelo Keajimus Haus stieg Rauch aus einem Weihrauchkessel. Ein Vogel sang.

Der alte Mann murmelte: »Ja, es geht dem Ende zu. Sterben tut weh. Trotzdem waren die Vorväter weise, die in ihren Mythen Nan auf die gleiche Stufe mit Lesu stellten. Was ewig dauern würde, wäre unerträglich. Der Tod eröffnet einen Weg, für Völker wie für Menschen.« Er verstummte eine Weile und sagte schließlich: »Was du mir erzählt hast, bringt mich auf den Gedanken, ob wir unser Siegel nicht zu fest eingeprägt haben.«

(»Ich hatte sein Leben verfolgt«, berichtete mir Havig. »Er begann als genialer junger Philosoph und wurde dann Staatsmann, bevor er sich im Alter wieder der Philosophie zuwandte. Dann entschied ich, daß er an Ihre Seite treten konnte, als einer der zwei in der Normalzeit lebenden Menschen, denen ich mein Geheimnis anzuvertrauen wagte. Ich brauchte seine Hilfe.«)

»Du fühlst, daß ein Element eurer Kultur zu stark ist, auf Kosten zu vieler anderer Dinge in der künftigen Gesellschaft?« fragte ihn Havig.

»Nach dem, was du mir erzählt hast, ja.« Sein Gastgeber dachte geraume Zeit nach. »Oder hast du nicht das Gefühl einer seltsamen Dichotomie – zeitaufwärts, wie du sagst – zwischen zwei Konzeptionen, die im Gleichgewicht zu halten unser Maurai-Ideal gewesen ist?«

Wissenschaft, Rationalität, Planung, Kontrolle, Mythos, die befreite Psyche, der Mensch als organischer Teil einer Natur, deren Richtigkeit Wissen und Weisheit transzendiert.

»Nach allem, was du sagst, scheint die gegenwärtige Überbewertung der Maschinentechnologie ein vorübergehendes Stadium zu sein«, meinte Keajimu. »Eine nicht ungerechtfertigte Reaktion. Wir Maurai wurden anmaßend. Schlimmer noch, wir wurden selbstgerecht. Wir machten, was einmal gut gewesen war, zu einem Idol und ließen damit zu, daß das Gute darin verrottete. Im Namen der Bemühung, kulturelle Vielfalt zu bewahren, versuchten wir ganze Rassen in Formen zu pressen, die bestenfalls drollig waren, schlimmstenfalls groteske und gefährliche Anachronismen. Im Namen der Bewahrung der Ökologie versuchten wir Arbeiten zu behindern, die einen Weg zu den Sternen wiesen. Kein Wunder, daß die Ruwenzorja ganz offen Forschung für eine thermonukleare Energiequelle befehlen! Kein Wunder, daß die Unzufriedenheit zu Hause verhindert, daß wir eingreifen!« Wieder schwieg er eine Weile. »Nach deinem Bericht, Jack, mein Freund, ist das aber nur eine Zukkung. Danach wird die Mehrheit der Menschen die Wissenschaft verleugnen und nur behalten, was an verknöcherter Technologie erforderlich ist, um die Welt in Gang zu halten. Man wird sich immer stärker ins Innerliche wenden, kontemplativ und mystisch werden; der Durchschnittsmensch wird beim Weisen Erleuchtung suchen, und dieser wiederum wird in sein Inneres blicken. Habe ich recht?«

»Ich weiß es nicht«, sagte Havig. »Ich habe diesen Eindruck, aber auch nicht mehr. Meistens verstehe ich ja nicht einmal die Sprache. Ich habe schon Jahre gebraucht, mich bei euch zurechtzufinden, und weiter zeitaufwärts wird es noch schwieriger.«

»Und das Paradox vertieft sich noch durch die widersprüchlichen Dinge, die du gesehen hast«, sagte Keajimu. »Mitten in einer Pastorallandschaft Türme, die von rätselhaften Energien summen und glitzern. Durch sonst leeren Himmel gleiten lautlos riesige Schiffe, die weniger aus Metall als aus Kraftfeldern zu bestehen scheinen. Und ... die Symbole auf einer Statue, in einem Buch ... sind dir unverständlich geblieben. Du kannst dir nicht denken, woher sie kommen.«

»Ja«, sagte Havig bedrückt. »Carelo, was soll ich tun?«

»Ich glaube, du bist auf einer Stufe, wo es heißen muß: Was soll ich lernen?«

»Carelo, ich bin ein einzelner, der tausend Jahre zu erschauen versucht. Ich kann es nicht! Ich spüre einfach diesen wachsenden Zweifel..., daß der Horst diese Maschinenaspekte hervorbringen könnte...«

Keajimu berührte ihn sanft.

»Beruhige dich. Einer kann nur wenig tun. Es ist genug, wenn das wenige richtig ist.«

»Was ist richtig? Ist die Zukunft nun eine Tyrannei von wenigen technischen Heeren über eine Menschheit, die passiv hohen Gedanken nachhängt, weil diese Welt nichts als Elend bietet? Wenn das wahr ist, was kann man dann tun?«

»Ich vermute, daß du die schlimmeren Möglichkeiten übersiehst«, sagte Keajimu. »Schlichter Despotismus überlebt sich. Aber wir Maurai mit unserer Betonung der Biologie haben vielleicht ein Erbteil hinterlassen, das schlimmer ist als die Qual, die es verhindern soll.«

»Was?« Havig sah ihn an.

»Geschliffenes Metall kann Brennholz schlagen oder lebendes Fleisch zerteilen«, sagte Keajimu. »Sprengstoffe können Schutt beseitigen oder mißliebige Menschen. Drogen – nun, ich will dir sagen, daß das ein Problem ist, mit dem sich unsere Regierung in den geheimsten Besprechungen befaßt. Wir haben Chemikalien, die mehr leisten als zu beruhigen oder anzuregen. Unter ihrem Einfluß glaubt eine Person, was man ihr sagt. In allen Einzelheiten. Bis zu welchem Grad können wir es wagen, unsere ärgsten Störenfriede damit zu behandeln?

Ich bin beinahe froh zu erfahren, daß die Hegemonie der Föderation zerfällt, bevor diese Frage kritisch wird. Die Schuld kann damit nicht bei uns liegen. Aber du armer Wanderer durch die Zeit mußt über das nächste Jahrhundert hinausdenken. Komm, an diesem Abend sei Friede. Sieh die Sterne, hör den Vogelgesang, spür den Wind, sei eins mit der Erde.«

Ich saß allein vor einem Buch in meinem Haus in Senlac. Es war der November 1969. Die Nacht draußen war strahlend klar und eisig kalt. An meinen Fenstern blühten Eisblumen.

Vom Plattenspieler tönte eine Mozartsymphonie, die Worte von Yeats lagen auf meinem Schoß, auf dem Tisch stand ein

Glas Whisky.

Es klopfte. Ich stand mühsam auf und ging zur Tür. Als ich sie öffnete, flutete der Winter herein. Der Boden draußen war nicht schneebedeckt, aber gefroren. Vor mir stand ein Mann, der in seinem dünnen Mantel fröstelte. Er war mittelgroß, schlank, blond, mit scharfen Zügen. Sein Alter war schwer zu schätzen, obwohl er tiefe Furchen im Gesicht hatte.

Ein halbes Jahrzehnt ohne seinen Anblick hatte meine Erinnerung nicht verwischt.

»Jack!« rief ich. Mir schwindelte.

Er trat ein, schloß die Tür und sagte stockend: »Doc, Sie müssen mir helfen. Meine Frau liegt im Sterben.«

12

»Frieren und Fieber, Schmerzen in der Brust, Husten, klebrig-rötliches Sputum ... ja, klingt nach Lobärpneumonie.« Ich nickte. »Erschreckender ist der Kopfschmerz, der Schmerz im Rücken, die Halssteife. Könnte beginnende Gehirnhautentzündung sein.«

Havig saß auf der Stuhlkante und starrte mich flehend an. »Was kann man tun? Ein Antibiotikum –«

»Ja, ja. Ich bin nicht begeistert davon, einer Patientin, die ich nie sehen werde, etwas verschreiben zu müssen und einen Laien die Behandlung übernehmen zu lassen. Ich würde es vorziehen, sie in ein Sauerstoffzelt zu legen.«

»Ich könnte –« Er ließ die Schultern hängen. »Nein. Ein Gasbehälter, der groß genug wäre, wiegt zuviel.«

»Nun, sie ist jung«, tröstete ich ihn. »Wahrscheinlich schafft sie es mit Streptomycin.« Ich war aufgestanden und strich ihm über den Kopf. »Beruhige dich. Du hast ja Zeit, weil du zu dem Augenblick zurückkehren kannst, in dem du sie verlassen hast.«

»Ich bin nicht sicher«, flüsterte er und erzählte mir alles, was geschehen war.

Im Verlauf seines Berichts überfiel mich Angst, und ich stieß mein Geständnis hervor. Vor über einem Jahrzehnt, bei einem Gespräch mit einem Schriftsteller in Kalifornien, hatte ich nicht widerstehen können, jene Hinweise weiterzugeben, die Havig bei seinen früheren Ausflügen über die Maurai-Epoche erlangt hatte. Die Kultur interessierte mich, so wenig ich auch von ihr wußte; ich dachte, dieser Autor könne manche Rätsel und Widersprüche klären. Ich brauche nicht zu betonen, daß ich die Angaben als reine Hirngespinste bezeichnet hatte. Aber ausgesprochen waren sie, und als er meine Erlaubnis erbeten hatte, die Ideen in seiner Arbeit zu verwenden, war ich einverstanden.

»Die Geschichten sind veröffentlicht worden«, sagte ich dumpf. »In einer davon sagte er sogar voraus, was du später entdecken würdest, daß die Maurai ein geheimes Unternehmen gegen den verstohlenen Versuch beginnen würden, einen Fusionsgenerator zu bauen. Was ist, wenn ein Agent des Horstes auf die Spur kommt?«

»Haben Sie ein Exemplar?« fragte Havig.

Das war der Fall. Er überflog den Text und atmete auf.

»Ich glaube nicht, daß wir uns Sorgen zu machen brauchen«, sagte er. »Er hat die Namen und andere Dinge verändert; was die Lücken angeht, so hat er sich öfter geirrt als richtig gesehen. Wenn jemand, der die Zukunft kennt, das liest, macht es eher den Eindruck eines der üblichen Zufallstreffer in der Science Fiction.« Sein Lachen klang gezwungen. »Aber ich bezweifle, daß das jemand zu Gesicht bekommt. Die Auflagen dieser Bände sind nicht hoch gewesen, und sie gerieten bald in Vergessenheit. Wallis' Leute würden sich nie die Zeit nehmen, die ganze Literatur zu überprüfen.« Er schwieg kurze Zeit. »Eigentlich beruhigt mich das. Ich habe das Gefühl, daß ich mir zu große Sorgen gemacht habe. Man hat Sie zweifellos überprüft und von geringer Bedeutung für mein erwachsenes Ich gefunden. Das ist einer der Hauptgründe dafür, daß ich seit unserer letzten Begegnung viel Zeit habe verstreichen lassen, Doc – Ihre Sicherheit.« Er preßte die Lippen zusammen. »Sie haben nicht einmal versucht, mich über meine Mutter zu treffen oder eine Falle mit ihr als Köder aufzustellen. Wenn Sie diskret bleiben, dürfte eigentlich nichts passieren. Aber Sie müssen mir helfen!«

Die Nacht ging schon in die Morgendämmerung über, als ich endlich fragte: »Warum kommst du zu mir? Deine Maurai sind auf medizinischem Gebiet doch sicherlich weiter fortgeschritten.«

»Ja. Zu weit. Aber nur auf präventivem Gebiet. Ihre Mittel sind deshalb nicht besser als die Ihrigen, was Xenia angeht.«

Ich rieb mein Kinn.

»Ich habe schon immer vermutet, daß es bei der Chemotherapie eine natürliche Grenze gibt«, sagte ich. »Möchte nur wissen, was sie gegen Viruskrankheiten tun!«

»Also, geben Sie mir die Ampullen und die Spritze, dann mache ich mich auf den Weg«, sagte Havig.

»Langsam, langsam. Vergiß nicht, daß ich nicht mehr praktiziere. Solche Mittel habe ich nicht zu Hause. Wir müssen warten, bis eine Apotheke öffnet – nein, du springst nicht voraus! Ich möchte erst in Ruhe überlegen. Ein anderes Antibiotikum könnte angebracht sein; Streptomycin kann Nebenwirkungen auslösen, mit denen du vielleicht nicht zurechtkommst. Und ich muß dir auch einiges beibringen. Du hast sicher noch nie eine Spritze gegeben, geschweige denn eine Kranke gepflegt. Und zuerst brauchen wir noch ein Glas Whisky und ein paar Stunden Schlaf.«

»Der Horst –«

»Beruhige dich«, sagte ich noch einmal. »Du hast eben gesagt, die Banditen dürften das Interesse an mir verloren haben. Wenn sie dir auf der Spur wären, hätten sie längst zugegriffen. Richtig?«

Er nickte zögernd.

»Deine Vorsicht verstehe ich«, fuhr ich fort, »aber es wäre mir wirklich lieb gewesen, wenn du wegen der Krankheit deiner Frau früher zu mir gekommen wärst.«

»Mir auch. Zuerst sah es nur nach einer schweren Erkältung aus. Die Menschen sind widerstandsfähiger als wir heute. Nur Kinder sterben wie die Fliegen. Die Eltern wenden einem Kleinkind nicht die Liebe zu wie wir, erst nach den ersten zwei, drei Jahren. Xenia legte sich zunächst nicht ins Bett, bis über Nacht –« Er konnte nicht weitersprechen.

»Hast du ihre persönliche Zukunft überprüft?« fragte ich.

Er sah mich erschöpft an.

»Nein, das habe ich nicht gewagt«, flüsterte er.

Ich werde auch nie erfahren, wie begründet seine Angst war, vorauszusehen, wann Xenia sterben würde. Rettete die Unwissenheit seine Freiheit, oder nur seine Illusion von der Freiheit? Ich weiß nichts, außer daß er zwei Tage bei mir blieb, sich ausruhte und seine Hände trainierte, bis er seine Frau pflegen konnte. Am Ende verabschiedete sich Jack, und wir wußten beide nicht, ob wir uns wiedersehen würden. Er fuhr mit dem Mietwagen zum Flugplatz und flog nach Istanbul, dann ging er mit den Medikamenten in die Vergangenheit, und die Leute vom Horst faßten ihn.

Auch 1213 war es November. Am Goldenen Horn herrschte aber nicht so schlechtes Wetter. Seine Haustür war geschlossen, die Fensterläden hatte man verriegelt, durch Ritzen schimmerte trübes Licht.

Er klopfte und erwartete, daß das Hausmädchen öffnete. Sie würde erstaunt sein, ihn so schnell wieder vorzufinden, aber das war ihm gleichgültig.

Die Tür knarrte. Dahinter war es fast dunkel. Ein Mann in byzantinischer Kleidung mit Bart stand vor ihm. Ein Gewehr richtete sich auf Havig.

»Keine Bewegung, Havig«, sagte er auf englisch. »Versuchen Sie nicht zu fliehen. Vergessen Sie nicht, wir haben die Frau in der Hand.«

Xenia lag zerbrechlich in ihrem Bett. Ihr Mund war trocken, die Lippen rissig. Nur das lange Haar und die großen, angstvollen Augen zeigten Glanz.

Der Mann in der oströmischen Verkleidung, den Havig nicht kannte, hielt ihn mit eisernem Griff fest. Juan Mendoza packte den anderen Arm und grinste. Er war im westlichen Stil gekleidet, wie auch Vaclav Krasicki, der am Bett stand.

»Wo sind die Diener?« fragte Havig mechanisch.

»Wir haben sie erschossen«, erwiderte Mendoza.

»Was –«

»Sie kannten keine Schußwaffen und hatten deshalb keine Angst davor. Wir konnten nicht zulassen, daß man Sie warnte. Halten Sie den Mund.«

Der Schock war für Havig überwältigend. Als Xenia hustete, durchfuhr ihn das wie ein scharfes Messer.

»Hauk«, krächzte sie, »nein, Jon, Jon –« Sie hob kraftlos die Arme.

Krasickis breites Gesicht war merklich gealtert. Mit eisiger Befriedigung sagte er: »Es interessiert Sie vielleicht zu erfahren, wieviel Mühe darauf verwendet wurde, Sie aufzuspüren. Sie haben uns viel gekostet, Havig.«

»Warum – habt – ihr – euch – bemüht?« stieß Havig hervor.

»Sie dachten doch nicht, daß wir Sie in Ruhe lassen würden, wie? Nicht nur, daß Sie Leute von uns getötet hatten. Sie sind kein unwissender Lümmel, Sie sind klug und damit gefährlich. Ich habe mich persönlich um den Fall gekümmert.«

Wie er mich überschätzt, dachte Havig dumpf.

»Wir müssen wissen, was Sie getan haben«, fuhr Krasicki fort. »Hören Sie auf meinen Rat und reden Sie.«

»Wie habt ihr –?«

»Anstrengende Detektivarbeit. Wir dachten uns, wenn eine griechische Familie Ihnen so viel bedeutete, würden Sie sich wieder einfinden. Sie haben Ihre Spuren gut verwischt, das gebe ich zu. Aber bei unserem begrenzten Personal brauchen Sie sich auf die fünf Jahre nichts zugute zu halten. Als wir Sie ausfindig gemacht hatten, wählten wir natürlich eben diesen Augenblick. Die ganze Nachbarschaft weiß, daß Ihre Frau schwerkrank ist. Wir haben gewartet, bis Sie weggingen, weil wir annahmen, daß Sie bald zurücksein würden.« Er warf einen Blick auf Xenia. »Und zugänglich.«

Sie schauderte und bellte, wie ein verlassener Hund gebellt hatte, als ihr Vater erschlagen worden war. Der Schleim, den sie heraufhustete, war blutig.

»Um Gottes willen!« schrie Havig. »Laßt mich los! Ich muß für sie sorgen!«

»Wer sind die Männer, Jon?« sagte sie flehend. »Was wollen sie? Wo ist dein Heiliger?«

»Außerdem war Pat Moriarty ein Freund von mir«, sagte Mendoza und drehte Havig den Arm auf den Rücken.

Durch die Schmerzflut hörte Havig Krasicki sagen: »Wenn Sie vernünftig sind, wenn Sie mitkommen, ohne Schwierigkeiten zu machen, dann lassen wir sie in Frieden. Ich gebe ihr sogar eine Spritze aus dem Koffer, den Sie mitgebracht haben.«

»Das – genügt – nicht... Bitte – bitte –«

»Mehr bekommt sie nicht. Ich sage Ihnen, wir haben schon zuviel Zeit und Mühe vergeudet. Ist Ihnen lieber, daß wir ihr die Arme brechen?«

Havig erschlaffte und begann zu weinen.

Krasicki hielt sein Versprechen, aber er handhabte die Spritze ungeschickt, und Xenia schrie.

»Es ist gut, es ist gut, mein Liebling, alles ist gut, die Heiligen mögen dich beschützen«, brüllte Havig durch das Dröhnen in seinen Ohren. Zu Krasicki sagte er: »Hören Sie, lassen Sie mich von ihr Abschied nehmen, Sie müssen das tun, ich mache, was Sie verlangen, wenn Sie das zulassen.«

Krasicki zuckte die Achseln.

»Okay, wenn Sie schnell machen.«

Mendoza und der andere Mann hielten Havig fest, während er sich über Xenia beugte.

»Ich liebe dich«, sagte er, ohne zu wissen, ob sie ihn im Fieber und in ihrer Angst hören konnte. Die Mumienlippen, die er berührte, waren nicht jene, an die er sich erinnerte.

»Also«, sagte Krasicki, »gehen wir.«

Zeitaufwärts nahm Havig die Männer, die ihn festhielten, nicht mehr wahr. Sie hatten Substanz für seine Sinne, wie sein eigener Körper, aber nur die flackernden Schatten im Zimmer waren wirklich. Er sah sie verlassen, hinausgreifend und weinend; er sah sie erstarren; er sah jemanden, der Bedenken bekommen haben mußte und die Tür aufbrach, Tage später; er sah Verwirrung, und dann das Zimmer leer, und dann Fremde darin.

Er hätte sich wehren und versuchen können, in der Normalzeit zu bleiben, als sie das erstemal auftauchten, um Atem zu holen, aber sein Wille war gebrochen, und er wollte lieber die Fähigkeit zur Rache bewahren.

Dieser Gedanke war nur verschwommen. Sein ganzes Ich ertrank in ihrem Tod. Er bemerkte kaum, wie die Schatten vorbeiglitten, wie sie immer wieder haltmachten unter Ruinen, wie sie in die Zukunft reisten, wo der Sachem wartete. In ihm war nichts außer Xenia, die ihn verschwinden sah und alleine sterben mußte.

Während der Sommer den Horst in Hitze hüllte, speicherte der Turmraum, wo Havig festgehalten wurde, kühles Halbdunkel in seinen Steinen. Er war leer bis auf einen Waschtisch, eine Toilette, eine Matratze und zwei einfache Stühle. Ein einziges Fenster ging hinaus auf das Schloß, die Landschaft, die Bauern, die für ihre Herren schufteten. Wenn man eine Weile hinausblickte, wurde man blind vom Sonnenschein.

Ein Drahtseil, an den Enden verschweißt, erstreckte sich von einem Ring um seinen Knochel zu einem Haken in der Wand, eineinhalb Meter lang. Das genügte. Ein Zeitreisender nahm mit, was in direkter Berührung mit ihm war, wie die Kleidung. Im Grunde hätte Havig den ganzen Turm mitnehmen müssen. Er versuchte es nicht.

»Setzen Sie sich, setzen Sie sich«, drängte Caleb Wallis. Er ließ sich auf einem der Stühle nieder, außer Reichweite seines Gefangenen. Schwarze Uniform mit Epauletten, gepflegter roter Bart, kahler Kopf, alles betonte die Herrschaft über Havigs schmutzige, archaische Kleidung, die Bartstoppeln, die blutunterlaufenen Augen.

Wallis schwenkte seine Zigarre.

»Ich bin nicht unbedingt wütend auf Sie«, erklärte er. »Ich bewundere sogar Ihre Energie und Schlauheit. Ich möchte Sie auf meiner Seite haben. Deshalb habe ich angeordnet, daß man Sie ausruhen läßt, bevor dieses Gespräch stattfindet. Ich hoffe, das Essen war gut? Setzen Sie sich doch.«

Havig gehorchte. Er war immer noch betäubt. Nachts träumte er von Xenia. Sie waren mit einem großen Trimaran irgendwohin unterwegs.

»Wir sind hier unter uns«, sagte Wallis. Ein Begleiter wartete vor der massiven Tür. »Sie können offen reden.«

»Und wenn nicht?« fragte Havig.

Die Augen Wallis' durchbohrten ihn.

»Sie werden. Ich bin ein geduldiger Mensch, aber ich gedenke nicht, mich weiterhin von Ihnen in meiner Bestimmung beirren zu lassen. Sie sind am Leben, weil ich glaube, daß Sie uns einen Ausgleich für den angerichteten Schaden liefern können. Sie kennen sich im späteren zwanzigsten Jahrhundert aus. Und Sie haben dort Geld. Das könnte sehr nützlich sein. Ich hoffe es.«

Havig griff in seine Tunika.

»Ich höre, Sie hatten in Konstantinopel ein Mädchen, sie wurde krank und mußte zurückgelassen werden«, fuhr Wallis fort. »Pech. Ich bedaure das. Aber Sie haben sich das selbst zuzuschreiben, wissen Sie.« Der große Schädel schwankte. »Doch, doch. Ich sage nicht, Gott hätte Sie bestraft. Das könnte sein, aber die Natur gibt den Menschen, was sie verdienen, und für einen richtigen Weißen ist es nicht angemessen, daß er sich an eine Frau dieser Art bindet. Sie war Levantinerin, wissen Sie.

Also Mischblut – armenisch, asiatisch, jüdisch, wahrscheinlich eine Spur Nigger –« Wallis zuckte die Achseln. »Wohlgemerkt, ich habe nichts dagegen, daß ihr jungen Männer euch amüsiert«, sagte er augenzwinkernd. »Nein, nein. Das gehört dazu. Aber Sie haben das Mädel *geheiratet,* Jack!«

Havig versuchte, nicht zuzuhören. Es gelang ihm nicht. Die Stimme dröhnte weiter.

»Das ist schlimmer, als man zunächst glauben möchte. Ich finde das symbolisch. Man läßt sich herab, denn ein Mischblut kann man nicht auf sein Niveau heben. Und damit zieht man seine ganze Rasse mit hinunter.« Sein Tonfall wurde schärfer. »Verstehen Sie denn nicht? Das ist immer der Fluch des weißen Mannes gewesen. Weil er intelligenter und empfindsamer ist, öffnet er sich jenen, die ihn hassen. Sie füttern ihn mit Lügen, sie schleichen sich ein, bis sie seine Heimat beherrschen, bis er feststellt, daß er sich mit seinem natürlichen Feind gegen seinen Bruder verbündet hat. O ja, ja, ich habe Ihr Jahrhundert studiert, Havig. Da nahm die Verschwörung Gestalt an, sie ruinierte die Welt, sie öffnete die Pforten für Mongolen und Maurai... Wissen Sie, was ich für eine der größten Tragödien aller Zeiten halte? Als zwei der größten Genies, die die weiße Rasse jemals hervorgebracht hat, ihre zwei möglichen Erretter vor Slawen und Chinesen, im Krieg auf zwei verschiedene Seiten gelockt wurden. General MacArthur und Adolf Hitler.«

Havig begriff einen Augenblick später, zuerst mit leichter Überraschung, dann mit heißer Befriedigung, daß er auf den Boden gespuckt und gezischt hatte: »Wenn der General das hören könnte, würde ich nicht soviel für Ihr Leben geben, Wallis! Nicht, daß es überhaupt soviel wert wäre.«

Erstaunlich, oder vielleicht auch nicht, er rief keinen Zorn hervor.

»Sie beweisen genau das, was ich meine«, sagte der Sachem fast traurig. »Jack, ich muß erreichen, daß Sie die Wahrheit erkennen. Ich weiß, Sie haben gesunde Instinkte. Sie sind nur unter einem Haufen von raffinierten Lügen verborgen. Sie haben dieses Niggerreich in der Zukunft *gesehen,* und trotzdem erkennen Sie nicht, was zu tun ist, was getan werden muß, damit die Menschheit wieder auf den richtigen Weg gebracht wird.« Wallis zog an seiner Zigarre. »Sie sind natürlich heute nicht bei sich. Sie haben das Mädchen verloren, das Ihnen etwas bedeutete, und das verstehe ich, wie gesagt.« Pause. »Sie wäre inzwischen aber auch so längst tot, nicht wahr? Jeder stirbt«, sagte er mit Nachdruck. »Außer uns. Ich glaube nicht, daß wir Zeitreisenden sterben müssen. Sie können zu uns gehören. Sie können ewig leben.«

Havig widerstand der Versuchung zu erwidern: ›Ich will nicht, wenn Sie dazugehören.‹ Er wartete.

»Man wird die Unsterblichkeit finden, fern in der Welt, die wir bauen«, sagte Wallis. »Davon bin ich überzeugt. Ich will Ihnen etwas sagen. Es ist vertraulich, aber entweder kann ich Ihnen zuletzt doch vertrauen, oder Sie sterben. Ich bin beim Abschluß von Phase Eins gewesen, viel gründlicher als damals, bevor ich das Buch geschrieben hatte. Sie erinnern sich, daß ich bis dahin alt sein werde. Schlaffe Wangen, wässrige Augen, zitternde, fleckige Hände... nicht angenehm, sich alt zu sehen, nein.« Er richtete sich auf. »Bei dieser Reise erfuhr ich etwas Neues. Am Ende werde ich verschwinden. Ich werde nicht mehr auftauchen, abgesehen von dem einen kurzen Besuch, den ich in Phase Zwei schon abgestattet habe. Nie. Und ebenso eine Anzahl meiner ersten Leute. Ich habe nicht alle Namen ausmachen können – es hat keinen Sinn, dafür viel Zeit aufzuwenden –, aber es sollte mich nicht wundern, wenn Sie dazugehörten.«

Die Worte störten schwach Havigs zurückkehrende Apathie.

»Was wird geschehen sein, Ihrer Meinung nach?« fragte er.

»Nun, das, was ich geschrieben habe«, sagte Wallis triumphierend. »Die Belohnung. Wenn unsere Arbeit getan ist, werden wir in die ferne Zukunft gerufen und für ewig jung gemacht. Wie die Götter.«

Draußen am Himmel schrie eine Krähe.

»Ich hoffe, Sie werden dazugehören, Jack«, sagte Wallis. »Ich hoffe es wirklich. Sie sind tüchtig. Sie haben in Konstantinopel wertvolle Arbeit geleistet, bevor Sie anfingen, verrückt zu spielen. Das war unser bester Fischzug bisher. Er hat uns beschafft, war wir brauchen, um uns auszudehnen. Glauben Sie mir, Caleb Wallis ist nicht undankbar. Gewiß, Sie waren schockiert. Die harten Notwendigkeiten unserer Mission waren neu für Sie. Aber was ist mit Hiroshima, hm? Was mit einem armen, heimwehkranken hessischen Soldaten, der von seinem Fürsten verkauft wurde, zum Wohl der amerikanischen Unabhängigkeit mit einer Kugel im Bauch verblutend? Und was ist mit den Männern, Ihren Kameraden, die Sie getötet haben, Jack?

Setzen wir sie gegen dieses Mädchen, in das Sie sich verliebt haben. Rechnen wir die Dienste, die Sie uns geleistet haben, gegen den von Ihnen angerichteten Schaden auf. Wir sind quitt, nicht wahr? Okay. In den folgenden Jahren müssen Sie fleißig gewesen sein. Sie müssen viel in Erfahrung gebracht haben. Wie wäre es, wenn Sie uns daran teilnehmen ließen? Wenn Sie uns zu Ihrem Geld führten und es uns überschrieben? Wenn Sie sich auf diese Weise den Weg in unsere Bruderschaft wieder verdienen würden?« Streng fuhr er fort: »Oder wollen Sie die glühenden Eisen, die Zangen, die Zahnbohrer, die erfahrene Aufmerksamkeit von Profis, von denen Sie wissen, daß wir sie haben – bis ein Rest von Ihnen mir in der Hoffnung nachgibt, daß ich ihn sterben lasse?«

Die Nacht breitete sich im Zimmer aus. Havig starrte dumpf auf das Tonbandgerät und das Abendessen, das man ihm gebracht hatte, bis er nichts mehr davon sah.

Er sollte eigentlich nachgeben, dachte er. Wallis würde die Zukunft des Horstes kaum falsch darstellen. Wenn du nicht gegen sie aufkommst, schließ dich an und hoffe, im Namen von Xenias schüchternem Geist Einfluß für Milde zu gewinnen.

Und trotzdem – wenn Wallis beispielsweise von den Psychodrogen der Maurai erfuhr, vor denen sich die Maurai selbst fürchteten, und Männer zeitaufwärts schickte –

Nun, Julius Cäsar metzelte und unterjochte, um seine politische Laufbahn zu fördern. Dabei legte er die Fundamente der westlichen Zivilisation, die der Welt ihrerseits die Kathedrale von Chartres gab, den heiligen Franziskus von Assisi, Penicillin, Bach, die Bill of Rights, Rembrandt, die Astronomie, Shakespeare, ein Ende der Sklaverei, Goethe, die Genetik, Einstein, die Gleichberechtigung der Geschlechter, die Fußabdrücke des Menschen auf dem Mond, den Blick zu den Sternen ... ja, auch den nuklearen Sprengkopf und den Totalitarismus, das Automobil und den Vierten Kreuzzug, aber im ganzen, per Saldo, im Hinblick auf die Ewigkeit ...

Durfte er, Jack Havig, es wagen, gegen ein ganzes Morgen

aufzustehen, im Namen von ein wenig geliebtem Staub?

Konnte er es? Ein Henker würde nachsehen kommen, ob er etwas auf Band gesprochen hatte.

Er sollte lieber bedenken, daß Jack Havig in der Ewigkeit nicht mehr zählte als Doukas Manasses oder Xenia oder sonst irgendein Mensch.

Nur: er brauchte es dem Feind nicht auch noch leicht zu machen. Er konnte dafür sorgen, daß sie mehr von ihrer Lebensspanne aufwenden mußten. Soviel das wert sein mochte.

Eine Hand rüttelte ihn. Er tastete sich aus unruhigem Schlaf empor. Die Handfläche legte sich auf seinen Mund. In der undurchdringlichen Dunkelheit flüsterte es: »Sei still, du Narr.« Es war Leonce.

13

Eine kleine Taschenlampe flammte auf. Der Strahl richtete sich auf Havigs Knöchel.

»Ah«, flüsterte sie. »So hält man dich also fest. Dachte ich mir. Nimm das.« Sie gab ihm die Lampe. Schwindelnd, von seinem Herzschlag erschüttert, kaum seinen Sinnen trauend, konnte er sie nicht ruhig halten. Sie fauchte etwas, biß die Zähne zusammen und beugte sich über ihn. Eine Säge begann zu knirschen.

»Leonce – Liebste, du sollst doch nicht –« stammelte er.

Sie knurrte nur. Er schluckte und verstummte. Im Fenster funkelten Sterne.

Als das Kabel auseinanderriß und er nur den Ring am Knöchel behielt, stand er schwankend auf. Sie knipste das Licht aus, steckte die Lampe in die Brusttasche – sonst trug sie Jeans und Wanderstiefel, Pistole und Messer, wie er gesehen hatte – und packte ihn an den Oberarmen.

»Hör zu«, zischte sie. »Du versetzt dich zum Sonnenaufgang. Laß dir Frühstück bringen, bevor du zum jetzigen Augenblick zurückkehrst. Verstanden? Sie sollen denken, daß du erst später entkommen bist. Schaffst du das? Wenn nicht, bist du tot.«

»Ich versuche es«, sagte er schwach.
»Gut.« Sie küßte ihn. »Los.«
Havig bewegte sich vorsichtig zeitaufwärts. Als das Fenster grau wurde, tauchte er auf, ordnete seine Fessel so, daß sie auf den ersten Blick unbeschädigt erschien, und wartete. Nie war eine Stunde länger für ihn gewesen.
Ein Wächter brachte ein Tablett mit Essen und Kaffee.
»Hallo«, sagte Havig tölpelhaft.
Er erntete einen mürrischen Blick des Eingeborenen und die Warnung: »Schnell essen. Man will bald mit Ihnen reden.«
Einen entsetzten Augenblick lang glaubte Havig, der Mann werde bleiben und zusehen. Aber er zog sich zurück. Nachdem die Tür zugefallen war, mußte Havig sich eine Minute hinsetzen; seine Füße wollten ihn nicht tragen.
Leonce – Er trank den Kaffee. Wille und Kraft kehrten zurück. Er stand auf, um in die Nacht zurückzukehren.
Am Lichtschimmer orientierte er sich. Als er die Normalzeit erreichte, hörte er ein heiseres Murmeln: »– Schaffst du das? Wenn nicht, bist du tot.«
»Ich versuche es.«
»Gut.« Eine Pause. »Los.«
Er hörte die Luft in das Vakuum schießen, wo sein Körper gewesen war, und wußte, daß er sich entfernt hatte.
»Da bin ich«, sagte er leise.
»Hm? Ah!« Sie schien in der Dunkelheit besser zu sehen als er, denn sie kam sofort zu ihm. »Alles in Ordnung?«
»Ja. Vielleicht.«
»Kein Geschwätz«, warnte sie. »Vielleicht sehen sie auch nachts nach. Da, nimm meine Hand und geh zeitabwärts. Nicht zu hastig. Ich weiß, daß wir es schaffen werden. Sie sollen nur nicht erfahren, wie.«
Zur Ausbildung im Horst gehörte dieses gleichzeitige Reisen. Beide spürten einen Widerstand, wenn einer ›schneller‹ oder ›langsamer‹ wurde als der andere, und stellten sich darauf ein.
Ein paar Nächte vorher war die Zelle leer, die Tür geöffnet. Sie gingen Schattentreppen hinunter, durch den Schattenhof, durch ein Tor, das meist offenstand in dieser Zeit unbeschränkter Herrschaft. Nach der herabgelassenen Zugbrücke beschleunigte Leonce ihre Schritte. In Abständen mußten sie

auftauchen, um Luft zu holen. Havig fragte sich, weshalb sie nicht einfach zu einem Tag ging, bevor der Horst existierte, bis ihm klar wurde, daß das Risiko, in der Umgebung anderen zu begegnen, zu groß war. Viele Menschen hatten in dem Urwald zuvor gejagt.

Betäubt vor Erschöpfung und Trauer tat er am besten daran, ihr zu folgen. Sie hatte ihn befreit, nicht wahr?

Sie hatte es wirklich getan. Er brauchte eine Weile, um das zu begreifen.

Sie saßen im Wald, einen Sommer, bevor Kolumbus geboren wurde. Die Bäume, Eiche und Ulme und Birke, waren riesengroß und ineinander verflochten; ihr Duft erfüllte die Luft, ihr Laub warf grüne Schatten auf das dichte Unterholz. Irgendwo trommelte ein Specht, ein Blauhäher schimpfte. Leonces Feuer war niedergebrannt. Auf einem Spieß war ein Waldhuhn fertiggebraten, das sie aus einem großen Schwarm herausgeschossen hatte.

»Ich staune immer wieder darüber, was für eine herrliche Welt das ist, bevor der Maschinenmensch alles verdirbt«, sagte sie. »Von den Hohen Jahren halte ich nicht mehr viel. Ich bin zu oft dort gewesen.«

Havig lehnte an einem Baumstamm und wurde von einem unheimlichen *Déjà-vu*-Gefühl erfaßt. Der Grund fiel ihm schnell ein: Diese Umgebung war nicht unähnlich derjenigen in fast einem Jahrtausend, als er und sie – Er sah sie genauer an.

»Wie lange war es für dich?« fragte er.

»Seit du mich in Paris zurückgelassen hast? Ungefähr drei Jahre.« Sie drehte den Vogel noch einmal herum.

»Es tut mir leid. Das war schäbig von mir. Warum hast du mich herausgeholt?«

Sie sah ihn finster an.

»Vielleicht erzählst du mir, was geschehen ist.«

»Du weißt es nicht?« entfuhr es ihm. »Um Himmels willen, wenn du nicht gewußt hast, weshalb ich gefangengehalten wurde, wie konntest du sicher sein, daß ich es nicht verdient habe –«

»Erzähl, ja?«

Er schilderte stockend, was sich ereignet hatte. Ab und zu sah sie ihn an, aber ihr Gesicht blieb ausdruckslos. Schließlich sagte sie: »Na, da scheine ich richtig vermutet zu haben. Ich habe nicht viel aufgegeben. Der Verein wurde mir immer widerlicher, als ich sah, was gespielt wurde.«

Sie hätte ein Wort über Xenia sagen können, dachte er und sagte deshalb ebenso brüsk: »Ich hätte nicht gedacht, daß du gegen Kampf und Räuberei bist.«

»Nicht, wenn es ehrlich zugeht und die Chancen gleich verteilt sind. Aber diese – Schakale – stürzen sich auf die Hilflosen. Und mehr zum Vergnügen als aus Gewinnsucht.« Sie stach das Messer zornig in den gebratenen Vogel. »Außerdem, was für einen Sinn hat das Ganze? Warum sollten wir der Welt wieder Maschinen aufnötigen? Damit Wallis zu einer Art Hilfsgott werden kann?«

»Als du erfahren hast, daß ich entdeckt worden war und man mich festhielt – hat das die Rebellion in dir ausgelöst?« fragte Havig.

Sie antwortete nicht direkt.

»Ich ging zeitabwärts, wie du dir denken kannst, sah das Zimmer leer und ging zeitaufwärts zu dir. Zuerst verbrachte ich ein paar Tage in der Zukunft, damit es nicht so aussah, als wäre ich an deiner Flucht beteiligt. Alle liefen herum wie geköpfte Hühner! Ich streute aus, daß du dich mit einer Reisenden zusammengetan haben mußtest, während du in der Vergangenheit warst.« Die breiten Schultern hoben und senkten sich. »Nun, der Sturm legte sich wieder. Offenbar schien es sich nicht zu lohnen, dem früheren Wallis bei seiner Inspektion zu berichten. Warum ein Versagen zugeben? Sein nächstes Erscheinen nach deinem Verschwinden lag Jahre voraus, und in der Zwischenzeit passierte nichts Schlimmes. Du hast keine Rolle gespielt. Und ich werde es auch nicht tun, wenn ich von meinem Urlaub nicht zurückkomme. Man wird annehmen, ich sei bei einem Unfall umgekommen.« Sie lächelte leise. »Ich habe eine Vorliebe für Sportautos und fahre wie eine Verrückte.«

»Trotz der Gegnerschaft zu einer Rückkehr der Maschinengesellschaft?« meinte Havig verwundert.

»Na ja, man kann es genießen, solange es vorhanden ist, nicht? Ob es von Dauer sein soll oder nicht.« Sie sah ihn scharf an. »Das ist so ungefähr alles, was wir beide tun können. Uns hier irgendwo ein Versteck zu suchen. Denn den Horst bringen wir nicht aus dem Konzept.«

»Ich bin nicht sicher, daß sein Sieg vorausbestimmt ist«, sagte Havig. »Vielleicht ist das Wunschdenken, aber nach allem, was ich gesehen habe –« Seine Ernsthaftigkeit half ihm, die Leere zu verdecken, die Xenia in ihm hinterlassen hatte. »Leonce, es ist falsch, wenn du Wissenschaft und Technologie verdammst. Man kann sie mißbrauchen, aber alles andere auch. Die Natur ist nie im vollkommenen Gleichgewicht gewesen – es gibt viel mehr ausgestorbene Gattungen als lebende –, und der primitive Mensch war genauso zerstörerisch wie der moderne. Er hat nur länger gebraucht, seine Umwelt zu schädigen. Wahrscheinlich haben Jäger der Steinzeit die Riesensäugetiere des Pleistozäns ausgerottet. Ganz gewiß haben Bauern mit Sicheln und Stöcken verschlissen, was als die Fruchtbare Sichel begonnen hatte. Und fast die ganze Menschheit ist jung gestorben, aus Ursachen, die zu verhindern sind, wenn man sich auskennt... Die Maurai werden mehr tun, als die Fundamente des Lebens auf der Erde wiederzuerrichten. Sie werden den ersten Versuch unternehmen, eine im Gleichgewicht befindliche Umwelt zu *erschaffen*. Und das wird nur möglich sein, weil sie die wissenschaftlichen Kenntnisse und Mittel besitzen.«

»Es hat nicht den Anschein, als würden sie Erfolg haben.«

»Das kann ich nicht sagen. Diese geheimnisvolle ferne Zukunft... sie muß studiert werden.« Havig rieb sich die Augen. »Später, später. Jetzt bin ich zu müde. Leih mir nach dem Essen dein Messer, damit ich Zweige abschneiden und ein paar Wochen schlafen kann.«

Sie kam zu ihm, kniete vor ihm nieder, legte eine Hand auf seinen Nacken und fuhr mit der anderen durch seine Haare. »Armer Jack«, murmelte sie. »Ich war ein bißchen schroff zu dir, nicht? Verzeih mir. Die Flucht war für mich auch eine Anstrengung... Ja, schlaf du. Wir haben Frieden. Heute haben wir Frieden.«

»Ich habe dir noch nicht gedankt für das, was du getan hast«, sagte er verlegen. »Ich werde dir nie genug danken können.«

»Du Schwachkopf!« Sie legte die Arme um ihn. »Warum, glaubst du, habe ich dich da herausgeholt?«

»Aber – aber – Leonce, ich habe meine Frau sterben sehen –«

»Sicher«, schluchzte sie. »Wie ich – ich zurückgehen und – und dieses Mädchen kennenlernen möchte. Wenn sie dich glücklich gemacht hat – Es kann nicht sein, ich weiß. Gut, ich warte, Jack. Solange es nötig ist, warte ich.«

Sie waren nicht dafür ausgerüstet, länger als einen kurzen Zeitraum im frühen Amerika zu bleiben. Sie hätten zeitaufwärts gehen, Ausrüstung kaufen und zurückschaffen können, aber nach allem, was sie durchgemacht hatten, gab es für sie kein stilles Idyll.

Wichtiger war Havigs innere Verfassung. Die Wunde in ihm heilte langsam, aber sie heilte und hinterließ eine harte Narbe: den Entschluß, dem Horst den Krieg zu erklären.

Er glaubte nicht, daß das nur dem Rachewunsch gegen Xenias Mörder entsprang. Leonce unterstellte das und hielt zu ihm, weil eine Gletschervolk-Frau zu ihrem Mann zu stehen hatte. Er gab zu, daß sie in gewisser Weise recht hatte. Vor allem glaubte er aber, daß ein Banditenhaufen beseitigt werden mußte. Die Untaten, die sie schon begangen hatten und noch begehen würden, waren nicht zu ändern, aber konnte nicht die Summe dieser Qualen daran gehindert werden, noch anzusteigen, konnte nicht die ferne Zukunft geschont werden?

»Ein Rätsel ist die Tatsache, daß in der Maurai-Epoche oder danach keine Zeitreisenden geboren worden zu sein scheinen«, sagte er zu Leonce. »Sie könnten inkognito geblieben sein, gewiß, wie die Mehrheit von ihnen in der frühen Geschichte, aber trotzdem – wirklich alle? Das erscheint kaum plausibel, nicht wahr?«

»Hast du nachgeforscht?« fragte sie.

Sie waren in einem Hotel, in der Mitte des zwanzigsten Jahrhunderts. Rings um sie lärmte und schrillte Kansas City am frühen Abend. Er mied seine früheren Aufenthaltsorte, bis er sicher sein konnte, daß Wallis' Leute sie nicht entdecken würden. Leonce saß, mit einem hauchdünnen Hemdchen bekleidet, im Bett. Sonst ließ sie nicht erkennen, daß sie im Innern mehr war als seine schwesterliche Begleiterin. Eine Jägerin lernt Geduld, eine Skula Seelen lesen.

»Ja«, sagte er. »Ich habe dir von Carelo Keajimu erzählt. Er hat Verbindungen rund um die Welt. Wenn er keinen Zeitreisenden finden kann, dann niemand. Und er hat nichts gefunden.«

»Was heißt das?«

»Ich weiß es nicht, außer – Leonce, wir müssen das Risiko eingehen. Wir müssen einen Ausflug über die Maurai hinaus unternehmen.«

Wieder zehrten praktische Probleme an der Lebensspanne.

Wenn man eine Epoche studieren will, in welchem Jahr beginnt man?

Man kann sich durch die Zeit bewegen, aber was hat man am Ziel, außer den Füßen, um den Raum zu durchqueren? Wo kommt man unter? Wie ernährt man sich?

Es erforderte eine Reihe schneller Reisen in die Zukunft, um zu einem Plan gelangen zu können.

Einzelheiten sind unwichtig. An der Westküste Nordamerikas im einunddreißigsten Jahrhundert hatte sich eine Mischkultur Ingliss-Maurai-Spaniol nicht so weit entwickelt, daß Havig darin nicht hätte zurechtkommen können. Er brachte eine Grammatik mit, ein Wörterbuch und Lesestoff verschiedener Art. Durch Konzentration und gemeinsames Üben gelang es ihm und Leonce, die Sprache fließend zu lernen.

Der Handelsverkehr mit atomgetriebenen Fahrzeugen und Roboterbesatzungen brachte genügend Besucher aus Übersee, so daß zwei deutlich erkennbare Fremde nicht übermäßig auffielen. Das galt um so mehr, als Sansisco ein Lieblingsziel für Pilgerfahrten war; dort hatte der Guru Duago Samito seine Offenbarung erlebt. Niemand glaubte an Wunder. Die Leute glaubten, daß man auf Einsicht hoffen konnte, wenn man sich auf die von Menschenhand geformten Hügel stellte und in die Bucht hinabblickte, während man eins wurde mit Himmel, Erde und Wasser.

Pilger brauchten in der finanziellen Weltmaschine keine Kreditkonten. Das Zeitalter war, in seiner schlichten Art, wohlhabend. Ein Hausbewohner am Weg konnte leicht das Essen und die Unterkunft zur Verfügung stellen, die ihm Tugend und seinen Kindern Reisegeschichten einbrachte.

»Wenn Sie die Sternmeister suchen –« sagte der dunkelhäutige, sanfte Mann, der sie eines Nachts beherbergte. »Ja, sie haben in der Nähe einen Vorposten. Aber in Ihrem Land gibt es sie doch sicher auch.«

»Wir wollen erfahren, ob die Sternmeister hier so sind wie

jene, die wir zu Hause kennen«, erwiderte Havig. »Ich habe gehört, daß es viele Arten gibt.«

»Richtig.«

»Unsere Reise wird dadurch nicht übermäßig verlängert.«

»Sie brauchen nicht zu Fuß hinzugehen. Ein Anruf genügt.« Havigs Gastgeber wies auf den Hologramm-Kommunikator, der in einer Ecke stand und dessen Form für seine Gäste so fremdartig war wie ein japanischer Tempel es für einen Europäer aus dem Mittelalter oder eine gotische Kirche für einen Japaner gewesen wäre.

»Ich bezweifle aber, daß ihre Station zur Zeit besetzt ist«, sagte der Mann. »Sie kommen nicht oft, wißt ihr.«

»Wenigstens können wir sie berühren«, sagte Havig.

Der dunkelhäutige Mann nickte.

»Ja. Ein Empfinden mit allen Sinnen... ja. Dann geht mit Gott und seid glücklich, so Gott will.«

Am Morgen, nach einer Stunde Gesang und Meditation, kehrte die Familie an ihre Tagesarbeit zurück. Der Vater arbeitete in seinem Gemüsegarten, wohl eher aus tiefenpsychologischen als aus wirtschaftlichen Gründen. Die Mutter beschäftigte sich mit einem paramathematischen Theorem, das Havig zu schwierig war. Die Kinder schalteten sich in ein elektronisches Bildungsnetz ein, das weltweit zu sein schien und auf einer Art künstlicher Telepathie beruhte. Dabei war das Haus klein und bescheiden, abgesehen von den üblichen Schnitzarbeiten und dem orientalischen Dach, fast ganz allein in einer großen, braunen Hügellandschaft stehend.

Sie stapften einen Weg entlang, umwallt von Staubwolken.

»Du hast recht«, sagte Leonce seufzend. »Ich verstehe diese Leute nicht.«

»Das könnte ein ganzes Leben erfordern«, bestätigte Havig. »Etwas Neues ist in die Geschichte getreten. Es braucht nicht schlecht zu sein, aber neu ist es bestimmt.« Nach einer Pause fügte er hinzu: »Hat es früher schon gegeben. Konnte der paläolithische Jäger den Bauern aus der Neusteinzeit wirklich verstehen? Wie ähnlich waren einander ein Mann, der unter dem göttlichen Recht der Könige lebte, und ein Mensch des Wohlfahrtsstaates? Ich kann dir nicht immer folgen, Leonce.«

»Ich dir auch nicht.« Sie griff nach seiner Hand. »Versuchen wir es weiterhin.«

»Es hat den Anschein«, sagte Havig, »den Anschein, sage ich, daß diese Sternmeister die ultra-mechanisierten, energiezukkenden Stützpunkte und die riesigen Fluggeräte und alles andere besetzen, das sich vom Rest der Erde so unterscheidet. Sie kommen in unregelmäßigen Abständen. In der übrigen Zeit stehen ihre Stationen leer. Klingt nach Zeitreisenden, nicht?«

»Aber sie sind irgendwie, na, gut, nicht wahr?«

»Und deshalb können sie nicht vom Horst sein? Warum nicht? Jedenfalls der Herkunft nach. Der Urenkel eines Piraten und Eroberers kann ein aufgeklärter Herrscher sein. Gewiß, die Sternmeister verhalten sich anders, als man erwarten möchte. Soviel ich erkennen kann, und ich beherrsche diese moderne Sprache nicht besser als du, kommen sie, um zu handeln: mehr mit Ideen und Wissen als mit Gütern. Ihr Einfluß auf die Erde ist verborgen, aber groß. Meine Ausflüge über dieses Jahr hinaus zeigen, daß ihr Einfluß wachsen wird, bis eine neue Zivilisation entstanden ist, die ich nicht ergründen kann.«

»Beschreiben die Bewohner hier sie nicht als manchmal menschlich, manchmal nicht?«

»Den Eindruck habe ich auch. Vielleicht haben wir etwas mißverstanden.«

»Du kommst schon dahinter«, sagte sie.

Er sah sie an. Die Sonne glänzte auf ihrem Haar und den winzigen Schweißtropfen auf ihrem Gesicht.

»Wir werden sehen«, sagte er.

Sie lächelte.

Die eng beieinander stehenden Türme und Kuppeln waren verlassen, als sie ankamen. Eine unsichtbare Barriere hielt sie zurück. Sie gingen zeitaufwärts. Als sie ein Schiff zwischen den Schatten wahrnahmen, tauchten sie auf.

Das Fahrzeug war in diesem Augenblick gelandet. Die Besatzung kam über eine körperlose Rampe herunter. Havig sah Männer und Frauen in enganliegender Kleidung, die mit dem Glanz von Sternbildern funkelte. Und er sah Formen, die die Erde nie hervorgebracht haben konnte, nicht im Zeitalter der Dinosaurier, noch auch im letzten, wenn eine aufgedunsene rote Sonne sie bis zur Unfruchtbarkeit versengen würde.

Ein gepanzertes Ding, das Klauen hatte und nichts, was man als Kopf erkennen konnte, unterhielt sich in musikalischen Tönen mit einem Mann. Der Mann lachte.

Leonce schrie auf. Havig vermochte sie gerade noch zu ergreifen, als sie zeitabwärts flüchtete.

»Aber verstehst du denn nicht?« sagte er immer wieder. »Begreifst du nicht, was das für ein Wunder ist?«

Und endlich konnte er sie dazu bewegen, die Nacht aufzusuchen. Sie standen auf einem hohen Grat. Unzählige Sterne glitzerten von Horizont zu Zenith zu Horizont. Oft flammten Meteore. Die Luft war kalt, ihr Atem stieg rauchig auf, sie suchte Schutz in seiner Umarmung. Stille umschloß sie, ›das ewige Schweigen des unendlichen Raumes‹.

»Schau hinauf«, sagte er. »Jedes von diesen Lichtern ist eine Sonne. Hast du gedacht, unser Planet sei der einzige belebte im All?«

Sie schauderte.

»Was wir gesehen haben –«

»Was wir gesehen haben, war anders. Auf großartige Weise anders.« Er suchte nach Worten. Seine ganze Jugend war von einer Vision beherrscht gewesen, die in ihrer nur eine Legende darstellte. »Wo sonst kann Neues, kann Abenteuer, Wiedergeburt des Geistes, wo sonst kann das alles herkommen, wenn nicht aus der Andersartigkeit? Das Zeitalter nach den Maurai ist nicht in sich selbst gekehrt. Nein, es hat sich weiter hinausgewendet als je zuvor!«

»Erzähl mir«, flehte sie. »Hilf mir.«

Er entdeckte, daß er sie küßte. Und sie suchten sich einen Platz und waren eins.

Aber ein glückliches Ende gibt es nicht. Es gibt überhaupt kein Ende. Bestenfalls haben wir glückliche Augenblicke.

Der Morgen kam, als Havig neben Leonce erwachte. Sie schlief, warm und seidig und duftend, einen Arm auf seiner Brust. Diesmal verließ nicht sein Körper sie, sondern sein Denken.

»Doc«, sollte er später mit rauher, verzweifelter Stimme zu mir sagen, »ich konnte nicht bleiben, wo wir waren – in einer Art von Renaissance-Paradies –, ich konnte nicht dort und nirgendwo anders bleiben und das Schicksal seinen Lauf nehmen lassen.

Ich *glaube*, daß die Zukunft eine hoffnungsvolle Richtung

genommen hat. Aber wie kann ich mir sicher sein? Ja, ja, ich heiße Jack, nicht Jesus, meine Verantwortung endet irgendwo, aber wo genau?

Und selbst wenn das eine gute Ära war, in der sich leben ließ, auf welchem Weg gelangten die Menschen dorthin? Vielleicht erinnern Sie sich, ich habe einmal meine Meinung ausgesprochen, Napoleon hätte es gelingen sollen, Europa zu vereinigen. Das heißt nicht, daß Hitler damit hätte Erfolg haben sollen. Die Kamine von Belsen sagen etwas anderes. Und was ist mit dem Horst?«

Er weckte Leonce. Sie machte sich bereit, ihrem Mann zu folgen.

Sie hätten Carelo Keajimu besuchen können, aber in gewisser Weise war er zu unschuldig. Obwohl er in einem Jahrhundert des Zerfalls lebte, war die Maurai-Herrschaft stets mild gewesen, hatte sie unser organisiertes Nicht-Mitleid nie herausgefordert. Überdies war er zu prominent, sein Lebensweg würde beobachtet werden.

Es war meine Wenigkeit, die Jack Havig und Leonce von Wahorn aufsuchten.

14

12. April 1970. Frisch aufblühendes Grün nach dem Regen der Nacht, weiße Wolken, vor einem Wind dahinfegend, der die Pfützen in meiner Einfahrt kräuselte, die Erde kühl und fest in meinen Händen, als ich kniend Iriszwiebeln pflanzte.

Kies knirschte unter Rädern. Ein Wagen fuhr herein und hielt unter der großen alten Kastanie. Ich erkannte das Fahrzeug nicht und fluchte halblaut, als ich aufstand; man wird Vertreter immer nur mühsam los. Dann stiegen sie aus, und ich erkannte ihn und erriet, wer sie sein mußte.

»Doc!« Havig lief auf mich zu und umarmte mich. »Mein Gott, bin ich froh, Sie zu sehen!«

Ich war nicht maßlos überrascht. In den Monaten seit seinem letzten Besuch hatte ich ihn immer zurückerwartet, falls er am Leben geblieben war. Aber in diesem Augenblick begriff ich erst, welche Sorgen ich mir um ihn gemacht hatte.

»Wie geht es deiner Frau?« fragte ich.

Die Freude in seinem Gesicht erlosch.

»Sie ist gestorben. Ich erzähle es Ihnen... später.«

»Oh, Jack, das tut mir so leid –«

»Nun, für mich ist es vor eineinhalb Jahren geschehen.« Als er sich der großen, rothaarigen Frau zuwandte, konnte er wieder lächeln. »Doc, Leonce, ihr habt beide viel voneinander gehört. Lernt euch kennen.«

Wie ihn störte sie mein schmutziger Händedruck nicht. Zunächst brachte mich die Begegnung aus dem Gleichgewicht. Noch nie vorher hatte ich einen Menschen von außerhalb der Zeit gesehen; Havig zählte hier nicht ganz. Aber die Jägerin, die Stammesführerin, die Schamanin trug ein gewöhnliches Kleid und, ja, Nylonstrümpfe und hochhackige Schuhe, trug eine Handtasche, lächelte mit klug geschminktem Mund und sagte in einem Englisch, das von dem meinen nicht sehr verschieden war: »Wie geht es Ihnen, Doktor Anderson? Ich habe mich sehr auf diese Begegnung gefreut.«

»Kommt mit hinein«, sagte ich schwach. »Waschen wir uns, dann mache ich eine Kanne Tee.«

Leonce bemühte sich sehr, Zurückhaltung zu zeigen, hatte aber keinen Erfolg. Während Havig sprach, stand sie immer wieder auf, trat an die Fenster und starrte auf die Straße hinaus.

»Beruhige dich«, sagte er schließlich. »Wir haben zeitaufwärts nachgesehen, weißt du noch? Keine Agenten vom Horst.«

»Wir konnten nicht jede Minute überprüfen«, meinte sie.

»Nein, aber – nun, Doc, in etwa einer Woche werde ich Sie anrufen und fragen, ob wir Probleme hatten, und Sie werden verneinen.«

»Sie könnten etwas vorbereiten«, sagte Leonce.

»Unwahrscheinlich. Wir sind abgeschrieben«, sagte Havig ein wenig ungeduldig. »Davon bin ich überzeugt.«

»Ich bin eben schon immer nervös gewesen.«

Havig zögerte einen Augenblick, bevor er sagte: »Wenn sie hinter uns her sind und entdecken, daß Doc unser Verbindungsmann ist, würden sie dann nicht durch ihn zuschlagen? Und das haben sie nicht getan.« Zu mir sagte er: »Es fällt schwer zuzugeben, daß ich Sie bewußt einer Gefahr ausgesetzt habe. Deshalb meide ich meine Mutter.«

»Schon gut, Jack.« Ich versuchte zu lachen. »Das verschafft mir im Ruhestand ein interessantes Hobby.«

»Es wird nichts passieren«, versicherte er mir. »Ich habe mich vergewissert.«

Leonce atmete scharf ein. Eine Weile war nichts zu hören als das Seufzen der Zweige im Wind. Ein Wolkenschatten glitt vorbei.

»Du meinst«, sagte ich schließlich, »du hast festgestellt, daß ich in Ruhe bis zu meinem natürlichen Tod lebe.«

Er nickte.

»Du kennst das Datum«, sagte ich.

Er regte sich nicht.

»Na, verrat es mir nicht«, schloß ich. »Nicht, daß ich Angst hätte. Aber ich lebe lieber auf altmodische sterbliche Weise weiter. Ich beneide dich nicht – darum, daß du einen Freund zweimal verlieren kannst.«

Mein Teekessel pfiff.

»Und du willst also nicht passiv bleiben?« sagte ich Stunden später. »Du willst gegen den Horst etwas unternehmen?«

»Wenn wir können«, sagte Havig leise.

Leonce, die neben ihm saß, griff nach seinem Arm.

»Aber was?« sagte sie. »Ich bin selbst zeitaufwärts gewesen, ganz kurz, aber er ist größer denn je, und ich habe Cal Wallis aus einem Flugzeug steigen sehen – bis dahin haben sie Roboterfabriken –, und er wurde alt, aber er war da.« Ihre Finger wurden zu Krallen. »Niemand hat den alten Halunken umgebracht, in der ganzen Zeit nicht.«

Ich drückte den Tabak in meiner Pfeife fest. Wir hatten gegessen und saßen unter meinen Büchern und Bildern.

»Ihr habt keinen vollständigen Nachweis für den zukünftigen Weg des Horstes«, sagte ich.

»Nun, wir haben Wallis' Buch gelesen und ihn gehört«, erwiderte Havig. »Wir glauben nicht, daß er lügt. Ein Egozentriker wie er tut das nicht, schon gar nicht bei einem solchen Thema.«

»Du mißverstehst mich. Die Frage ist: Habt ihr persönlich jedes Jahr nachgesehen?«

»Nein«, sagte Leonce. »Zuerst gab es keinen Grund dafür,

und jetzt ist es zu gefährlich.« Sie sah mich an. »Wollen Sie auf etwas Bestimmtes hinaus, Doc?«

»Vielleicht.« Ich zündete die Pfeife an. »Jack, ich habe viel über das nachgedacht, was du mir bei deinem letzten Besuch erzählt hast. Das ist ganz natürlich. Ich habe Zeit dafür – und du bist in der Hoffnung zurückgekommen, daß ich auf eine Idee gekommen sein könnte. Richtig?«

Er nickte.

»Ich habe keine grandiose Lösung für euer Problem«, sagte ich. »Aber vor allem habe ich über eine deiner Bemerkungen nachgedacht: daß die Freiheit im Unbekannten liegt.«

»Weiter!« drängte Leonce. Sie hatte die Hände zu Fäusten geballt.

»Dein letzter Bericht bestärkt mich eher in meiner Ansicht«, fuhr ich fort. »Wallis glaubt, daß seine Organisation – zwar verändert, aber im Grunde das, was er aufgebaut hat – die Welt nach den Maurai beherrschen wird. Was ihr dort entdeckt habt, läßt das nicht allzu wahrscheinlich erscheinen, nicht? Also gibt es irgendwo, irgendwann einen Widerspruch. Und – für das, was dazwischen geschehen ist, habt ihr nur das Wort von Wallis, der ein Prahler ist und vor fast hundert Jahren auf die Welt kam.«

»Was hat seine Geburt damit zu tun?« fragte Havig.

»Sehr viel«, sagte ich. »Unser Jahrhundert ist eine bittere Zeit gewesen. Man hat harte Lektionen gelernt, die Wallis' Generation nie zu lernen brauchte, ja, sich gar nicht vorstellen konnte. Er mag von Begriffen wie Operationsanalyse gehört haben, aber er wendet sie nicht an, sie sind ihm fremd.«

Havig spannte die Muskeln an.

»Dein Chronolog-Gerät ist ein Beispiel für das Denken im zwanzigsten Jahrhundert«, fuhr ich fort. »Was ist übrigens daraus geworden?«

»Mein Gerät blieb in Pera, als – als ich gefangengenommen wurde«, antwortete er. »Ich nehme an, der spätere Hausbesitzer hat es weggeworfen oder auseinandergenommen. Ich habe mir neue machen lassen.«

Erregung durchfuhr mich, und ich begann Leonce, die Jägerin, ein wenig zu begreifen.

»Die Männer, die dich überwältigten, kamen nicht auf den Gedanken, es mitzunehmen und zu untersuchen, nicht einmal ein so kluger Mann wie Krasicki«, sagte ich. »Das unterstreicht, was ich sage. Schau, Jack, jeder Zeitreisende hat mit der Schwierigkeit zu kämpfen, einen gewünschten Augenblick genau zu erreichen. Für dich war es eine Selbstverständlichkeit, dich mit dem Problem zu befassen, zu entscheiden, womit es gelöst werden konnte – mit einem Instrument – und eine Firma zu finden, die in der Lage war, das Ding für dich zu erfinden.« Ich blies Rauch in die Luft. »Wallis ist nie auf den Gedanken gekommen«, schloß ich. »Seine ganze Organisation nicht. So etwas ist ihnen nicht angeboren.«

Es wurde wieder still.

»Nun ja«, sagte Havig schließlich, »ich bin der zuletzt geborene Zeitreisende, den man vor dem Großen Krieg gefunden hat.«

»Mhm.« Ich nickte. »Nütze das. Du hast einen Anfang gemacht, als du über die Maurai-Zeit hinausgegangen bist. Es mag dir unfaßbar erscheinen, daß Wallis' Leute das nicht in viel gründlicherer Form auch gemacht haben. Vergiß aber nicht, daß er aus einer Zeit stammt, in der Voraussicht auf einem Tiefstand war – aus einer Zeit, in der jedermann annahm, man könne die Wälder ewig abholzen, ewig Bodenschätze fördern. Es war das Jahrhundert von Clerk Maxwell, ja – ich denke vor allem an seine Arbeit auf dem Gebiet, das wir Kybernetik nennen – und Babbage und Pierce und Ricardo und Clausewitz und anderen Denkern, von denen wir immer noch beeinflußt sind. Aber was diese Gehirne gesät haben, war noch nicht aufgegangen. Wallis scheint jedenfalls nicht geblieben zu sein, um die Erfahrungen seiner Zeit mitzunehmen. Nein, er mußte davoneilen und der allmächtige Supermann werden. Aber du, Jack, du kannst von den mühsam zusammengetragenen Erkenntnissen der Rasse profitieren.«

Leonce wirkte verwirrt. Nun, meine Philosophie war auch für sie neu.

»Was schlagen Sie vor?« fragte Havig leise.

»Nichts Bestimmtes«, sagte ich. »Generell alles. Konzentriert euch mehr auf Strategie als auf Taktik. Versucht nicht, allein gegen eine ganze Organisation anzutreten. Nein, baut etwas Besseres auf.«

»Und woher nehmen wir die Leute?«

»Von überall, aus allen Zeiten. Wallis zeigte bei seinen Rekrutierungsmethoden ein gewisses Maß an Phantasie, aber sie waren doch eher primitiv. An jenem Tag in Jerusalem sind sicher mehr Zeitreisende zu finden. Seine Agenten nahmen jene, die auffällig waren, und gaben dann auf. Es muß Wege geben, die Aufmerksamkeit der übrigen zu erregen.«

»Tja... hm... daran hatte ich selbst schon gedacht.« Havig stützte das Kinn auf die Hände. »Etwa durch die Straßen gehen und Zeilen aus der griechischen Messe singen –«

»Und aus der lateinischen. Einseitigkeit könnt ihr euch nicht leisten.« Ich umklammerte meine Pfeife. »Noch etwas. Warum müßt ihr so geheim bleiben? Gewiß, dein ›Onkel‹ – Ich hatte in gewisser Hinsicht recht. Ein Kind, das als Zeitreisender bekannt wäre, käme in die größten Schwierigkeiten. Aber du bist kein Kind mehr.

Überdies betrachtet Wallis normale Menschen als etwas Minderwertiges, wie es scheint. Er hält sie in untergeordneter Stellung. Damit hat er nur erreicht, daß ihre Gehirne von ihm abgeschirmt sind.

Ich habe mich ein bißchen erkundigt, am Holberg College und in Berkeley. Da gibt es gute, verantwortliche Wissenschaftler. Ich kann dir Männer und Frauen nennen, die akzeptieren, was du bist, dein Vertrauen ehren und dir helfen werden wie ich.«

»Wieso das?« fragte Leonce.

Havig sprang auf und ging hin und her.

»Um die Welt zu öffnen, Liebes! Unsere Art kann nicht nur im Westen geboren worden sein. Das ergäbe keinen Sinn. China, Japan, Indien, Afrika, Amerika, bevor der weiße Mann kam – wir haben die ganze Menschheit als Reservoir! Und wir, wir können die Schlechten lassen, die Guten nehmen, die Jungen finden und, verdammt, sie richtig aufziehen. Mein Gott! Wen stört eine Bande von Halunken zeitaufwärts? *Wir* können die Zukunft gestalten!«

So einfach war es natürlich nicht. Sie wandten für die Vorbereitung sogar über zehn Jahre ihrer Lebensspanne auf. Gewiß, dazu gehörten auch ihre privaten Dinge. Als ich sie, nach dem einen Anruf, im März kurz wiedersah, verhielten sie sich zueinander wie jedes lange glücklich verheiratete Paar. Trotzdem war das ein mühseliges, gefährliches Jahrzehnt.

Havig lernte durch mich die Mitglieder der Denkfirmen und Fakultäten kennen, mit denen ich gesprochen hatte. Nachdem er sie überzeugt hatte, brachten sie ihn wiederum mit ausgesuchten Kollegen zusammen, bis er eine außerordentlich leistungsfähige Beratergruppe hatte. In Abständen erfuhr ich von den Fortschritten. Die Methoden, die sie für die Kontaktaufnahme fanden, würden ein ganzes Buch ergeben. Die meisten erreichten nichts, aber die übrigen waren erfolgreich genug.

Die ersten Rekruten wurden ausgebildet, um weitere Leute zu finden, so daß sich ein Lawineneffekt ergab. Auch hier fand man Methoden, die über den Horizont eines Amerikaners aus dem neunzehnten Jahrhundert weit hinausgingen. Man kann mit neuen Mitteln in kürzester Zeit Fremdsprachen lehren. Es gibt alte Wege, die der Westen vernachlässigt hat, um Körper und Sinne zu entwickeln.

Vor allem aber stand der heutige Begriff der Zusammenarbeit im Vordergrund. Damit meine ich nicht die totalitäre Version, die Jack verabscheute, oder jene ›Gemeinsamkeit‹ von Unternehmen oder Kommunen, die ihm zuwider war. Ich meine einen aufgeklärten Pragmatismus, der selbsternannte Aristokraten ablehnt, der bereit ist, sich anzuhören und abzuwägen, was jeder vorzubringen hat, und der dafür sorgt, daß alle Ideen und Gedanken nach oben und wieder zurückgelangen.

Unser Zeitalter wird im Feuer untergehen, aber es wird Geschenke hinterlassen, für die eine spätere Menschheit dankbar sein wird.

Das Auffinden von Zeitreisenden war aber nur ein Anfang. Sie mußten organisiert werden. Wie? Warum sollten sie ihre Heimat verlassen, Beschränkungen hinnehmen, vielleicht ihr Leben aufs Spiel setzen?

Die Hoffnung auf Gemeinschaft mit ihren Artgenossen zog natürlich viele an. Havig konnte sich darauf stützen wie vor ihm Wallis. Es genügte aber nicht. Den Intelligenten bot Wallis Macht, Großartigkeit, eine Chance, Teil des bestimmenden Schicksals zu werden.

Dann gab es jene, die lernen oder die höchsten Augenblicke menschlichen Strebens erleben oder einfach Abenteuer genießen wollten. Ihnen konnte Havig Besseres versprechen.

Aber das lieferte noch immer keine Motive, gegen den Horst anzutreten. Monströs mochte er sein, das würde der durchschnittliche Zeitreisende zugeben, aber die meisten Regierungen, die meisten Institutionen sind auf ihre Weise monströs gewesen. Welche Bedrohung stellte der Sachem dar?

»Indoktrinierungskurse?« sagte Havig seufzend zu mir. »Ein schlimmer Ausdruck, nicht? Läßt an Beeinflussung und unaufhörliche Propaganda denken. Aber wir wollen nur alles erklären. Wir versuchen, die Tatsachen klar herauszustellen, damit unsere neuen Leute selbst sehen können, daß der Horst von Natur aus unfähig ist, sie in Ruhe zu lassen. Es ist nicht einfach. Können Sie sich vorstellen, wie man einem Samurai aus der Kamakura-Zeit klarmacht, daß der Wille irgendeines Menschen, die Welt zu beherrschen, für ihn eine direkte Bedrohung darstellt? Ich bin hauptsächlich deshalb hier, um festzustellen, was meine Anthropologen und Semantiker erreicht haben. Inzwischen haben wir auch andere Aufhänger, etwa die primitive Loyalität gegenüber Chef und Kameraden, oder den Spaß einer guten Rauferei, oder – nun ja, die Chance, auf akzeptable Weise reich zu werden. Und, für die wenigen einen besonderen Traum –«

Ich beneidete ihn um die Herausforderung seiner Aufgabe. Man stelle sich vor: Gemeinsames finden und zementieren für einen konfuzianischen Lehrer, einen bumerangschwingenden Känguruhjäger, einen polnischen Schüler, einen mesopotamischen Bauern aus dem Mittelalter, einen westafrikanischen Schmied, einen mexikanischen Vaquero, ein Eskimo-Mädchen... Die bloße Bemühung, dieses Kaleidoskop zusammenzutragen, könnte seine größte Stärke gewesen sein. Solche Leute brauchten nicht viel über den Horst zu erfahren, bevor sie begriffen, daß für die meisten von ihnen Havigs Weg der einzig richtige war.

Ausgebildet wurden sie an verstreuten Orten und in vielen Zeitaltern. Danach überprüfte man sie auf Vertrauenswürdigkeit; die Mittel waren ein seltsames, wunderbares Potpourri. Die zweifelhaften Fälle – ein winziger Prozentsatz – wurden zurückgebracht in die Heimat, in die Normalzeit, ausbezahlt und verabschiedet. Sie hatten über den Feind nicht genug erfahren, um mit ihm in Verbindung treten zu können, meist lebten sie viele tausend Meilen entfernt.

Die Mehrheit wurde zum Hauptstützpunkt geführt, um dort weiter ausgebildet zu werden und ihn auszubauen.

Das war in der Nähe des künftigen Horstes, aber unendlich weit zeitabwärts, im mittleren Pleistozän. Diese Vorsichtsmaßnahme erbrachte neue Probleme. Die Zeitreisen waren lang, erforderten besondere Ausrüstung und dazwischen Ausruhstellen. Man mußte unterwegs Verstecke anlegen und alles Stück für Stück durch die Zeit transportieren. Aber um der Sicherheit willen lohnte sich das, wie die Festung selbst. Sie stand auf einem bewaldeten Hügel, und durch das Tal strömte ein Fluß, der nach Leonces Worten in der Sonne wie Bronze schimmerte.

Die Suchmethoden hatten Angehörige beider Geschlechter etwa je zur Hälfte erbracht. So entwickelte sich eine Gemeinde – kinderlos gehalten, bis auf die jüngsten Mitglieder, trotzdem eine Gemeinschaft, die ihre Identität fand, Gesetze und Präzedenzfälle und Zeremonien und Geschichten und Geheimnisse, und das innerhalb weniger Jahre. Das war Havigs eigentlicher Triumph. Der Sachem hatte eine Armee geschaffen; der Mann, der sich geschworen hatte, ihn zu stürzen, schuf einen Stamm.

Diese Dinge erfuhr ich, als Havig und Leonce mich im März besuchten. Sie waren mitten in der Arbeit. Erst am nächsten Allerheiligentag erfuhr ich, wie es weitergegangen war.

15

Die Schatten der Zeit zogen vorbei. Sie hatten Form und Farbe, Gewicht und Entfernung nur, wenn man zum Essen oder Schlafen oder Atemholen auftauchte. Jahreszeit um Jahreszeit blies um die Berge; Gletscher vom Norden walzten Höhen zu Ebenen und zogen sich unter wilden Schneestürmen zurück, Seen hinterlassend, wo Mastodone tranken; die Seen verdickten sich zu Sümpfen und schließlich zu Erde, deren Gras Pferde und Kamele nährte, deren Baumwipfel von Riesenfaultieren benagt wurden, bis die Gletscher zurückkehrten; erneutes mildes Wetter sah diese Tiere nicht mehr, statt dessen verdunkelten Büffelherden die Prärie; die Pioniere kamen, kupferhäutige Menschen, die Speere mit Feuersteinspitzen trugen; wieder ein Großer Winter, wieder ein Großer Frühling, und nun hatten die Jäger Pfeil und Bogen, und in diesem Zyklus vereinnahmte Wald die Moränen, zuerst Weide und Lärche und Zwergeiche, später eine endlose kathedralische Pracht – und plötzlich war das verschwunden, in einem Lidschlag, die Eroberer waren da, gruben eine Million Baumstümpfe aus, die von den Äxten zurückgeblieben waren, pflügten und säten, ernteten und droschen, legten Spuren aus Eisen, auf denen man in der Nacht ein Brausen und ein langgezogenes Heulen hörte.

Havigs Gruppe ruhte sich ein letztesmal im Haus eines jungen Farmers aus, der kein Zeitreisender war, dem man aber vertrauen konnte. Man brauchte es auch als Depot. Es wäre unmöglich gewesen, an dieser Stelle der Erde so weit durch die Zeit zu gehen, ohne Miniatur-Sauerstofftanks zu besitzen. Sonst hätte man vielleicht einmal auftauchen müssen, wenn das Land unter Wasser lag oder auch unter einer dicken Eisschicht. Es waren mächtige Hindernisse, die das Geheimnis ihres Hauptstützpunktes vor dem Horst verbargen.

»Wollt ihr schon wieder weiter?« fragte Olav Torstad, der junge Farmer.

»Ja«, sagte Havig. »Wir müssen eine große Strecke zurücklegen, bevor es hell wird.«

Torstad starrte Leonce an.

»Gefällt mir nicht, daß eine Lady unterwegs in den Krieg ist.«

»Wo gehört sie hin als zu ihrem Mann?« gab sie zurück und grinste. »Jack konnte mir das auch nicht ausreden.«

»Na ja, andere Zeiten, andere Sitten«, sagte Torstad, »aber ich bin froh, daß ich achtzehnhundertfünfzig geboren bin.« Hastig fügte er hinzu: »Nicht, daß ich nicht zu schätzen weiß, was ihr alles für mich getan habt.«

»Sie haben mehr getan für uns«, gab Havig zurück. »Wir haben Ihnen diese Farm nur verschafft, weil wir in der Nähe des künftigen Horstes eine solche Stelle brauchten. Sie haben die Risiken auf sich genommen und die Last, alles zu verstecken, und – Lassen wir das. Heute nacht ist Schluß damit.« Er lächelte mühsam. »Sie können wegwerfen, was wir zurücklassen, Ihre Verlobte heiraten und den Rest Ihres Lebens in Frieden verbringen.«

»In Frieden?« sagte Torstad. »Ihr kommt doch zurück, oder? Ihr sagt mir, was geschehen ist? Bitte!«

»Wenn wir gewinnen«, sagte Havig. Er stand auf. »Kommen Sie, holen wir die Militärausrüstung für unsere Leute. Wenn Sie anspannen möchten, würden wir gerne mit dem Wagen fahren. Los!«

Andere waren in Bewegung. Sind es. Werden es sein.

Es war keine riesige Streitmacht; insgesamt vielleicht dreitausend Menschen. Etwa zwei Drittel waren Frauen, die ganz jungen, die alten, die Behinderten: Zeitträger, Krankenschwestern, was man an Nichtkombattanten brauchte. Aber es waren immer noch zu viele, als daß sie sich an einer einzigen Zwischenstation versammeln konnten und Gerüchte und Spuren erzeugten, auf die ein Gegner stoßen mochte. Sie schon allein nach Amerika zu bringen war ein endlos kompliziertes Problem von Logistik und Geheimhaltung gewesen.

Unter riesigen Bäumen, in einem Jahr vor Kolumbus, beschritten manche einen Wildpfad. Der Dakota, der sie führte, wäre der nächste Medizinmann seines Stammes geworden, hätte ein geduldiger Zeitenwanderer ihn nicht gefunden. Das Chronolog, das er bei sich trug, wie andere Anführer anderswo und anderswann, würde einen genauen Ort anzeigen, bevor er es auf einen ebenso exakten Zeitpunkt einstellte.

Im achtzehnten Jahrhundert trafen sich gewisse *Coureurs de bois* und marschierten in die Wildnis.

Nicht ganz hundert Jahre danach erklärte der Führer einer Gruppe den wenigen Weißen, die er traf, daß die Regierung in Washington eine genaue Vermessung wünsche, bevor sie ein Territorium errichte. Später wurde allgemein, wenn auch inoffiziell bekannt, daß man hier für kurze Zeit Neger gesehen habe, weil das eine Station der Untergrundbahn war.

In den zwanziger Jahren des zwanzigsten Jahrhunderts fragte man nicht nach heimlichen Zusammenkünften. Man wußte, daß dort kanadischer Whisky eingeführt wurde.

Gegen Ende des Jahrhunderts erhob sich ein Jumbo-Jet in die Luft. Die Menschen an Bord erregten kein Aufsehen. ›Internationale Freundschaftstouren‹ gab es fast jeden Tag.

Viel später trabte ein Reitertrupp durch das Gebiet. Gesichter und Kleidung wiesen sie als Mongolen aus. Die Invasoren setzten sich in dieser Gegend nie fest, so daß ihre frühen Späher unbedeutend waren.

*

Havig und sein halbes Dutzend Gehilfen tauchten in der Normalzeit auf.

Sein Chronolog hatte eine Stunde vor Sonnenaufgang rot geblinkt, am Neujahrstag im hundertsiebenundsiebzigsten Jahr der fortlaufenden Horst-Existenz. Der Himmel im Westen war dunkel, eisgrau im Osten. Schattenloses Licht hob jeden Stein von Mauern und Türmen und Hauptgebäude hervor; es schimmerte auf Fensterglas und Rauhreif. Völlige Stille hüllte die Welt ein, als sei jeder Laut in der eisigen Kälte erstarrt.

Die Gruppe hatte oft genug geübt, was zu tun war. Trotzdem glitt sein Blick noch einmal über sie hinweg.

Sie waren alle gleich gekleidet, in dunkelgrüne Parkas, wattierte Hosen in Lederstiefeln, mit Helmen, Waffen und bestückten Gürteln. Er kannte ihre Gesichter und Haltungen nach Jahren gemeinsamen Lebens besser: Leonce, von Eifer erfaßt, eine Locke in der Stirn, die er geküßt hatte; Chao, Indhlovu, Gutierrez, Bielawski, Maatuk ibn Nahal. Einen Herzschlag lang lagen ihre Hände ineinander. Dann lösten sie sich voneinander. Er stellte das Chronolog auf den Boden. Sie griffen nach ihren Waffen.

Für einen Überraschungsangriff sprach viel. Das Hinterland lag unter fester Kontrolle, schon seit Jahren, würde es noch lange bleiben. Hatte der Sachem das bei seinen Reisen in die Zukunft nicht festgestellt? Der Horst florierte, nicht nur an Reichtum, sondern auch an neugewonnenen Leuten. An Feiertagen konnte man also aufatmen. Zu Neujahr war der Sachem stets anwesend, es gab tags vorher Zeremonien und Reden, und dann wurde gefeiert. Wer konnte es einem Wächter verdenken, wenn er in der bitteren Kälte vor der Morgendämmerung vor sich hindöste?

»Also«, sagte Havig. »Ich liebe dich, Leonce«, flüsterte er. Seine Lippen streiften die ihren. Man lief zur Tür des Turmes, in dem Caleb Wallis wohnte.

Maatuks Revolver zerschoß das Schloß, das sich anders nicht öffnen ließ. Der Lärm hallte im Schloß wider. Ein Gedanke zuckte durch Havigs Gehirn. Kein Kampfunternehmen läuft ganz so, wie es geplant ist. Man muß immer Unvorhergesehenes berücksichtigen –

Er führte sie hinein. Hinter sich hörte er einen Schrei. War er eher verwirrt als alarmiert, oder machte er sich etwas vor?

Egal. Hinein, die Treppe hinauf!

Sohlen klapperten auf Stein. Gutierrez und Bielawski hatten unten Posten bezogen, um Haupteingang und Lift zu bewachen. Indhlovu und Chao hasteten im zweiten und dritten Stock davon, um die Wohnung eines Sekretärs und Austin Caldwells zu stürmen. Und hier das Portal zu Wallis.

Es war nicht gesichert. Niemand wagte hier unaufgefordert einzutreten, außer man erschien bewaffnet, um seine ganze Schöpfung niederzureißen. Havig riß die Tür weit auf.

Maatuk fuhr herum, um den Eingang zu sichern. Havig und Leonce stürmten in die Suite.

Wallis fuhr aus einem Himmelbett hoch. Havig war für einen Augenblick entsetzt darüber, wie gealtert Wallis erschien. Er war ganz grau geworden. Das Gesicht war überzogen mit geplatzten Äderchen und erschlafft. Wallis trug ein Nachthemd, das komisch anzusehen war. Er griff nach einer Pistole.

»Ja-a-a-ah!« schrie Leonce und hechtete auf ihn zu.

Wallis verschwand. Auch sie war fort, die Finger um ihn gekrallt. Sie tauchten wieder auf, rollten über den Boden, ringend, er unfähig, in die Zeit zu entfliehen, solange sie ihn festhielt und in der Gegenwart bleiben wollte. Ihre Atemzüge rasselten, untermalt von den Schreien eines Mädchens hinter dem Vorhang im Bett. Havig versuchte einzugreifen. Die Kämpfer waren einander ebenbürtig und verzweifelt. Er sah keine Öffnung, wo er zustoßen konnte.

Im Vorraum fielen Schüsse.

Havig hetzte zur Innentür, preßte sich an die Wand, schaute hinaus. Maatuk lag regungslos am Boden. Über ihm schwankte Austin Caldwell, blutüberströmt, durch zerschossene Lungenflügel atmend, während sein Revolver nach anderen Feinden suchte. Der alte Indianerkämpfer mußte Chao erwischt haben.

»Ihr seid umstellt! Ergebt euch!« rief Havig.

»Geh ... zur ... Hölle ... Verräter ...« Der Colt bellte erneut.

Havig glitt eine Minute zeitaufwärts, während er hinaustrat, dann drückte er ab. Sein Geschoß fetzte durch die Luft und zerschoß das Glas am Foto von Karl dem Großen. Caldwell war zusammengebrochen.

Explosionen krachten unten im Hof, durch das ganze Gebäude und in den Nebenbauten. Havig hastete zurück zu Leonce. Sie hatte die Beine um Wallis' Unterkörper gelegt und die Daumen auf seinen Halsschlagadern. Er hieb auf ihre Schultern ein, aber sie klammerte sich fest. Seine Schläge wurden schwächer. Sie hörten auf.

»Anbinden, schnell«, keuchte sie.

Aus einer Tasche zog Havig Handschellen und Kette. Er kauerte sich nieder und fesselte Wallis an das Bett.

»Er kann nirgends hin«, sagte er. »Außer, es läßt ihn jemand frei. Du bewachst ihn.«

»Und Spaß soll ich keinen haben?« fuhr sie auf.

»Das ist ein Befehl!« fauchte er. Sie sah ihn trotzig an, gehorchte aber. Ihr ganzer Plan hing an diesem Gefangenen. »Ich sorge dafür, daß dich jemand ablöst, so schnell es geht.« Wenn der Kampf vorbei ist, dachte er. Er ging hinaus. Die Konkubine war geflüchtet.

Im nächsten Stockwerk gab es einen Balkon über dem Hof. Hier hielt der Sachem seine Reden. Havig trat hinaus und blickte auf ein Chaos. Kämpfe tobten zwischen Männern und Gruppen; Verwundete regten sich und ächzten, überall lagen Tote. Schreie und Schüsse erfüllten die Luft.

Er zog ein Fernglas heraus und besah sich die Szene genauer. Hier und dort erkannte er einen der Kämpfer. Oder Toten... ja, Juan Mendoza, dort drüben, und, o Gott, Jerry Jennings, von dem er gehofft hatte, er werde überleben –

Ein neuer Trupp seiner Armee tauchte in der normalen Zeit auf und schwärmte aus. Und plötzlich erblühten Fallschirme über dem Horst, als diejenigen, die aus einem Flugzeug des zwanzigsten Jahrhunderts gesprungen waren, in diesen Tag eintraten.

Die Verwirrung war dem Anschein nach größer als in Wirklichkeit. Von Anfang an waren die Angreifer Wallis' Garnison zahlenmäßig fast gewachsen gewesen, und die meisten Soldaten im Horst hatten viel getrunken gehabt. Die Fünfte Kolonne war schon vor Havig erfunden worden, aber er hatte seine Leute hier eingeschleust.

Havigs Sieg war unausweichlich. Er ließ das Fernglas sinken, griff nach seinem Funksprechgerät und rief seine Truppführer.

»Mit dem Überraschungseffekt und der genauen Planung verloren wir nicht viele Leute«, erzählte er mir. »Manche von denen, die durch die Zeit entkommen waren, fanden wir ›später‹.

Nach den Registern wußten wir, wer sie waren, und konnten ziemlich genau bestimmen, wohin sie gehen würden. Bei der Flucht brauchte man ja eine Umgebung, in der man sich auskannte. Die Auswahl war also nicht besonders groß.«

»Ihr habt nicht alle erwischt?« sagte ich erschrocken.

»Nein, nicht ganz. Das war auch kaum zu erhoffen.«

»Ich hätte gedacht, daß schon einer, der entkommen wäre, zuviel sei. Er kann zeitaufwärts gehen, an eurem Angriff vorbei, und eine Warnung –«

»Das hat mir nie Sorgen gemacht, Doc. Ich wußte, daß das niemand getan hatte, also wird es auch nie jemand tun. Nicht, daß man das auf normale Weise je ganz erklären könnte, von Physik oder Metaphysik einmal ganz abgesehen.

Sehen Sie, das waren keine Supermenschen. Sie waren entweder Schwächlinge, denen man Zivilposten übertragen hatte, oder Kämpfer, die so unwissend und abergläubisch waren wie brutal. Wallis hatte nie versucht, sie auf anderem als militärischem Gebiet auszubilden. Das hätte sonst dazu führen können, daß man seine Unfehlbarkeit angezweifelt hätte.

Diejenigen, die entkommen konnten, waren also moralisch schwer getroffen. Ihre Hauptsorge mußte es sein, sich vor uns verborgen zu halten. Und wenn sie an die Möglichkeit einer Rückkehr dachten, mußten sie erkennen, daß wir während der ganzen Zeit von Wallis' Herrschaft eigene Leute verteilt hatten, nur wenige, aber genug, um auf sie zu achten und zu vertreiben, bevor sie Alarm schlagen konnten.« Havig lachte leise. »Ich war selbst erstaunt, als ich erfuhr, wer manche dieser Leute sein würden. Reuel Orrick, der alte Scharlatan... Boris, der Mönch, der nach Jerusalem ging...« Er trank einen Schluck von meinem Whisky. »Nein«, sagte er, »wir wollten einfach keine Banditen frei herumlaufen lassen, die sich von ihren Verbrechen lösen konnten. Und ich glaube – ich wage zu hoffen –, daß das nicht geschehen ist. Wie soll etwa ein Kondottiere, ohne Geld, ohne Bildung, ganz allein, in irgendeiner Zeit des weißen Amerika durchkommen oder Europa erreichen? Nein, für ihn ist es am besten, wenn er die Indianer sucht. Und unter ihnen kann er mehr als Medizinmann erreichen denn als Räuber. Er könnte eines Tages sogar ein nützliches Mitglied des Stammes werden! Das ist natürlich nur ein einziges Beispiel, aber ich nehme an, Sie verstehen, was ich meine.«

»Was die Zukunft angeht«, sagte Leonce, »so halten wir sie in der Hand. Den Horst für die Jahre, die er noch besteht; Phase Zwei, bis sie nicht mehr gebraucht wird – und aufgebaut haben *wir* das alles. Wir haben aus unserem Feldzug gelernt. Uns hebt man nicht aus dem Sattel.«

»Militärisch gesehen«, ergänzte ihr Mann. »Über Nacht geht das nicht, aber wir wollen die vom Horst unterdrückten Bauern freimachen. In Phase Zwei wird es nur noch freie Menschen geben, nur nicht-zeitreisende Angehörige unserer Gesellschaft. Und – das versteht sich von selbst – unsere Agenten verhalten sich anständig. Sie besuchen die Vergangenheit nur, um zu forschen oder neue Leute zu finden. Wenn sie eine wirtschaftliche Basis brauchen, betreiben sie ordentlichen Handel.«

Leonce strich mit den Fingern über sein Gesicht.

»Jack kommt aus einer sentimentalen Zeit«, sagte sie.

Ich zog die Brauen zusammen.

»Augenblick«, sagte ich. »Gleich nach der Eroberung des Horstes habt ihr doch ein gewaltiges Problem gehabt. Eure Gefangenen. Was war mit ihnen?«

»Es gab keine gute Lösung«, sagte Havig tonlos. »Wir konnten sie nicht freilassen, ebensowenig jene, die festgenommen wurden, als sie vom Urlaub zurückkehrten oder in ihren Herrschaftsbereichen überrascht wurden. Wir konnten sie nicht einfach niederschießen. Ich meine das buchstäblich; wir konnten es nicht. Unsere ganze Streitmacht bestand aus Menschen, die ein Gewissen hatten, die fähig gewesen waren, Menschlichkeit zu lernen, wenn sie sie nicht schon mitgebracht hatten. Wir wollten auch niemand für den Rest seines Lebens in einem Verlies anketten.«

Leonce schnitt eine Grimasse.

»Schlimmer als Erschießen«, sagte sie.

»Nun, Sie erinnern sich vielleicht an die Psychodrogen in der späten Maurai-Zeit«, fuhr Havig fort. »Mein Freund Carelo Keajimu wird sich davor fürchten, weil sie soviel Macht verleihen. Man gibt jemandem eine Spritze, spricht mit ihm, und er wird glauben, was man von ihm verlangt. Ohne jeden Vorbehalt. Nicht auf fanatische Weise, sondern ›natürlich‹, viel tiefer verwurzelt. Sein eigenes Gehirn wird Begründungen und falsche Erinnerungen liefern, um Widersprüche zu erklären. Verstehen Sie, was das ist? Die absolute Gehirnwäsche! So vollständig, daß das Opfer später nicht einmal ahnt, es könnte etwas anderes gegeben haben.«

Ich pfiff durch die Zähne.

»Guter Gott! Du meinst, ihr habt diese Halunken und Schlächter insgesamt auf eure Seite gebracht?«

Havig schauderte.

»Nein. Wenn schon kein anderer Grund vorhanden gewesen wäre, hätte ich zumindest einen solchen Haufen von wandelnden Gespenstern nicht ertragen können. Es wäre nötig gewesen, ihr ganzes früheres Leben auszulöschen und – das wäre auch unpraktisch gewesen. Keajimu hatte einige meiner klügsten Leute in Psychotechnologie ausbilden lassen, aber ihre Aufgabe war schon groß genug.« Er atmete tief ein, wie um sich Mut zu holen. »Was wir in unseren Gefangenen zerstört haben, war der Glaube an die Möglichkeit von Zeitreisen. Wir brachten sie in ihre Heimatumgebung zurück – das war viel Arbeit, wie Sie sich denken können – und behandelten sie. Man erklärte ihnen, sie hätten schweres Fieber gehabt oder seien von Dämonen besessen gewesen, was eben angemessen war; sie hätten sich unheimliche Dinge vorgestellt, die völlig unmöglich seien und deshalb nie erwähnt werden dürften, am besten sollten sie gar nicht daran denken. Sie seien wieder gesund und sollten ihr normales Leben wieder aufnehmen.

Unsere Leute ließen sie frei und kamen zurück, um die nächsten zu holen.«

Ich dachte nach.

»Ja, ja«, sagte ich schließlich, »der Gedanke ist mir auch ein bißchen zuwider, aber nicht allzusehr. Ich bin auch gezwungen gewesen, gewisse Dinge zu tun, zu lügen, bei Patienten und –«

»Es gab zwei Ausnahmen, Doc«, unterbrach mich Leonce.

»Komm mit«, sagte der Gedankenbildner. Seine Stimme klang sanft. Von Drogen betäubt, hielt Caleb Wallis seine Hand fest, als er ihm folgte.

Havig blieb zurück an Ort und Stelle, bis er und seine Mitarbeiter die ungeheure Aufgabe, den Horst umzugestalten, in Gang gebracht hatten. Aber die Zeit verging. Schließlich konnte er nicht mehr vor dem Augenblick zurückweichen, in dem er den bewachten Turm betreten mußte.

Das Schlimmste war vielleicht, wie gut der Sachem aussah, wie lebendig er an seinem Schreibtisch saß.

»Na!« grüßte er. »Guten Tag, mein Junge, guten Tag! Setzen Sie sich. Nein, zuerst gießen Sie uns etwas ein. Sie wissen, was ich mag.«

Havig gehorchte. Die kleinen Augen sahen ihn an.

»War eine lange, harte Mission für Sie, was?« sagte Wallis. »Sie sind älter geworden, ich auch. Ich bin aber froh, daß Sie es geschafft haben. Den vollständigen Bericht habe ich nicht gelesen, aber das habe ich vor. Inzwischen wollen wir uns gegenseitig informieren.« Er hob sein Glas. »Auf unsere gute Gesundheit!«

Havig zwang sich, einen Schluck zu trinken, und setzte sich.

»Wie Sie vielleicht gehört haben, ging es mir nicht sehr gut«, fuhr Wallis fort. »Ich war eine Weile in schlechter Verfassung. Gehirnfieber, nichts Geringeres. Irgendein Erreger aus Vergangenheit oder Zukunft. Die Ärzte behaupten, daß Erreger eine Evolution durchlaufen wie die Tiere. Ich habe praktisch schon entschieden, daß wir unsere Expeditionen einstellen, teils deswegen, teils, um uns darauf zu konzentrieren, unsere Macht in der normalen Zeit zu stärken. Was halten Sie davon?«

»Ich würde es für vernünftig halten, Sir«, flüsterte Havig.

»Ein weiterer Grund dafür, die Hörner einzuziehen, ist der, daß wir während Ihrer Abwesenheit viele gute Leute verloren haben. Eine Pechsträhne für uns. Austin Caldwell, haben Sie gehört? Und Vaclav Krasicki – he, Sie sind ja weiß wie die Wand! Was ist denn? Fehlt Ihnen auch nichts?«

»Nein, Sir... ich bin noch müde. Ich habe einige Jahre zeitabwärts verbracht, und –«

– und es war Leonce gewesen, die Krasicki angekettet vorgefunden, nur das eine Wort ›Xenia‹ gesagt und ihn erschossen hatte. Aber es war Havig, der kein Bedauern darüber empfinden konnte, bis Xenia ihn im Schlaf heimsuchte und weinte, weil er nicht verzeihen wollte.

Nun.

»Ich erhole mich wieder, Sir.«

»Gut. Gut. Wir brauchen Leute wie Sie.« Wallis rieb sich die Stirn. Einige Augenblicke lang klang seine Stimme schrill und verwirrt: »So viele Leute hier. So viele alte fort – sind sie es wirklich? Ich kann es nicht sagen. Ich blicke von meinem Balkon und sehe Fremde, und ich meine, ich mußte jemand sehen, ach, jemand, der Juan heißt, jemand, der Hans heißt... viele, viele... aber ich kenne sie nicht. Habe ich sie nur geträumt, als ich krank war?« Er fröstelte. »Ich fühle mich jetzt oft allein, allein in Raum und Zeit –«

»Was Sie brauchen, Sir, wenn ich das vorschlagen darf, ist ein längerer Urlaub, Sir«, sagte Havig mit erzwungener Lebhaftigkeit. »Ich kann Ihnen Orte empfehlen.«

»Ja. Ich glaube, Sie haben recht.« Wallis trank aus seinem Glas und tastete nach einer Zigarre.

»Wenn Sie zurückkommen, sollten Sie nicht mehr so hart arbeiten, Sir«, fuhr Havig fort. »Die Grundlagen sind gelegt. Wir funktionieren glatt.«

»Ich weiß. Ich weiß.« Wallis ließ das Streichholz fallen.

»Was wir brauchen, Sir, ist nicht mehr Ihr tägliches Anordnen, Sir. Wir haben genug brauchbare Männer dafür. Wir brauchen mehr Ihren breiten Überblick, die Grundrichtung, die Sie voraussehen – Ihren Genius.«

Wallis lächelte geschmeichelt und zündete sich eine Zigarre an.

»Ich habe mit verschiedenen Offizieren darüber gesprochen und auch gründlich nachgedacht«, fuhr Havig fort. »Sie hätten die Angelegenheit mit Ihnen besprochen, sagten sie. Darf ich meine Meinung hinzufügen, Sir? Wir glauben, das Ideal wäre dies, daß Sie eine Art Plan für Ihren Weg durch die Zukunft aufstellen. Dazu gehören natürlich die Perioden, die Ihr früheres Ich besuchen wird, damit Sie ihm zeigen können, wie gut alles läuft. Abgesehen davon glauben wir nicht, daß Sie mehr als ein Mindestmaß Ihrer Lebensspanne in irgendeiner Zeit fortlaufend verbringen sollten. Sie sind für das große Unternehmen zu kostbar.«

»Ja. So hatte ich mich auch schon entschieden.« Wallis nickte immer wieder. »Zuerst ein langer Urlaub, wie Sie sagen, damit ich meine Gedanken in Ordnung bringen und diese Verschwommenheit in mir loswerden kann. Dann ein... ein Fortschreiten durch die Zukunft, beobachten, Befehle erteilen, immer weiter... bis zum Ende, wenn meine Arbeit getan ist – Ja. Ja. Ja.«

*

»Mein Gott!« entfuhr es mir, ein Wort, das dem Beten so nahekam wie nur irgendeines in fünfzig skeptischen Jahren. »Wenn es je eine Rache gegeben hat –«

»Es war keine«, sagte Havig gepreßt.

»Nun, wie war es, wenn er auftauchte?«

»Ich vermied es meist dabeizusein. Wenn es sein mußte, war das natürlich immer eine feierliche Angelegenheit, und niemand störte sich daran, wenn ich mich betrank. Leute, mit denen ich regelmäßig zusammenarbeitete, erzählten mir – erzählen mir, daß man sich daran gewöhnt, die arme Erscheinung durch ihre Potemkinschen Dörfer zu führen und danach zu irgendeinem orgiastischen Fest, das ihn noch mehr zermürbt. Man hat ihn beinahe liebgewonnen. Man gibt sich große Mühe, ihm eine schöne Vorstellung zu liefern. Dann braucht man nicht so viel an sein Ende zu denken.«

»Wie? Verschwindet er denn nicht im hohen Alter?«

Havig ballte die Faust.

»Doch. Er wird nachts aufschreien, und sein Zimmer wird leer sein. Er muß sich weit in die Zeit hinausgeschleudert haben, weil die Suche zeitauf- und abwärts keine Spur mehr finden wird.« Havig leerte sein Glas. Ich sah, daß er mehr brauchte, und füllte nach.

Leonce streichelte ihn.

»Ach, denk nicht daran, Liebster«, sagte sie. »Das ist er nicht wert.«

»Meistens denke ich auch nicht daran«, sagte er rauh. »Es ist besser, nicht darüber zu reden.«

»Ich, ich verstehe nicht –« sagte ich.

Sie sah mich an und lächelte.

»Wir haben gehört, daß ab und zu ein Gehirn im Sterben die Wirkung der Droge abschüttelt und erkennt, was wirklich gewesen ist.«

16

1971 fiel der 31. Oktober auf einen Sonntag. Das hieß, daß am nächsten Tag Schule war. Die kleinen Spukgeister würden zahlreich an meiner Tür erscheinen, wenn sie früh zu Bett mußten. Ich legte ausreichend Vorrat an. Als ich klein war, hatte Allerheiligen begrenzte Bösartigkeiten erlaubt, aber ich bin froh, daß das milder geworden ist. Sie in ihren Kostümen zu sehen bringt die Erinnerung an meine Kinder im gleichen Alter und an Kate zurück. Wenn es zum letztenmal an meiner Tür geläutet hat, mache ich mir gewöhnlich ein Kaminfeuer, setze mich mit meiner Pfeife und einem Krug heißem Apfelmost hin, lege Musik auf den Plattenspieler, die ihr gefallen hat, blicke in die Flammen und erinnere mich. Auf stille Weise bin ich glücklich.

Aber dieser Tag rief mich hinaus. Es war kühl, windig, die Sonne strahlte in kristallklarer Luft, und die Bäume standen scharlachrot, gelb, bronzefarben vor einem Blau, an dem Wolken dahinzogen. Ich machte eine Wanderung.

Auf den Gehwegen von Senlac huschte Laub vor mir her und schien über Leute zu lachen, die es vor ihren Häusern zusammenrechen wollten. Die Felder vor der Stadt lagen nackt und dunkel, aber Schwärme von Krähen tummelten sich noch immer auf ihnen. Ich verließ die gepflasterte Straße und ging einen Weg entlang, auf dem kaum Autos fahren. Er führte mich zum Morgan-Forst.

Ich wanderte durch das Farbendelirium, bis ich den Bach erreichte. Dort stand ich eine Zeit auf der Brücke und sah das Wasser über die Steine gurgeln, ein Eichhörnchen auf einer Eiche herumhuschen, Laub herabrieseln; ich lauschte dem Rauschen und Glucksen, sog den Duft des Waldes in mich ein. Ich dachte an nichts Bestimmtes, ich meditierte nicht, ich war einfach da.

Endlich erinnerten mich meine alten Knochen daran, daß ich noch einen weiten Weg vor mir hatte, und ich trat den Heimweg an. Tee und Gebäck erschienen mir verlockend. Danach sollte ich Bill und Judy einen Brief schreiben und Einzelheiten über meinen vorgesehenen Besuch in Kalifornien mitteilen...

Ich bemerkte das Auto unter der Kastanie erst, als ich es fast schon erreicht hatte. Dann zuckte mein Puls. Konnte es sein –?

Nicht dasselbe Auto wie vorher, aber er mietete sich ja immer einen Wagen – Ich vergaß die Schmerzen in meinen Beinen und trabte darauf zu.

Jack und Leonce Havig sprangen mir entgegen. Wir umarmten uns alle drei gleichzeitig.

»Willkommen, willkommen!« plapperte ich. »Warum habt ihr euch nicht angemeldet? Ich hätte euch nicht warten lassen.«

»Macht nichts, Doc«, erwiderte er. »Wir sind dagesessen und haben die Gegend bewundert.« Er schwieg ein paar Sekunden. »Wir nehmen von der Erde mit, was wir können.«

Ich trat zurück und betrachtete ihn. Er war schmaler als früher, tiefe Furchen an den Mundwinkeln und zwischen den Augen, die Haut sonnengebräunt, aber ausgetrocknet wie Leder, das blonde Haar ergrauend. Mitte Vierzig, schätzte ich; in den Wochen für mich war für ihn etwa ein Jahrzehnt vergangen. Ich wandte mich seiner Frau zu. Aufrecht, biegsam, fülliger als früher, aber noch immer wohlgeformt, waren ihr die Jahre weniger anzumerken als ihm. Sie war wohl auch jünger. Trotzdem bemerkte ich die Krähenfüße an den Augen und ein paar graue Haare in der roten Mähne.

»Habt ihr es geschafft?« fragte ich. »Ihr habt den Horst besiegt?«

»Das haben wir, das haben wir«, sagte Leonce jubelnd. Havig nickte nur.

»Wunderbar!« rief ich. »Kommt mit herein.«

»Zum Tee?« fragte sie lachend.

»Du lieber Himmel, nein! Das hatte ich vor, aber jetzt gibt es Aalborg-Aquavit und Karlsberg Bier, danach Glenlivet und – Ich rufe bei Swanson an und lasse Delikatessen bringen, wir essen fein zu Abend, und – Wie lange könnt ihr bleiben?«

»Nicht sehr lange, fürchte ich«, sagte Havig. »Einen oder zwei Tage, höchstens. Wir haben im Rest unserer Lebensspanne noch viel zu tun.«

Sie brauchten Stunden, um mir alles zu erzählen. Leonce entzündete im Kamin ein Feuer, als die Sonne unterging.

»Nur schade, daß ihr die Gründung des Horstes nicht unterbinden könnt«, meinte ich.

»Es geht nicht, also müssen wir uns damit abfinden«, erwiderte Havig. »Ich bin auch nicht sicher, ob das so schlimm ist«, fuhr er langsam fort. »Hätte ein Mensch wie ich je die ... Entschlossenheit besessen? Ich begann lediglich mit der Hoffnung, meine Artgenossen zu finden. Weshalb hätte ich sie zu einem bestimmten Zweck organisieren sollen, wenn nicht –« Er verstummte.

»Xenia«, murmelte ich. »Ja.«

Leonce schaute sich nach uns um.

»Selbst Xenia gibt nicht den Ausschlag«, sagte sie leise. »Die Kreuzfahrer hätten sie nicht verschont. So ist sie gerettet worden und lebte noch neun Jahre.« Sie lächelte. »Fünf davon mit Jack. Gewiß, sie hatte viel weniger, als mir das Schicksal gegeben hat, aber wenigstens hatte sie das.«

Ich fand Leonce äußerlich weniger verändert als ihren Mann, und innerlich mehr, als ich vermutet hatte.

Havig äußerte sich zwar nicht dazu, aber ich wußte, daß die Wunde in ihm verheilt sein mußte, vernarbt, das wohl, aber auch verheilt.

»Nun«, sagte ich, »du hast deine Art zusammengeführt, du hast die Widersacher überwunden und das Richtige durchgesetzt. Ich hatte kaum damit gerechnet, einen König und eine Königin empfangen zu dürfen!«

»Was?« Havig sah mich verblüfft an. »Das sind wir nicht.«

»Wieso nicht? Ihr beherrscht doch das Ganze zeitaufwärts.«

»Nein. Eine Weile war es so, weil jemand das übernehmen mußte. Aber wir arbeiteten mit den klügsten Leuten zusammen, die wir finden konnten – durchaus nicht nur mit Zeitreisenden –, um das so schnell wie möglich zu beenden und die militärische Gesellschaft in eine freie Republik umzuwandeln – und schließlich in etwas, das nicht viel mehr ist als eine lockere Gilde.«

»In nichts Geringeres als einen Traum«, sagte Leonce am Kamin.

»Ich verstehe nicht«, sagte ich, wie schon so oft an diesem Tag.

Havig suchte nach Worten.

»Doc«, sagte er schließlich, »wenn wir hier weggehen, werden Sie uns nicht wiedersehen.«

Ich saß ganz still da. Draußen wurde es dunkel.

Leonce lief auf mich zu, legte die Arme um mich und küßte mich auf die Wange.

»Nein, Doc«, sagte sie. »Nicht, weil Sie bald sterben werden.«

»Ich will nicht –«

»Ach was«, sagte sie. »Sie haben gesagt, Sie wollen das Datum auf Ihrem Grabstein nicht wissen. Und wir verraten es auch nicht. Aber ich will nur sagen, daß Sie noch eine ganze Weile leben!«

»Die Sache ist die«, sagte Havig verlegen, »wir, Leonce und ich, verlassen die Erde. Ich bezweifle, ob wir zurückkommen.«

»Wozu waren die Reisen durch die Zeit überhaupt gut?« sagte er, als wir über grundlegende Dinge sprechen konnten.

»Nun ja, ich, hm –«

»Um die Geschichte zu steuern? Sie können nicht glauben, daß eine Handvoll von Reisenden dazu in der Lage gewesen wäre. Wallis glaubte daran, aber ich bin überzeugt davon, daß man es nicht kann. Man sollte es auch nicht wollen.«

»Nun – Geschichte, Archäologie, Wissenschaft –«

»Zugegeben, daß es so etwas wie zuviel Wissen fast nicht gibt. Nur sollte man das Schicksal nicht vorauswissen. Das ist der Tod der Hoffnung. Und Lernen ist eine ästhetische oder ekstatische Erfahrung, aber sind wir nicht egoistisch, wenn wir dort aufhören? Haben Sie nicht das Gefühl, daß Wissen *gebraucht* werden soll?«

»Das hängt vom Zweck ab, Jack.«

»Für uns ist der Zweck, daß wir zu den Sternen fliegen«, warf Leonce ein. »Dazu sind die Zeitreisen gut.«

Havig lächelte.

»Warum, glauben Sie, haben wir den Komplex für Phase Zwei erbaut, das, was wir ›Haus Polaris‹ nennen? Ich sagte schon, wir wollen die Welt nicht beherrschen. Nein, Haus Polaris ist für Forschung und Entwicklung gedacht. Die Arbeit wird getan sein, wenn die ersten Raumschiffe fertig sind.«

»Und sie werden es sein«, flüsterte Leonce. »Wir haben es gesehen.«

Havig beugte sich vor.

»Ich habe die wissenschaftlichen oder technischen Einzelheiten noch nicht ganz verarbeitet. Das ist ein Grund, weshalb wir zeitaufwärts gehen müssen. Die Physiker sprechen von einer Gleichwertigkeit zwischen der Reise in die Vergangenheit und einem Flug mit Überlichtgeschwindigkeit. Sie hoffen, eine Theorie entwickeln zu können, die ihnen eine Methode zeigen wird. Vielleicht gelingt es ihnen, vielleicht auch nicht. Ich weiß, daß sie nicht im Haus Polaris sein werden, aber vielleicht endlich in der fernen Zukunft auf der Erde oder auf einem Planeten einer anderen Sonne. Aber zuletzt spielt das keine Rolle. Ein Schiff kann langsamer fliegen als das Licht, wenn Menschen wie wir die Besatzung sind. Verstehen Sie? Die Reise könnte Jahrhunderte dauern, aber für uns, die wir zeitaufwärts gehen, während es den Raum durchfliegt, wären es Stunden oder Minuten.

Unsere Kinder können das nicht nachvollziehen. Aber sie werden *dort* sein. Wir werden den Menschen auf seinen Weg in die Unendlichkeit geführt haben.«

Ich starrte an ihm vorbei. Im Fenster waren die Sternbilder vom Widerschein der Flammen verdeckt.

»Verstehe«, sagte ich leise. »Gewiß eine gewaltige Vision.«

»Eine notwendige«, antwortete Havig. »Und ohne uns – und so, auf lange Sicht, ohne unseren großen Feind – wäre das nie zustande gekommen. Die Maurai hätten vielleicht die Mittel erlangt, die Erforschung des Weltraums wieder aufzunehmen, auf der Höhe ihrer Macht. Aber sie haben es nicht getan. Ihr Verbot gewaltiger Energieanlagen war zuerst gut, um den Planeten zu retten. Aber am Ende wurde daraus, wie aus vielen guten Dingen, ein Fetisch... Die Kultur, die ihnen folgte, wäre zweifellos nicht zu den Sternen geflogen.«

»Wir haben es getan«, triumphierte Leonce. »Die Sternmeister sind unser Volk.«

»Und Lebensspender für die Erde«, fügte Havig hinzu. »Ich meine, eine Zivilisation, die sich nur hinsetzt und in ihr Inneres hineinstarrt – wie bald würde sie stagnieren, ein Kastensystem entwickeln, arm und schlecht werden? Man kann nicht denken, wenn man nichts zu bedenken hat. Und das muß von außen kommen. Nicht wahr? Das All ist unermeßlich größer als jeder Geist.«

»Ich entnehme aus alledem, daß diese zukünftige Gesellschaft die Sternfahrer willkommen heißen wird«, sagte ich.

»O ja, o ja. Mehr ihrer Ideen wegen als um materieller Güter willen. Ideen, Kunst, Erfahrung, Einsichten von tausend verschiedenen Welten, von tausend verschiedenen Arten von Lebewesen – und die Erde gibt auch etwas dafür. Es ist gut, diese Mystiker und Philosophen zu haben. Sie denken und fühlen, sie suchen nach dem Sinn, sie stellen beunruhigende Fragen –« Havigs Stimme wurde lauter. »Ich weiß nicht, wohin die Verbindung zwischen ihnen und uns führen wird. Vielleicht zu einem höheren Zustand der Seele? Ich glaube, das Ende wird gut sein, und das ist der Zweck, für den wir Zeitreisende geboren sind.«

Leonce brachte uns wieder auf die Erde zurück.

»Vor allem rechnen wir damit, daß wir sehr viel Spaß haben«, sagte sie lachend. »Steig herunter von deinem Prophetenbesen, Jack, Liebling, und trink lieber einen Schluck.«

»Ihr zwei wollt also zu den ersten Sternreisenden gehören?« sagte ich.

»Das Recht haben wir uns verdient«, gab sie zurück.

»Äh – entschuldigt, es geht mich nichts an, aber wenn eure Kinder die Gabe nicht erben –«

»Vielleicht finden wir eine neue Erde, auf der wir sie aufziehen können. Wir sind noch nicht zu alt.« Sie sah ihren Mann an. »Oder vielleicht wandern wir durch das Universum, bis wir alt sind. Das wäre auch genug.«

Es wurde still. Die Uhr auf meinem Kaminsims tickte laut, und der Wind strömte draußen vorbei wie ein Fluß.

Es läutete an der Tür. Ich ging hinaus und öffnete. Drei kleine Gestalten standen vor mir, ein Clown, ein Bär, ein Astronaut. Sie hielten mir Papiertüten hin.

»Wer nicht spendet, bei dem wird gegeistert!«

Ein Jahr ist vergangen, seitdem Jack Havig und Leonce von Wahorn mir Lebewohl gesagt haben. Ich denke oft an sie. Aber meist verläuft mein Tag wie immer. Trotzdem finde ich oft eine Stunde, um über sie nachzudenken.

In jedem beliebigen Augenblick könnten sie irgendwo auf unserem Planeten sein, verzweifelt oder triumphierend in dem Ablauf, den ich schon kenne. Aber wir werden uns nicht mehr sehen. Das Ende ihres Lebens reicht unsagbar weit über das meinige hinaus.

Nun, so ist es auch mit dem Leben der Menschheit. Mit der Erde und dem Kosmos.

Ich wünsche mir ... ich wünsche mir viele Dinge. Daß sie Zeit gehabt hätten, einen Teil ihres Aufenthalts im vergangenen Sommer bei mir zu verbringen. Wir hätten segeln gehen können. Aber sie wollten natürlich Eleanor, seine Mutter, in einem der wenigen Intervalle sehen, bei denen sie nachgeforscht hatten, ob es uns gutging, und ihr sagen – was sagen? Sie hatte es mir nicht erzählt.

Ich wünsche mir, daß die beiden, oder ich, eine Frage aufgeworfen hätten, die mich in letzter Zeit immer wieder heimsucht.

Wie ist die Rasse der Zeitreisenden entstanden?

Wir drei hatten angenommen, den Grund zu kennen. Aber wir fragten nicht, wer oder was die Notwendigkeit spürte und auf sie reagierte.

Bedeutungslose, zufällige Mutation? Dann war es seltsam, daß nach dem Horst kein Mensch mehr wie Havig geboren worden zu sein scheint – jedenfalls nicht, als Haus Polaris bestand. In Wahrheit wäre es wahrscheinlich nicht gut, sie und ihr Vorauswissen um uns zu haben, sobald der Zweck erfüllt war, den Menschen zu befreien, so daß er in Ewigkeit umherstreifen und entdecken konnte. Aber wer entschied das? Wer gestaltete die Wirklichkeit?

Ich habe über die neuesten Arbeiten in der experimentellen Genetik einiges gelesen. Offenbar kann man einen Virus dazu bringen, Gene von einem Wirt zum anderen zu tragen; und die Wirte brauchen nicht von derselben Gattung zu sein. Sehr wahrscheinlich tragen wir in unseren Zellen und vermachen unseren Kindern Teile des Erbes von Tieren, die nie unter unseren Vorfahren gewesen sind. Das ist gut, wenn es zutrifft. Ich denke gerne, daß wir der ganzen lebenden Welt so nahe sind.

Aber könnte ein Virus erzeugt worden sein, der etwas sehr Seltsames trug; und könnte er von Reisenden, die in einer unvorstellbar fernen Zukunft von neuem geschaffen wurden, in einem ausgewählten Teil der Vergangenheit ausgestreut worden sein?

Ich gehe oft in den Nächten hinaus aus der Stadt, stehe unter den hohen herbstlichen Sternen, schaue hinauf und grüble.

Ende

Goldmann SCIENCE FICTION

James Ross
Im Namen der Menschheit
Utopisch-technischer Roman
160 Seiten. Band 0151.

Nach Jahrhunderten interplanetarischer Kriege hat der Mensch ein galaktisches Schiedsgericht ins Leben gerufen, das weitere Konflikte zu einer Art Gottesgericht reduziert. Zwei Champions werden auserwählt und kämpfen gegeneinander mit allen zur Verfügung stehenden Mitteln. Dieser Kampf bringt Zerstörung und bittere Verluste für die Menschheit!

Goldmanns WELTRAUM Taschenbücher

Harlan Ellison
Der silberne Korridor
Utopisch-technische Erzählungen
192 Seiten. Band 0152.

Wollen Sie eine Reise irgendwohin ins Nirgendwo machen? Es gibt nur zwei Möglichkeiten, dorthin zu kommen: Sie können einen Computer-Zug besteigen und Ihren Nachbarn im Raumanzug bewundern – oder dieses Buch lesen. Zurück kommen Sie in keinem Fall . . .

Goldmanns WELTRAUM Taschenbücher

Bob Shaw
Die Antikriegs-Maschine
Utopisch-technischer Roman
160 Seiten. Band 0153.

Der Mathematiker Luke Hutchman war ein Mann wie Millionen andere: Er überwachte Raketen-Leitsysteme. Er entwickelte nicht einmal einen besonderen Ehrgeiz. Bis er eines Tages entdeckte, daß er es in der Hand hatte, die Welt auf einen Schlag zu vernichten – oder sich selbst. Seine Mitmenschen entscheiden sich für die zweite Lösung . . .

WILHELM GOLDMANN VERLAG MÜNCHEN

Goldmann SCIENCE FICTION

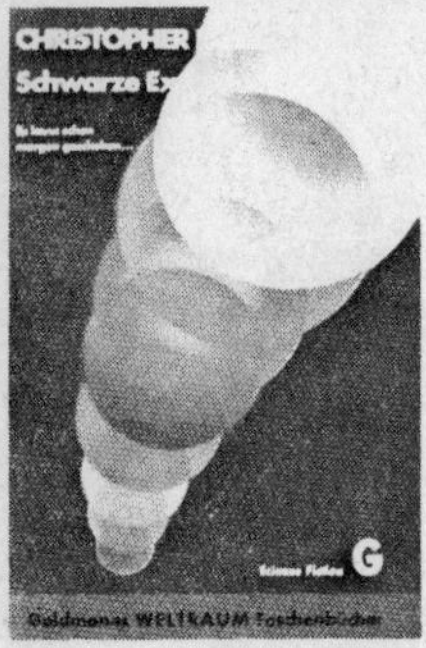

Christopher Priest
Schwarze Explosion
Utopisch-technischer Roman
160 Seiten. Band 0154.

Quer durch die kaum mehr erkennbare Wüste seines Heimatlandes sucht der wenig heldenhafte Akademiker Alan Whitman Frau und Tochter. Was er dabei erlebt, reicht aus, um den Lack der Zivilisation von ihm abbröckeln zu lassen und aus dem Flüchtling einen skrupellosen Mörder zu machen.

Kris Neville
Experimental-Station
Utopisch-technische Erzählungen
160 Seiten. Band 0155.

Sein Auftrag lautete: Stoppt die Menschen, die ihre eigene Vernichtung planen. Aber er kam aus der Zukunft, und keiner schenkte ihm Glauben . . . Zeitparadoxe, fremde Lebewesen und der Umgang mit ihnen, die Folgen einer allzu perfekten Technisierung, die Umgestaltung des Menschen zum Bewohner fremder unwirtlicher Planeten.

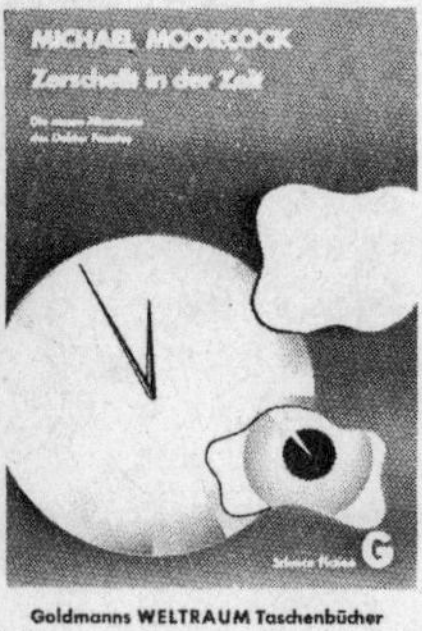

Michael Moorcock
Zerschellt in der Zeit
Utopisch-technischer Roman
192 Seiten. Band 0156.

Jenseits des Raumes und der Zeit: fünfzehn Materieklumpen – jeder ein Planet mit dem Namen ›Erde‹. Sie waren einander einmal völlig gleich gewesen, doch davon konnte man nun nichts mehr erkennen. Diese Wracks der Zeit – Alternativ-Welten, dem Untergang geweiht: Vermögen sie sich zu verbinden in einer neuen besseren Zukunft?

WILHELM GOLDMANN VERLAG MÜNCHEN